Weihnachtswunder

Holger Niederhausen

Weihnachtswunder

Das Menschenwesen hat eine tiefe Sehnsucht nach dem Schönen, Wahren und Guten. Diese kann von vielem anderen verschüttet worden sein, aber sie ist da. Und seine andere Sehnsucht ist, auch die eigene Seele zu einer Trägerin dessen zu entwickeln, wonach sich das Menschenwesen so sehnt.

Diese zweifache Sehnsucht wollen meine Bücher berühren, wieder bewusst machen, und dazu beitragen, dass sie stark und lebendig werden kann. Was die Seele empfindet und wirklich erstrebt, das ist ihr Wesen. Der Mensch kann ihr Wesen in etwas unendlich Schönes verwandeln, wenn er beginnt, seiner tiefsten Sehnsucht wahrhaftig zu folgen...

1. Auflage Dezember 2021

© Holger Niederhausen · Alle Rechte vorbehalten
Umschlagabbildung: Shutterstock / Marina Zakharova, verändert.
Herstellung und Verlag:
BoD – Books on Demand, Norderstedt
ISBN 978-3-7557-5503-6

Man würde glauben, es sey ein Engel unter den Menschen erschienen,
sie durch Thaten zu lehren, ob vielleicht Schönheit und Unschuld,
wenn sie zusammen verwebt wären, diese Unachtsamen rühren möchte,
welche zu sinnlich sind, aus eigener Kraft wieder zu Gott zu finden.

- frei nach Wieland, Sympathien (1754)[*]

---

[*] Bei Wieland ‚Weisheit' statt ‚Unschuld' und ‚die Tugend in ihrer eigenen Gestalt zu lieben' statt ‚aus eigener Kraft wieder zu Gott zu finden'.

Und wieder war es Dezember geworden, und der Dezember war dahingerast. Im Grunde war es mir schon lange ziemlich egal gewesen, ob nun Tage, Wochen oder Monate dahinrasten. Zwei Jahre ‚Corona' (waren es wirklich schon *zwei Jahre?*) hatten ihre Spuren hinterlassen.

In meinem Job hatten einige Kollegen gekündigt, als der subtile Impfzwang und das Mobbing begannen – ich hatte weitergemacht, hatte mich schließlich impfen lassen, hatte mich weiter gefragt, wie ein ganzes Land eine ungeheure Heuchelei praktizieren kann (von ‚freier Impfentscheidung' sprechen, aber dann die, *die* sich frei entscheiden, mit massivsten Angriffen und einer Diskriminierung zu überziehen, die, selbst wenn man es partout vermeiden wollte, Parallelen zu ziehen, an die Ausgrenzung jüdischer Mitbürger achtzig Jahre zuvor erinnerte), und war sozusagen angesichts des kollektiven Wahnsinns in die innere Emigration gegangen.

Und schon wieder ist es, als hörte man den Massenaufschrei. ‚Du verantwortungsloses Subjekt! Wegen solcher Schweine wie dir sterben hunderttausend! Man sollte *dich…*' Alles schon erlebt. Diese Krise und wie mit ihr umgegangen wird, spricht die niedersten Instinkte des Menschen an – und sie merken es nicht. Je besser man sich als der ‚Gutmensch' verkaufen kann, desto ungehemmter lässt es sich auf die anderen eintreten… Ich bin es so leid. Ich bin es auch so leid, mich zu rechtfertigen, aber gut, ein letztes Mal.

Corona ist keine Grippe, aber jeder deutsche Bürger ist auch kein Kleinkind. Wer geimpft ist, hat einen Schutz, kann außerdem zeitlebens mit Atemwegsbedeckung herumlaufen und sonstwie auf Abstand gehen. Für alle anderen geht das Leben *auch* weiter. Auch wenn sie nur noch Menschen dritter Klasse sind, wie Abschaum behandelt werden und am öffentlichen Leben gar nicht mehr teilnehmen dürfen. Aber wir haben ja keinen Impfzwang, nicht wahr? Lieber führen wir einen unerträglichen Biofaschismus ein ... die ‚Guten' dürfen sich mit 2G allein unter sich weiter anstecken, die bösen, bösen ‚Impfverweigerer' werden wie damals die Juden oder Schwarzen einfach *ausgeschlossen.*

Jeder, der den Impfschutz wollte, bekam ihn – und dennoch legt Corona seit zwei Jahren das gesamte Leben lahm beziehungsweise verändert es derart, dass es nicht mehr wiederzuerkennen ist. Und warum? Wegen eines Virus, das zwar schlimmer ist als die Grippe, das aber ebenfalls 99 Prozent oder mehr überleben – und mit Impfung sowieso. Wozu also die Panik? Wegen des ach so heuchlerischen Arguments ‚Überlastung des Gesundheitssystems'? Wieso wurden dann auch im Corona-Jahr tausende Betten gestrichen – und schreitet die Profitgier im Krankenhauswesen ungebremst fort? Weil der Bürger ohnehin nicht zählt! Während also die Krankenhausbetreiber ihre vielleicht sogar zweistelligen Renditen einfahren, werden geimpfte und ungeimpfte Mitbürger gegeneinander ausgespielt. Ich bin es so leid…

Nochmals verschärft werden die Regeln, wenn innerhalb einer Woche mehr als sechs Menschen je einhunderttausend Einwohner wegen Corona ‚hospitalisiert' werden, also ins Krankenhaus müssen. Im Ernst? Für eine Millionenstadt droht also bereits das Ende ihrer Kapazitäten, wenn innerhalb von einer Woche sechzig Menschen ins Krankenhaus müssen? Ich bin fassungslos. Was macht das fast reichste Land der Erde denn bei einem *richtigen* Virus? Denn Corona ist noch immer so harmlos, dass das Durchschnittsalter der Gestorbenen nicht sehr von der Durchschnittslebenserwartung *überhaupt* abweicht! Ist das nicht unfassbar? Dass dieses kleine Virus dennoch seit zwei Jahren einen ganzen Planeten in Atem hält? Während in Deutschland im ersten Corona-Jahr nicht einmal mehr Menschen starben als sonst auch? Das alles muss man sich einmal vorstellen…

Aber die Menschen verhalten sich, als wenn Pocken und Pest gemeinsam unterwegs wären. Weniger Demut vor der Tatsache, dass man auch mal *krank werden* kann, war noch nie. Es geht nur noch um abstraktes Zahlenmanagement. Und selbstverständlich müssen selbst die Kinder geimpft werden – denn in einer Millionenstadt könnten ja ohne Impfung auch zehn Kinder sterben! Kann es sein, dass bei einer Million Impfungen auch zehn Kinder an schwerer Nebenwirkung sterben oder zumindest gravierende Folgen erleiden? Von den milliardenschweren Gewinnen der Pharmaunternehmen will ich gar nicht reden... Johnson und Johnson ist gerade wegen Krebsfällen durch Babypuder unter Anklage – aber sie haben einfach eine Unterfirma gegründet, die Insolvenz angemeldet hat, und die Sache ist vielleicht gegessen. Kein weiterer Kommentar...

Meine Meinung ist: Überführt das Krankenhaussystem in gemeinnützige Betriebsformen, sorgt dafür, dass Menschen wieder wie Menschen behandelt werden und nicht im Minutentakt als Fallzahlen abgefertigt werden (müssen); akzeptiert, dass man mit zweiundachtzig auch an einer normalen Grippe sterben kann, mit fünfzig aber zu 99 Prozent überlebt – und hört auf, euch das menschliche Leben nehmen zu lassen und die Gesellschaft in ,die Reinen' und die ,Juden/Schwarzen/Aussätzigen' spalten zu lassen! Oder aber seid *einmal ehrlich* und führt einen Impfzwang ein – ohne Wenn und Aber. Diese ganze Heuchelei macht so krank – gefühlt viel kranker als das Corona-Virus. Die ganze Gesellschaft ist krank, vielleicht schon unheilbar...

Was noch? Im Treppenhaus hörte ich die kleine Nachbartochter neulich ihren Vater fragen, ob Corona irgendwann auch vorbei ist... Der Vater erwiderte auf die übliche intellektuelle Unart irgendetwas völlig Unverbindliches, was wohl letztlich ,Ja' heißen sollte. Auch da war ich wieder fassungslos, aber ich habe mein Maul gehalten, wie immer... Was ich gesagt hätte? Ich hätte gesagt: Manche Menschen werden krank, Schätzchen, aber das ist auch mit anderen Krankheiten so. Wir könnten eigentlich sofort alle Masken abnehmen – jedenfalls jeder, der will. Aber sie lassen uns nicht. Das ist das einzige Problem. Sie lassen uns keine Eigenverantwortung und eigene Entscheidung. Und *das* ist die *eigentliche Krankheit.*

Vielleicht hätte ich es noch schöner sagen können, sie ist ja erst sechs oder sieben... Aber so ungefähr hätte ich es gesagt. Und sie hätte es verstanden. Man soll Kinder stark machen und nicht wie dumm und bescheuert behandeln. Auch ein Kind hat bereits das Recht, zu wissen, woran es ist. Nur so kann es später auch sagen, was es *will* – und wird nicht zu einem untertänigen Bürger erzogen.

Vielleicht hätte sie mir dann geantwortet: Aber Papa sagt, dann können wir Oma anstecken. Ja, Schätzchen, hätte ich geantwortet, weißt du was, wir fragen Oma. Vielleicht will sie, dass wir eine Maske aufsetzen, vielleicht will sie es nicht. Aber siehst du, wenn Oma schon im Heim ist, darf Oma *selbst das* nicht entscheiden – auch hier müssen wir tun, was andere sagen. Um Oma geht es gar nicht... Aber weißt du – irgendwann sterben Menschen, wenn sie alt sind. Auch Oma wird einmal an irgendeiner Krankheit sterben. Aber denkst du, Oma will uns bis dahin nur noch in *Maske* sehen? Siehst du, ich auch nicht...

Es geht nicht um die Menschen. Es geht um die Durchsetzung einer völlig abstrakten ‚Seuchenpolitik', in der der Einzelne gar nicht mehr vorkommt. Und weil die Intensivkapazitäten so beschämend geplant sind, dass schon ein Belegungsanteil von zehn Prozent durch Corona-Patienten eine halbe Katastrophe ist, werden jetzt die Menschen, wird jetzt die ganze Bevölkerung gespalten – und errichten wir eine neue Apartheid, nur damit niemand erkennt, was das *eigentliche* Problem ist. Nämlich der Profitwahn und die Einsparungs-Besessenheit auf der einen Seite – und die völlig mangelnde Demut, dass bei diesem kleinen Virus nicht hundert Prozent überleben, sondern nur neunundneunzig. Schon das können wir heute nicht mehr ertragen! Wie tief sind wir eigentlich gesunken in unserer Ehrfurcht vor dem Leben ... zu dem das Sterben *dazugehört*...

Und dann höre ich bereits die Zwischenrufe: Ja, dann sollen die Ungeimpften eben eine Patientenverfügung mit sich führen, wonach sie auf einen Platz auf der Intensivstation und ein Beatmungsgerät gegebenenfalls verzichten... Es ist so abartig... Befreit die Kliniken von der Profitgier! Führt gemeinnützige Betreiber ein und finanziert diese so, dass wieder menschenwürdige Versorgung möglich ist, was seit Jahrzehnten nicht mehr wirklich der Fall ist. Haben wir etwa noch erlebt, wie eine Krankenschwester bei einem am Bett sitzen kann? Nein – aber unsere Eltern oder bei Jüngeren die Großeltern *haben* es noch erlebt!

Stattdessen erleben wir es, dass tausend Internetanbieter miteinander konkurrieren und einen wöchentlich mit einem Anruf für neue Tarife belästigen. Merkt man hier, wie ungeheuerlich die ‚Fehlallokation' (ein volkswirtschaftlicher Fachbegriff) in unserer geheiligten kapitalistischen Wirtschaftsweise ist? Um den Menschen geht es nicht... Ich will nicht weitere zwei Euro bei meinem Telefontarif sparen, ich will, dass Menschen im Krankenhaus endlich wieder das Erleben haben dürfen, *Menschen* zu sein! Es muss doch möglich sein, von hundert armen Sklaven, die in Callcentern Idiotenarbeit verrichten müssen, wenigstens zehn zu verantwortungsvollen Pflegern und Schwestern in Krankenhäusern zu machen? Und statt Waren zu produzieren, die nach wenigen Jahren von selbst kaputtgehen und nachproduziert werden müssen, die Ressourcen und Menschen dorthin zu richten, wo es wirklich Sinn macht? Das alles ist so einfach, dass es selbst ein Kind versteht – und dass es nicht passiert, liegt nur daran, dass wir noch immer nicht willens genug sind, das *System* zu ändern. Von Gier zu echter Menschlichkeit und Nachhaltigkeit.

Aber nein – der Kapitalismus klappt ja nach wie vor so hervorragend, nicht wahr? Und die Corona-Krise mit ihrer erbärmlichen Überlebenswahrscheinlichkeit von nur 99 % lenkt noch zusätzlich seit zwei Jahren von sämtlichen anderen Problemen ab, die dieser Planet und wir weiß Gott haben! Statt *gerade* ein Umdenken einzuleiten, werden die Menschen wie gesagt gegeneinander ausgespielt. Geradezu teuflisch...

*

Wie angedeutet, hatte mich das ganze üble Geschacher und Beschließe um G3, G2, G1, G3+ und welche Varianten sonst noch derart desillusioniert, dass ich in eine regelrechte Blase der Teilnahmslosigkeit gefallen war. Ich fragte mich sogar noch, ob selbst das nicht von irgendwelchen Mächten mit beabsichtigt wurde – die Menschen völlig resignieren zu lassen –, aber selbst das war mir schließlich egal. Zumal ich bei einer Äußerung dieses Gedankens sofort in die Kategorie der ‚Verschwörungstheoretiker‘ einsortiert worden wäre. Eine Schublade mehr, shit happens…

Ich war so desillusioniert, dass ich sogar meine kleine Jogging-Runde am Wochenende wieder aufgegeben hatte, die ich seit wenigen Jahren zu einer guten Gewohnheit gemacht hatte, um irgendwie fit zu bleiben. Wozu fit – für welche Welt eigentlich noch? Auf diese Weise näherte ich mich zwar vielleicht der Angehörigkeit zu einer Risikogruppe (den ‚Sportverweigern‘, da ja heute alles auf Kampfbegriffe zulief), aber was soll's? Das war übrigens auch so ein Punkt. Nicht nur Ungeimpfte kamen achtmal häufiger ins Krankenhaus, auch Risikogruppen. Mit anderen Worten: Der geimpfte Risikopatient war um keinen Deut besser als der ungeimpfte Gesunde. Während dieser einfach nur eine Injektion irgendwelcher Stoffe in seinen Körper ablehnte, hatte jener seinen Körper über Jahre hinweg mit falscher Ernährung, Raucherei oder Alkohol zugrunde gerichtet. Und warum wurde die Gesellschaft nur an einer Front gespalten? Wenn, dann doch lieber einen Krieg aller gegen alle!

Aber nein – für das ‚Teile und herrsche‘ suchte man sich natürlich *diejenige* Gruppe aus, auf die sich mit der größten Wahrscheinlichkeit die niedersten Instinkte aller *übrigen* richten würden. Zumal der ‚Piks‘ in den Arm ja geradezu eine Regierungsempfehlung war. Aber solange man nicht einen Impfzwang einführte, hatte noch immer jeder die freie Entscheidung über seinen eigenen Körper! Und doch schlug hier dann erbarmungslos die Apartheid zu: Freie Entscheidung ja, aber akzeptiere, dass du fortan nicht mehr zu uns gehörst – im Gegensatz zu den Übergewichtigen, den Rauchern, den Alkoholikern, obwohl wir auch eine gesunde, nikotinfreie und alkoholarme Ernährung und Lebensweise empfehlen, aber das tut jetzt nichts zur Sache. Nur die Ungeimpften sind der Abschaum!

Ich könnte noch stundenlang über diesen unerträglichen Biofaschismus reden, aber ich bin es so leid – und es ändert ja auch nichts. Jede Gesellschaft hat die Realität, die sie verdient. Die große Masse will ja gar nichts anderes. Sie freut sich, wenn sie hörig irgendwelchen 3G-, 2G- und 1G-Regeln hinterherlaufen und sich als ‚guter' Teil des großen Ganzen empfinden kann. Und glauben kann, dass das ‚ganze Schlimme' natürlich längst vorbei wäre, wenn jeder die Maske aufsetzen, die Klappe halten, sich etwas in den Körper impfen lassen und im Übrigen sämtliche wöchentlich wechselnden Regeln gehorsam und ohne nachzudenken befolgen würde.

Ja, möglicherweise wäre es dann längst vorbei. Aber möglicherweise wäre es dann auch mit unserer Demokratie längst vorbei, denn dann wären die Menschen eine reine Masse, die mit beliebigen Verordnungen regiert werden könnte. Der man ihre *Grundrechte* (!) beliebig zu- und wieder absprechen könnte. Man kann möglicherweise einen Impfzwang einführen – aber solange man es nicht tut, ist es ein Unding, einem Menschen und Bürger seine Grundrechte (!) nach seinem *Impfstatus* abzusprechen. Etwas ist frei oder nicht frei. Wenn es aber frei ist, kann man nach der freien Entscheidung nicht die Grundrechte beschränken, bloß weil ein Drittel der Bevölkerung die in den Augen der Regierung falsche Entscheidung getroffen hat und nun mit sämtlichen Zwangsmitteln dazu gebracht werden muss, gefügig gemacht zu werden. Demokratietheoretisch ist *das* eine Pandemie, die weitaus tödlicher ist als Corona! Die Demokratie wird dadurch so ausgehöhlt, dass sie beim nächsten lauen Lüftchen sang- und klanglos zusammenbricht…

Aber all das interessierte eben nahezu niemanden – bis auf ein kleines Völkchen Ewig-Widerständiger, die in anderen Zeiten an die Gallier erinnert hätten, die aber neuerdings mit anderen

13

Titulierungen derart massiv angegriffen wurden, dass man zu diesem Kreise auch nicht unbedingt gezählt werden wollte, zumal dort teilweise sogar hartnäckig ebenfalls echte Fakten geleugnet wurden, nämlich dass bei gleichem Gesundheitszustand Geimpfte sehr wohl seltener schwer krank wurden, zumindest ein paar wenige Monate lang, woraufhin die nächste Impfung fällig wurde...

Aber man kann das eine tun und das andere nicht lassen – den relativen Nutzen der Impfung zugeben und dennoch darauf hinweisen, welch ungeheuerliche Katastrophe dadurch geschaffen wird, dass eine ganze Gesellschaft vorsätzlich und mit bis dahin nahezu unvorstellbaren Mitteln gespalten wird. Wir hetzen, mobben und hassen auch nicht auf Raucher, Raser, Alkoholiker, Übergewichtige, sich massiv falsch Ernährende und Sportverweigerer – und grenzen sie nicht radikal aus dem gesamten öffentlichen Leben aus. Aber wir leisten uns diese absolute Katastrophe gegenüber Millionen und Abermillionen von Mitbürgern, das muss man sich mal vorstellen.

Aber es interessiert keinen. Man redet gegen eine Wand – beziehungsweise redet gar nicht, denn man möchte nicht beschimpft, gemobbt, gesteinigt, bespuckt und am nächsten Pfahl aufgehängt werden. Ob physisch oder verbal, tut kaum etwas zur Sache. Ein Land, in dem derart der Hass hochkocht, ist nicht mehr mein Land. Das dürfte meine Apathie der letzten Wochen zur Genüge erklären. Dann lasst euch eben weiter spalten, gehorcht wie die Lemminge, hofft auf irgendein Ende irgendwann einmal und tut dann so, als hätte es die letzten zwei, drei oder wieviel Jahre auch immer nie gegeben. Ihr seid ja alle so großartige Bürger! Und hinterher könnt ihr alle so tun, als hätte es die faschistoiden Ausgrenzungen nie gegeben – oder als wäre das alles ach so berechtigt und ach so unglaublich alternativlos gewesen... Die Träume und Selbstlügen des bürgerlichen Individuums sind alle so unglaublich bekannt...

*

14

Ich kann nichts dafür, wenn diese Einleitung bereits unzählige Menschen unwiederbringlich abgeschreckt hat. Mich schrecken ganz andere Dinge. Und ich wollte nur noch ein letztes Mal den Einwänden entgegentreten, die mir ja hörbar um die Ohren geschlagen wurden. Wer meine Argumente nicht hören will, soll sich die Ohren zuhalten – was er ja ohnehin schon macht. Wer hat denn die Definitionsmacht? Wessen Argumente und Ansichten werden denn als die alleinseligmachenden seit Jahr und Tag über alle großen Medien verbreitet und treiben ohne jedes Hindernis die Gesellschaftsspaltung voran? Wer stellt denn die als Spalter hin, die einfach nur eine freie Entscheidung getroffen haben, während sie von denen, die *wirklich* spalten, zum Abschaum erklärt werden?

Aber – ich lasse es einfach. Ich höre auf und gebe auf und lasse es sein und versinke in die Apathie derer, die die Dinge ohnehin nicht ändern können, weil sie ebenfalls längst abgestempelt wurden. Die ‚Sieger der Geschichte' sind immer die, die am lautesten schreien, und ein Schreihals war ich nie. Also mögen die anderen ihr Glück mit ihrem Weg, ihrer Deutung und ihrer Spaltung machen. Es ist ihres, sie haben es sich redlich verdient – wohl bekomm's.

Ich war so erschöpft, deprimiert und seelisch leer, dass es mir eigentlich schon alles egal war. Ich schleppte mich also durch die Monate und funktionierte im Grunde nur noch. September, Oktober, November – Herbst. Hatte früher einmal seine Schönheit gehabt. Die sich färbenden Straßenbäume. Aber jetzt? Corona-Herbst. Ganz normaler Wahnsinn. Masken. Zugangsbeschränkungen. Tests. Tests, die auf einmal Geld kosteten. Und dann ging es Schlag auf Schlag. Der Abschaum wurde definiert und ausgeschieden, ausgegrenzt, ausgesondert. Dann der Dezember. Der dunkelste Monat überhaupt. Im Dunkeln zur Arbeit, im Dunkeln wieder nach Hause. Auf der Arbeit eine einzige Leere. Zuhause nicht besser. Die Gesellschaft? Nur noch ein schwarzes Loch. Alles lief irgendwie weiter, zumindest für die Geimpften, aber nur noch mit Maske und für mich nur noch automatisch.

Sinn hatte es nicht mehr. Welchen denn? Mich freuen, dass auch ich zu den Auserwählten gehörte? Den Geimpften? Die noch weiterleben durften, während die Ungeimpften allenfalls noch weiter *vegetieren* durften? Vielleicht vegetierte ich ja rein aus Solidarität mit…

*

Ich weiß nicht, ob es eine letzte, schwach sich aufbäumende Regung war, eine Sehnsucht nach jenem Leben, wie ich es einmal kannte, oder nach *überhaupt* irgendeinem Leben … dass ich dann den Weihnachtsmarkt in den Seitenstraßen des hiesigen Städtchens besuchte. Hätte ich an den meisten anderen Orten gelebt, wäre auch dieser längst abgesagt gewesen. In meinem Städtchen aber hatten es offenbar noch nicht ganz sechs Corona-Patienten pro hunderttausend Einwohner in die Kreisklinik geschafft, und so bewegte sich das Leben noch in dem ganz normalen Wahnsinn. In freier Luft durften sich sogar noch Ungeimpfte unter die Menge mischen, und man hielt sicherlich nicht einmal anderthalb Meter Abstand.

Ich weiß noch, wie ich den Mantel vom Haken nahm und mir ins Auge fiel, dass er wirklich nicht mehr der neueste war. Ich hatte ihn erst Ende November aus dem oberen Fach des Schrankes hervorgesucht – teilweise in der bloß sentimentalen Gewohnheit, die noch immer davon ausging, dass es im Dezember schon schrecklich kalt sein würde. Was dann aber zufällig sogar der Fall war, denn schon einen Tag später – der Dezember hatte noch gar nicht begonnen – stürzte das Thermometer dann schlagartig auf etwa den Nullpunkt ab. Danach war es zwar noch einmal wärmer geworden, aber jetzt, zwei Tage vor Heiligabend, war es bereits wieder drei Tage lang richtig kalt gewesen, zumindest in unserer Ecke. Ich zog mir also den angenehm schweren Mantel an, legte mir den Schal um, den ich im gleichen Schrankfach verstaut hatte, und wagte mich nach draußen. Die Handschuhe waren auch immer noch in den Taschen…

Als ich vor die Tür trat, erwartete mich eine kleine Überraschung. Es hatte ganz fein angefangen zu schneien. Jeder kennt diese winzig kleinen Schneeflocken, die fast nur Punktgröße haben, aber dennoch eben vom Himmel fallen – woher auch immer. Die sich bei genügenden Kältegraden also auf den Asphalt und vor allem die Platten der Fußgängerwege legten und behaupteten, sie würden bei nur genügd langer Dauer irgendwann eine ‚Schneedecke' bilden, was sie natürlich nie taten, aber sie gebärdeten sich dabei so rührend beharrlich, dass man es ihnen dennoch irgendwann abnahm, obwohl sie auch nach Stunden noch immer nur einen hauchzarten Schleier darstellten, der die Gehwege zwar ein wenig heller grau erscheinen ließ, aber ihnen niemals eine auch nur ansatzweise weiße Decke gab.

Diese Schneeflocken also, die man nicht einmal ‚Flocken' nennen konnte, aber doch immerhin ‚Schnee', waren also meine zarte Überraschung, als ich vor die Tür trat. Ich begrüßte sie fast ungläubig, mit einer Art Erinnerung an das Gefühl ‚Freude', das ich einmal gekannt hatte.

Ja – man kann Dinge mit einer Art *Erinnerung* an ein Gefühl begrüßen. Ich glaube, es macht sich niemand klar, was eine echte Depression oder ein echter Absturz in ein Gefühl der Sinnlosigkeit, der wachsenden Apathie wirklich ist. Es ist ein Abstumpfen aller echter Lebensregungen – denn wozu sollte man sie haben? Ergaben sie noch irgendeinen Sinn, wenn nichts anderes mehr Sinn ergab? Wozu sich über den Schnee freuen, wenn man sich über nichts *anderes* mehr freuen konnte, ja wenn alles andere nur Anlass zu fassungslosen Gefühlen Anlass gab, die man mittlerweile *ebenfalls* nicht mehr aushielt? Was war eine Depression anderes als ein Zustand, in dem man *nichts* mehr aushielt? Weil alles Aushalten vorausgesetzt hätte, dass die Dinge zumindest einen Sinn ergeben würden – was sie aber nicht mehr taten.

Für die große Menge der selig Geimpften mochten die Dinge weiter einen Sinn ergeben – aber nicht für mich, der fassungslos davor stand, wie man mit den Ungeimpften umging, die nicht einmal mehr Bürger zweiter Klasse waren, sondern allenfalls dritter Klasse, wenn überhaupt. Man hatte im Handumdrehen die Gesellschaft mit einem regelrechten *Abgrund* gespalten – und machte weiter, als wäre nichts geschehen! Der Abschaum konnte sehen, wo er blieb, ‚wir aber sind die Guten'. Diese Nonchalance, diese unbeschreibliche Arroganz, Selbstverständlichkeit, ließ bei mir alles aussetzen, was ich bis dahin an Vertrauen in die Gesellschaft noch gehabt hatte. Meine Apathie kam daher, dass ich nicht fassen konnte, wie *einfach* das war. Für jeden. Jeden Einzelnen. Jeder Einzelne tat so, als bestünde nicht das geringste Problem, obwohl man gerade Millionen Menschen vom öffentlichen Leben, von Kultur, von einer Ausbildung, ja sogar von ihrem Beruf ausgeschlossen hatte. Es muss einfach verständlich sein, dass ich nur noch eine *Erinnerung* daran hatte, wie es einmal gewesen war, sich zu freuen…

Ich konnte es nicht mehr, es ging nicht mehr. Ich war zu solidarisch mit den Ausgegrenzten, zwangsläufig sogar, denn ich konnte die Dinge einfach nicht mehr *begreifen*. Brutalität erzeugt Apathie. Die meisten derer, die im Krieg waren, kamen mit tiefen Traumata zurück. Mich ereilte ein Trauma mitten in angeblichen Friedenszeiten – aber hier führte ein Teil der Bevölkerung Krieg gegen den anderen. Ich denke, jeder einzelne Ungeimpfte war genauso tief traumatisiert wie ich. Und weil im Krieg die Wahrheit zuerst stirbt, hat man einfach den friedliebenden Ungeimpften, die einfach nur eine freie Entscheidung über *ihren Körper* treffen wollten, zugeschrieben, sie würden Krieg gegen den Rest der Bevölkerung führen! Sie würden gleichsam wie Selbstmordattentäter das Gesundheitssystem in die Luft sprengen.

Was lächerlich war – bei einer Bevölkerung, die schon ungeimpft bei kompletter, flächendeckender Ansteckung zu 99 % überleben würde und wo zusätzlich noch 80 % geimpft waren und wo alle fortwährend Masken trugen, Abstände einhielten und so weiter und so fort, sodass es selbst bei extremen Ansteckungszahlen regelrecht Jahre brauchte, bis das Virus jeden wenigstens einmal erreicht hatte. Noch einmal meine Frage: Was wäre bei einem Virus, das nur ein wenig gefährlicher wäre, das also zum Beispiel nur 97 % überleben würden, eine dreifach höhere Sterblichkeit? Würden dann alle Ungeimpften sofort den Stern des Abschaums aufgenäht bekommen? Und bei 95 %? Bei 90 %? Wann würde sich ein allgemeiner Wahnsinn wie eine rasende Bestie breitmachen und jede Menschlichkeit wie in einem reißenden Malstrom unter sich begraben?

Ich ging die paar Straßen entlang, bis ich die Seitenstraßen erreichte, in denen der Weihnachtsmarkt stattfand. Seltsamerweise dachte ich noch daran, dass es ja ‚Adventmarkt' heißen müsste – Weihnachtsmärkte fanden fast nie zu Weihnachten statt.

Dieser Markt hatte sich in diesen Seitenstraßen gehalten, weil er wohl mal vor vielen Jahren von einer kleinen Kirchengemeinde ausgegangen war, die dort ihr Heim hatte. Davon hatte es sich längst gelöst, aber die Örtlichkeit war geblieben. Die Seitenstraßen gaben dem Markt etwas Heimeliges. Aber – ich musste feststellen, was ich ohnehin schon wusste und doch jedes Jahr wieder neu verdrängte: Auch dieser Markt war längst vom allgemeinen Schicksal ereilt. Mit Ausnahme vielleicht einiger weniger Handarbeitsstände war er so ununterscheidbar geworden wie jeder andere...

Es gab Glühwein. Es gab Bratwurst. Sogar Zuckerwatte. Dann natürlich die üblichen Esskastanien. Vielleicht noch einen Stand mit Honiggläsern aus irgendeiner regionalen Imkerei. Dann die Standard-Crepes. Industrialisiertes Spielzeug. Und natürlich der übliche Christbaumschmuck – Kugeln, Engel, Sterne, wie immer. Vielleicht noch einen Stand mit Krippenfiguren ‚Fair Trade', sehr grob geschnitzt.

Ich versuchte, meine Enttäuschung auch jetzt zu verdrängen, wo ich die Stände entlang schlenderte, fast schon vorwärtsgedrängt von einer ziemlichen Masse von Leuten, die alle das Erlebnis ‚Adventmarkt' in den ohnehin schon nicht sehr ausladenden Seitenstraßen suchte. Befand ich mich in einer Endlosschleife, oder hätte dieser Markt wirklich überall sein können – in jedem beliebigen Ort in Deutschland, und man hätte schlicht nicht gewusst, wo?

Waren wir inzwischen so verwechselbar, so beliebig, so standardisiert und ökonomisiert, dass immer und überall das Gleiche verkauft wurde? Keine Familienbetriebe mehr, kein eigenwilliger, besonderer Schmuck? Kein Goldschmied, kein Glasbläser, kein Holzschnitzer – nichts? Aber wovon sollten sie auch leben, das ganze übrige Jahr über? Die industrielle Revolution hatte längst ihre Kinder – oder Vorgänger – gefressen, und selbst die digitale Revolution war ja bereits mehrfach gefolgt. Wem trauerte ich eigentlich hinterher? Was ich suchte, gab es doch quasi bereits seit *Jahrzehnten* nicht mehr!

Gerade, als mich der Trübsinn vollständig ereilen, ja ertränken wollte, fiel mein Blick auf ein Mädchen...

Das Magische war, dass es meinen Blick festhielt. Es lag nicht so sehr daran, dass es sonst nichts zu sehen gab, das auch. Aber viel stärker war eine Art *Aura*, die von dem Mädchen ausging – zumindest für mich, nein, offenbar *nur* für mich... Von dem Mädchen strahlte etwas aus, und ich war nicht in der Lage, zu sagen, was. Und doch war ich sehr wohl sehr bald in der Lage, einiges zu der Frage zu sagen, aber die *Intensität* ihrer Ausstrahlung wurde mir immer rätselhafter. Auch in tiefschwarzer Nacht wurde man doch nicht durch einen einzigen Stern auf einmal geblendet?

Sie ging langsam an den Ständen entlang, sehr langsam. Ich hatte sie erblickt, wie sie an einem Stand mit Schmuck lange stehengeblieben war. Sie hatte sich die Auslage geradezu *sorgfältig* angesehen, regelrecht liebevoll. Ich konnte ihr ein wenig näherkommen und ihr Profil sehen. Man sah die Intensität von etwas sehr Jungem, sehr Unverdorbenem. Während sie die Auslage studierte, studierte ich ihr halbes Gesicht. Ihr Blick hatte etwas so *Reines*, so ... unglaublich *Interessiertes*.

Für mich war es unfassbar faszinierend, ihren Blick sehen zu dürfen, ihren Blick auf Dinge, die mir gleichgültig waren, während sie sie mit ihren Augen geradezu liebkoste, sanft abtastete, voller Interesse, sanft weiterwandernd, über die Dinge hin, mit ihren Augen, mit ihrem Interesse, noch immer dort stehend, bis sie alles von der Auslage in ihr Inneres aufgenommen zu haben schien. Und dann blickte sie zu dem Verkäufer und *lächelte!* Lächelte ihn an ... und ging weiter...

Diese Szene war für mich endgültig so unfassbar, dass ich geradezu meinte, die Zeit stünde still. Ich kann nicht sagen, wie ich diese Formulierung zu erklären gedenke. Natürlich wusste ich, dass die Zeit nicht still stand, aber so ein *Gefühl* hatte ich. Ich sah den Verkäufer auch kurz an, er hatte zurückgelächelt, er fand das Mädchen auch irgendwie ein bisschen außergewöhnlich – aber schon in der nächsten Sekunde schaute er wieder auf die Leute, die *jetzt* vor seinem Stand standen und vielleicht etwas kaufen würden. Ich aber folgte ihr...

Ich nehme an, spätestens in dieses Lächeln hatte ich mich verliebt. Spätestens. Sie stand jetzt an dem nächsten Stand. Ich fragte mich, ob sie nicht mit *jemandem* hier war – aber ich sah niemanden. Kurz streifte mich ihr Blick, aber ich sah sofort woanders hin, sie bemerkte überhaupt nicht, dass ich sie beobachtete, und doch tat mir schon der Gedanke bis ins Innerste leid, sie könne sich beobachtet *fühlen.* Dabei versuchte ich, sie so ‚sanft' zu beobachten wie nur irgendetwas. Im Grunde bestand ich aus reinem Staunen. Ich hatte so etwas noch nie gesehen...

Sie stand jetzt – und ich fast, ich wollte ihr nicht noch näherkommen als diese zwei, drei Meter, zwischen uns waren noch genügend andere Leute, immer wieder neue, während sie dort *stand* – vor eben einem dieser Stände mit Krippenfiguren. Und sie musterte sie ebenfalls. Wieder kommt mir dieses Wort, diese Worte: sorgfältig ... liebevoll... Und jetzt *fragte* sie etwas – es schockierte mich fast, ihre Stimme zu hören, hören zu dürfen.

„Wo kommen die Figuren denn her?"
Der Verkäufer, ein Schwarzer mit deutlich afrikanischem Akzent, beeilte sich, ihr freundlich zu antworten – er wollte ja auch verkaufen.
„Aus Kamerun ... alles handgemacht!"

23

Das Mädchen schien ein winziges bisschen zu zögern. Dann fasste es den Mut zu einer weiteren Frage:

„Gibt es ... in Kamerun viele – –"

„Viele Christen? O ja! Zwei Drittel der Bevölkerung sind Christen. Viele Christen, ja, viele..." Nachdenklich blickte sie mehrere Sekunden auf die Figuren. Dann sah sie fast schüchtern den Mann an – und lächelte erneut. „Danke...", sagte sie leise. „Gerne, gerne!"

Ich fragte mich minutenlang, wofür sie sich bedankt hatte, während ich ihr in diesem einzigartig langsamen Tempo folgte. Etwa für die *Auskunft*? Oder dafür, dass sie vor seinem Stand hatte stehen dürfen? Oder beides? Mir war nur eines deutlich – eigentlich hatten sich die Menschen zu bedanken, vor denen *sie* stand...

Der nächste Stand hatte etwas sehr Ausgefallenes, was sogar mich erstaunte: Weihnachtsbaumschmuck der etwas anderen Art – um nicht zu sagen: veralbernd. Fasziniert entdeckte ich Anhänger, die die absurdesten Dinge darstellten: Ein Croissant, einen Hummer, eine Bohrmaschine, einen Weihnachtsmann auf einem Dino... Ich empfand fast eine unverhohlene Anerkennung für diese einzigartige Idee, dieses endlich einmal *Unverwechselbare*, aber als ich wieder in das Gesicht meiner Schönen blickte – denn sie *war* schön! – sah ich bestürzt, dass es sie geradezu zu schockieren schien.

Bestürzend war allein schon, wie *sanft* sich dies alles in ihrem Antlitz zu spiegeln schien. Hätte man es nicht so innig studiert wie ich – niemand hätte bemerkt, was in ihrem Inneren vorgehen mochte. Auch ich brauchte wohl zwei, drei Sekunden, bis es mir eindeutig klar wurde. Klar wurde, dass sie offenbar gar nicht fassen konnte, was sie hier sah. Meine endgültige Bestätigung bekam ich, als ich wieder ihre Stimme hörte – diesmal nicht nur sanft, sondern fast scheu, oder *war* es Scheu, ich weiß es nicht:

„Wieso ... *verkaufen* Sie das...?"

Der Verkäufer sah sie lauernd bis unverbindlich an. „Was ist denn damit?" Der Blick des Mädchens, den ich wiederum nur von der Seite sah, traf mich mitten ins Herz – denn er ging gleichsam in ein Nichts. Ich hatte das Gefühl, dass er zwischen den Dingen der Auslage und dem Verkäufer hin und her irren wollte, sich gleichsam auf halber Strecke verfing und hier gewissermaßen *brach*... Vor erschütternder Hilflosigkeit...

Und dann blickte das Mädchen den Verkäufer doch noch an, einen vollen, langen Moment lang, und mir brach erneut das Herz... Während es stumm vor Trauer weiterging, fing ich noch den Blick des Verkäufers auf, der dem Mädchen spottend hinterher sah und seinen Blick sogar mit mir teilen wollte, aber ich ließ ihn einfach abtropfen...

Ich musste die Straßenseite halb wechseln, um von dem Stand wegzukommen, ohne dem Mädchen zu nahe zu rücken. Jetzt sah ich es aus etwas größerer Entfernung, und nun schien mir seine ganze Gestalt so einsam wie nie zuvor. Plötzlich hatte ich den Eindruck eines elternlosen, heimatlosen Kindes, eines welten-einsamen Mädchens, so mutterseelenallein wie niemand anderer in dieser Stadt.

Jetzt blickte es sich einmal hilflos um, wie mit der Frage, wo es hier ‚gelandet' sei, und beschämt fühlte ich ihren Blick ein zweites Mal auf mir, nur einen winzigen Moment, und doch schämte ich mich tief, blickte wieder fort, wusste nicht, ob sie mich irgendwie doch wiedererkannt hatte, ausgerechnet in diesem Augenblick ... und hätte sie dann fast in der Menge verloren.

Sie blieb an keinem Stand mehr stehen, sondern ging einsam und still durch die Menge, oder vielmehr, sie fand ihren Weg in einer Menge, die trotzdem schneller als sie in beide Richtungen strömte, sie aber ging in stiller Traurigkeit dem anderen Ende zu, bis sie schließlich, nach für mich regelrecht quälenden Minuten, die letzten Stände erreicht hatte und der dunklen Straße folgte, auf der sich die Fußgänger schnell ausdünnten.

Schockiert fragte ich mich auf einmal, was ich hier eigentlich tat – oder was ich tun *sollte*. Ich konnte schließlich nicht auf ewig diesem wunderbaren Mädchen folgen... Aber diese Frage sollte mir sehr bald abgenommen werden. Sie war eben in eine Hauptstraße eingebogen, wo es aber nunmehr noch weniger Menschen gab. Und dann blieb sie ausgerechnet, wie ich aus der Ferne erkennen konnte, vor einem *Hutgeschäft* stehen.

Ich war gleichsam auch eben erst um die Ecke gebogen und, sicher, dass sie in ihrer jetzt wieder ruhigen Vertieftheit, mich nicht bemerken würde, hatte ich mich zögernd noch einen Meter weiter herangewagt, dennoch weiter entfernt von ihr als je zuvor – da sagte sie, unerwartet zur Seite blickend, mich ansehend:
„Sie folgen mir..."
„Ich...", stotterte ich, völlig beschämt von meiner so radikalen Ent-deckung, „ich, ähm, ja, tut mir leid, ich – du – also ich wollte nur sagen, du brauchst ... keine Angst zu haben..."
Ich trat ein wenig näher, um nicht völlig blöd dazustehen, wagte mich aber nicht auf drei Meter an sie heran.
„Ich habe keine Angst...", sagte sie genauso sanft wie zuvor.
„Ich hab's nur gesehen..."

Nun war ich völlig bestürzt, aber zugleich auch seltsam beruhigt. Ich trat jetzt doch zu ihr an das Schaufenster, vorsichtig, damit sie nicht doch Angst bekam... Dann suchte ich irgendeine Rechtfertigung für mein Tun.
„Ich ... ich fand dich so besonders... Tut mir leid!"
Sie sah mich fast erstaunt an. Forschte in meinen Augen. Dann sagte sie:
„Es muss Ihnen nicht leid tun – Sie haben ja nichts gemacht..."
„Ja – außer dir hinterher zu gehen..."
„Ja..."
„Ich will auch gar nichts von dir..."
„Nein. Aber sie mögen Hüte..."

26

„Was?"

Einen Sekundenbruchteil später verstand ich ihren zarten Witz und musste beschämt auflachen.

„Nein, ich, ähm ... nein, wie du siehst, trage ich eher Mützen. Nein, natürlich mag ich keine Hüte ... Ich ... Es tut mir leid, vielleicht sollte ich wieder – –"

„Gehen ...?"

„Ja ...", sagte ich wie geistesabwesend, denn unsere Augen blickten einander an, und ich konnte mich von den ihren nicht lösen, sie waren so wunderschön ... „Vielleicht ... sollte ich ... wieder ... gehen ..."

Es war jemand anders, der das sagte, nicht ich ...

Als sie langsam weiterging, ging ich wie selbstverständlich neben ihr, es war wie eine schweigende Übereinkunft, eine stille Einladung, die niemand ausgesprochen hatte, die aber dennoch sanfter Gültigkeit beansprucht als je eine andere ...

„Wie heißt du eigentlich?", fragte ich zögernd, noch immer tief berührt von dem, was hier geschah.

„Wie heißen *Sie* eigentlich?"

„Ich? Oh, Entschuldigung! Ich habe mich noch gar nicht vorgestellt ... Aber der Name ist auch etwas ... Na ja, man würde es lieber lassen wollen ..."

„Aber wieso denn?"

„Bürger. Ich heiße Bürger. Benedikt Bürger ..."

„Aber das ist doch ein wunderschöner Name!"

„Findest du?"

„Ja – muss man das finden? Es *ist* so!"

„Ich habe ihn immer halb gehasst und mich idiotisch gefühlt."

„Bei dem Nach–"

„Bei beidem. Nach- und Vorname."

„Das *sollten* Sie nicht", sagte sie weich und mit so viel Mitgefühl, dass es mir den Atem verschlug.

Ich wusste darauf nichts zu erwidern, aber sie sagte:

„Ein Bürger ist doch jemand mit einer *Heimat*, oder nicht?"

„Ich weiß nicht...", sagte ich irritiert. „Ein Staatsbürger ist erstmal nur Teil eines Staates..."

„Ein Staat ist erstmal nur ein Zusammenschluss vieler Bürger ... die alle eine *Heimat* haben...", verbesserte sie, nein, nicht einmal das, sie schlug es sanft als bessere Alternative einfach nur *vor...*

„Ja, das wäre schön...", murmelte ich, erneut gefangen von dem Zauber, der von ihr ausging.

„Jeder Mensch hat eine Heimat...", wiederholte sie.

„Heimat ist da, wo man verstanden wird...", murmelte ich. „Das hat mal jemand gesagt..."

„Dann eben so...", erwiderte sie. „Jeder Mensch wird irgendwo verstanden..."

„Das wäre schön...", sagte ich, und wieder bemächtigte sich eine unbestimmte, schmerzliche Sehnsucht meiner.

Und dann erinnerte ich mich an die Momente zuvor.

„Wirst *du* irgendwo verstanden?", fragte ich, allein schon um ihr, der ich in jedem Moment *mehr* zugetan war, zu zeigen, dass ich ihr Leid wahrgenommen hatte.

Eine hauchzarte Erschütterung schien kurz durch ihre so verletzliche Gestalt zu gehen. Dann sagte sie leise:

„Irgendwo, ja..."

„Und wo?", fragte ich, wieder mit dieser Sehnsucht, auch, irgendeine *Beziehung* zu ihr zu finden, zu knüpfen, irgendwie...

„Wo...", wiederholte sie gedankenverloren. „Ja, wo... Irgendwo..."

Ich wollte nicht weiter in sie dringen und ging leise neben ihr her.

„Warum hast du gesagt: ‚Das wäre schön...'?", fragte sie dann sanft.

Ich liebte ihre Stimme so unendlich. Sie war so weich, so heilend, so ... sanft und zärtlich wie ihr Blick, der die Auslagen gestreichelt hatte... Wie konnte ein Mädchen so sanft sein?

Ich überließ mich dieser unendlichen Wärme so unendlich dankbar, geradezu beseligt...

„Diese ganze Corona-Geschichte...", begann ich vorsichtig und wollte ihr doch sanft mein ganzes Herz ausschütten, denn ich war sicher, dass *sie* es verstehen würde, allein schon *zuhören* würde... „Ich bin eigentlich so verzweifelt..."
„Weil du nicht geimpft bist?"
„Doch, ich *bin* geimpft! Aber das *ist* es doch nicht. Es geht um alles. Wie alles behandelt wird. Wie die Ungeimpften behandelt werden. Wie man sich verhält. Wie alles dramatisiert wird. Wie die Masken regieren. Die ‚3G-', die ‚2G-', die ‚1G-', ‚2G-', ‚3G-plus'-Regeln. Es ist alles so *unmenschlich*. Und die Menschen werden so *gespalten*, so furchtbar gespalten..."
„Ja..."
„Du verstehst das?", fragte ich doch wiederum fast erschüttert. „Du siehst es genauso?"
„Ja..."
„So jemanden muss man heute fast unglaublich *suchen*..."
„Aber du hast mich ja *gefunden*...", lächelte sie.

Ihre Antwort erschlug mich fast in ihrer sanften Selbstverständlichkeit. Fast hilflos sagte ich:
„Du warst auch nicht zu übersehen..."
Der erste Eindruck überwältigte mich fast wiederum regelrecht physisch.
„Wieso?"
„Das kann ich nicht sagen...", stotterte ich. „Es war etwas ... es war etwas ... irgendwie ... war es ... irgendwie war es unbeschreiblich..."
„Also hast du mich schon lange beobachtet?"
„Ich", erwiderte ich betroffen, „*habe* dich nicht beobachtet – ich meine..."
Ich erinnerte mich an die letzte halbe Stunde.
„Ja, gut ... ich habe dich beobachtet – aber nicht so, wie du denkst! Ich..."
„Du musst dich ja nicht entschuldigen..."
„Aber ich habe dich nicht *beobachtet*. Ich meine... Ich war so ... so fasziniert von dir... So gefesselt..."
„Das ist schlecht. Ich will niemanden fesseln..."

„Nein, ich meine ... gar nicht negativ. Im Gegenteil."

„Also nicht gefesselt, sondern ... befreit?", lächelte sie auf diese unglaubliche weiche Art.

Ich musste fast glücklich auflachen über ihr wunderschönes Angebot, das irgendwie auch so *wahr* war.

„Ja", bestätigte ich. „Irgendwie befreit... Ich war ... gefesselt und befreit..."

„Von deiner Heimatlosigkeit...", schlug sie sanft vor.

„Das wusste ich da ja noch nicht... Aber..."

Sie wartete erwartungsvoll, während unsere Schritte auf dem Gehweg erklangen, der noch immer von winzigen Schneeflockenpunkten bedeckt war.

„Aber ... von ... diesem Gefühl... Der ... der Sinnlosigkeit..."

„Das hattest du?"

„Ja..."

„Wegen allem...?"

„Ja..."

„Benedikt?"

„Ja?"

„Ich muss jetzt nach Hause, aber ... würdest du morgen früh mit mir Schlittschuh fahren wollen? Auf dem See?"

„Ähm ... das habe ich seit zwanzig Jahren nicht mehr gemacht, und ich habe gar keine mehr..."

„Gut, du musst nicht. Nur ich... Ich fahre ein bisschen, und dann gehen wir spazieren. Willst du?"

„Nichts lieber als das. Aber wo treffen wir uns? Wo finde ich dich? Und wann?"

„Sagen wir ... um sieben an der Nordseite des Sees?"

„Um sieben? Abends? *Morgens*? Aber da ist es noch dunkel!"

„Es ist nicht dunkel... Wir haben noch immer fast Vollmond. Und selbst wenn... Selbst mit Wolken ist es nicht *ganz* dunkel."

„Wenn du *meinst*...", sagte ich sehr zögernd.

„Vertrau ihr...", sagte sie lächelnd.

„Wem?", fragte ich irritiert. „Wem soll ich vertrauen?"

„Der Weisheit...", lächelte sie.

„Welcher Weisheit?"

„*Der* Weisheit..."

„Wie... *Der* Weisheit? Und du kennst sie?"

„Ja!"

Sie lachte leise einmal auf.

Ich ließ ihr ihre Freude. Sie machte sie noch bezaubernder.

„Na gut, ich vertraue ihr."

„Das ist sehr gut", stellte sie befriedigt fest.

„Und ... und was machen wir jetzt?"

„Ich gehe da vorn nach links – und du gehst nach rechts. So trennen wir uns, und in zwölf Stunden *finden* wir uns wieder..."

„Ja, gut..."

‚Ja', dachte ich, ‚du seltsame Schöne. Ich mache alles, was du sagst...'

Und so war es.

An der nächsten Straßenkreuzung ging sie nach links und winkte zum Abschied unnachahmlich weich mit ihrer behandschuhten Hand und sagte:

„Auf Wiedersehen – bis morgen früh..."

Ich versuchte, ihre Geste nachzumachen, und hatte das Gefühl, kläglich zu scheitern, und doch war mir so wohl ums Herz...

„Auf Wiedersehen! Bis morgen früh..."

*

Ich hatte ihr nachgeblickt, bis sie verschwunden war...

Dann ging ich nach Hause, so glücklich wie schon lange nicht mehr in meinem Leben.

Erst, als ich wieder in meiner Wohnung angekommen war, begriff ich, dass ich vielleicht noch *nie* so glücklich gewesen war.

Ich war mir fast sicher, auch das vorsichtige ‚vielleicht' noch völlig streichen zu können...

Selbst irgendetwas zu *tun*, kam mir jetzt völlig profan vor. Weder holte ich mir etwas zu trinken aus dem Kühlschrank, noch machte ich den Fernseher an, noch nahm ich mir ein Buch hervor oder tat irgendetwas anderes.

Ich legte mich einfach nur auf das Bett und versuchte, meine Gedanken zu ordnen – oder wenigstens meine Gefühle. Selbst das gelang mir kaum. Ich kam so weit, zu erkennen, dass ich glücklich war – aber da war ich ja bereits –, und dass mir das schönste Mädchen begegnet war, dass mir jemals begegnet war, oder ich ihm, aber eher wohl tatsächlich es mir. Begegnet. Es war mir begegnet. Wie zufällig. Aber bereits bei dieser Frage scheiterte ich. Ich musste es einfach hinnehmen. Es *konnte* kein Zufall sein. Aber was gab es denn sonst... Weiter denken konnte ich einfach nicht...

Und meine Gefühle? Spielten verrückt. Ich hatte mich in dieses Mädchen hoffnungslos verliebt. Aber ich wollte nicht einmal daran denken. Es erschien alles so zart, so verletzlich, so heilig. Ich wollte ihr auch nicht zu nahe treten. Ich wollte ihr nur nahe *sein* – aber auch das nur, wenn ich es durfte... Und sie hatte selbst gesagt, dass ich es durfte. Morgen früh ... im Mondschein.

Hätte ich das jemandem erzählt, hätte er mich für verrückt erklärt. Vielleicht *war* ich ja auch verrückt – längst verrückt geworden. Vielleicht war sie morgen früh ja gar nicht da. Oder existierte schon jetzt nicht – und ich war völlig durchgedreht. Vielleicht Frühfolgen einer ernsthaften Depression – oder Spätfolgen einer abartigen halben Zwangsimpfung... Ich wurde völlig verrückt vor Verzweiflung, auch nur mit gewisser Wahrscheinlichkeit annehmen zu müssen, dass mein Erlebnis nicht real gewesen war. Aber es *war* real gewesen! Ich hatte noch nie so real ein irreal schönes Mädchen getroffen. Und es hatte mit mir gesprochen, und ich hatte noch immer den wunderbaren Klang ihrer Stimme im Ohr, im Kopf, in meinem ganzen Körper. Alles in mir sang geradezu...

Entsetzt wachte ich auf und stellte fest, dass ich weggeträumt war. Das Erste, was ich tat, war, mir den Wecker zu stellen. Nicht auszudenken, wenn ich verschlafen hätte! Danach putzte ich mir die Zähne und dann ging ich schlafen. Ich würde ganz sicher weiter rettungslos von *ihr* träumen...

Ich erwachte halbwegs bestürzt, denn ich hatte tatsächlich von ihr geträumt. Einen tief erotischen Traum, in dem nichts ungeschehen blieb... Obwohl mir die Details nicht mehr deutlich waren, es vielleicht bereits schon im Traum gar nicht gewesen waren, war mir ohne jeden Zweifel klar, dass ich noch nie einen so erotischen Traum gehabt hatte – einen so *zarten* Traum auch...

Dieses Mädchen war die reinste Versuchung, nein, Verführung – nein, *Verheißung*... Es war die Verheißung von etwas Unendlichem. Eines unendlichen Geliebtwerdens. Angenommenseins. Durch die *Zärtlichkeit selbst*. In meinem Traum war dieses Mädchen gleichsam ein Universum von Zärtlichkeit. Es dehnte sich grenzenlos um einen aus, und man war darin *geborgen*... Man war geliebt, bis in einen tiefsten Kern hinein, den man selbst nicht einmal gekannt hatte... So fühlte ich mich ... in dem Traum.

Mit klarem Tagesbewusstsein fühlte ich mich natürlich bereits wieder viel ernüchterter. Ich kochte mir einen Kaffee und sah auf die Uhr. Viel Zeit hatte ich nicht... Während ich ins Bad ging, hatte ich genügend Zeit, mir mit simplem psychologischen Allgemeinwissen, das die meisten Menschen heute nun einmal hatten – oder doch haben sollten –, klarzumachen, dass genau dies der Grund war, warum man sich, speziell als Mann, in ein Mädchen verlieben konnte. Ein Mädchen war auf diese Weise die reinste Projektionsfläche.

Für den nicht ganz so geschulten Mitmenschen kann man es ja auch kurz erklären. Ein Mädchen ist *lieb* – und das reicht schon. Man kennt nichts weiter von dem Mädchen, aber es hat dieses Liebe, dieses Zarte, dieses Verletzliche ... und schon kann man *alles* in dieses Mädchen hineinprojizieren, sämtliche Sehnsüchte, die man je einmal gehabt hat, sogar das, was man sich nie einzugestehen wagte, sogar das, wovon man überhaupt nicht weiß – das besorgt dann das Unterbewusstsein für einen... Kurz gesagt: Ehe man es sich versieht, ist so ein liebes Mädchen die *Universalerlöserin* für die eigene Seele geworden, oder sogar für mehr als nur die Seele... Man stellt sich vor, das Mädchen würde, könnte einen *lieben*. Mich... *Nur* mich ... Man hat sich hoffnungslos in das Mädchen verliebt und stellt sich vor, träumt sich in die Vorstellung hinein, es könnte irgendwie auch nur ansatzweise etwas *Gegenseitiges* sein...

Während ich wieder an meinem Küchentisch saß und meinen Kaffee trank, führte ich den Gedanken weiter aus. Der Projektionsgedanke beinhaltete auch, dass man ein Mädchen nur deshalb liebte, weil man eigentlich umgekehrt geliebt werden *wollte*. Es war im Grunde nur verkappte Selbstliebe. Man liebte ein Wesen, das man als reines Liebeswesen imaginierte – und dieses Wesen würde unbegrenzt einen selbst lieben, ausschließlich, mit totalem Fokus. Man liebte also ein Wesen, weil es die perfekte Liebe zu einem selbst war. Und so war auch dieser eigene ‚Liebesvorgang' letztlich bloßer ... Narzissmus.

Man liebte sich selbst – und darum ‚liebte' man ein Wesen, das das Gleiche tat: einen zu lieben.

Soweit die Psychologie. In der man sich natürlich völlig ertappt fühlen konnte. Klar – warum standen so viele Männer auf junge Mädchen? Sie fühlten sich total bestätigt... Ein Mädchen bot keine Hindernisse, wie eine erwachsene Frau, mit eigenen Wünschen, eigenen Bedürfnissen, eigenen Ansichten. Ein Mädchen bewunderte einen Mann – und er wurde auf ganzer Linie *bestätigt*. Der Mann projizierte in das Mädchen hinein, wie ‚toll' er war – und das Mädchen spiegelte es ihm vollumfänglich zurück: Er ist der Größte...

Ich trank meinen Kaffee aus und schenkte mir noch einmal nach.

Das ganze Modell hatte nur einen Haken. Ich *hielt* mich keineswegs für den Größten – hatte das auch nie getan. Hatte immer diejenige Art von Mann verachtet, die das tat und auch offen durchblicken ließ. Nun gut – solche Männer brauchten keine Mädchen, um sich zu bestätigen, ihnen lag eine ganz bestimmte

Art von Frauen zu Füßen und ließ sich von dieser Art solcher Männer einwickeln.

Vielleicht war der Narzissmus der Männer *meiner* Art nur versteckter. Sie waren als Nicht-Alpha-Männchen deutlich frustriert von der allgemeinen Rangordnung und suchten sich eine *subtilere* Bestätigung – daher Mädchen. Mädchen, die eben noch kein ,gleichwertiges Gegenüber' waren, wie man sagte, und weil sie sich noch nicht *selbst* geltend machen konnten, bestätigten sie willig oder auch unfreiwillig den, der ihnen soviel mächtiger gegenübertrat... Zumal sie sich ja auch selbst Anerkennung wünschten und sehr gern den bestätigten, der ihnen zumindest ein Mindestmaß an Bestätigung oder Aufmerksamkeit schenkte...

Aber – wenn es so war ... ,what the fuck' war dann das *Problem* daran? Wenn jeder Mensch einfach nur Bestätigung suchte – warum machten die Menschen dann so einen Aufriss darum, dass manch einer seine Bestätigung bei einem *Mädchen* fand – und sie bei ihm? War es nicht so, dass unsere Gesellschaft jedem die Bestätigungen immer wieder *entzog*? War es denn ein Wunder, dass in einer Leistungsgesellschaft, in der man erst etwas galt, wenn man ,lieferte', eine unglaubliche Sehnsucht danach existierte, *geliebt* zu werden? Geliebt zu werden, ohne ... etwas zu ,*müssen*'? Einfach nur geliebt... Weil man da war... Als der, der man war...?

Wer war man eigentlich... Die Leistungsgesellschaft definierte einen. Nach Rolle. Nach Leistung. Nach Output. Nach Wohlverhalten. Nach Übereinstimmung mit der herrschenden Meinung. Ließ man in auch nur einem Punkt nach, war man ganz schnell ,draußen'. Diese Gesellschaft war unerbittlich. Man konnte dann noch in sogenannten ,Nischen' überleben, aber der eigentliche Zug rollte dann unerbittlich ohne einen weiter. Es war eine Gesellschaft ohne Liebe. Soziale Elemente waren *geregelt* – durch Krankenversicherungsbeiträge, durch Hartz-IV-Mindestversorgung, allenfalls gab es noch den netten Postboten, der nur deshalb nett war, weil er wusste: Er hat verdammtes Glück gehabt, nicht *selbst* auf der Straße zu leben...

So weit hatte es der sozialdarwinistische Kapitalismus also schon geschafft. Die Leute waren nett und froh, weil sie wussten: Es kann einem immer *noch* dreckiger gehen... Und währenddessen grenzte man Ungeimpfte aus, sie durften nicht mehr am öffentlichen Leben teilnehmen, nicht mehr studieren, überhaupt nichts mehr. Die Gesellschaft war unerbittlich. Man applaudierte zu jeder Härte und nahm sie hin. Im Grunde könnte jederzeit wieder der starke Mann kommen... und die Leute würden eigentlich nur fragen: Warum hat es denn diesmal so *lange* gedauert?

Ich war wieder in mein Thema versunken und entdeckte zuletzt schockiert, dass ich eigentlich schon fünf Minuten im Verzug war. Ich stürzte zu meinem Mantel und machte mich auf den Weg...

*

Von meiner Wohnung aus zum See dauerte es etwa zwanzig Minuten – indem ich mich beeilte, konnte ich es in fünfzehn Minuten schaffen. Der Gedanke, dieses Mädchen warten zu lassen oder zu spät zu sein, ließ keine anderen Gedankengänge mehr zu. Die einsame Stimmung eines frühen Wintermorgens, an dem andere sich in die Arbeitszentren aufmachten, taten ihr übriges. Erneut trat in mein Bewusstsein die Frage, was ich wohl getan hätte, wenn ich nicht schon seit einer Woche die Hälfte meines Jahresurlaubs genommen hätte? Was hätte ich dann auf die Einladung des Mädchens antworten können – für einen profanen *Donnerstagmorgen*? Manchmal kam einem der Zufall zu Hilfe. Schon zwei Zufälle...

Am Eingang zu dem Waldgebiet, das den See umrahmte, wurde ich doch kurz unsicher. Hier war es doch sehr dunkel. Der Mond war nicht zu sehen, es war bewölkt. Hier, wo die Straßenlaternen nahezu aufhörten, sah man einzelne Sterne in den Wolkenlücken. Auch den Mond fand ich schließlich als dumpf dämmernde, etwas weißlichere Wolkenformation, aber das nützte mir auf dem Weg durch den Wald wenig. Aber zum Glück gewöhnte sich der Mensch an alles, gewöhnte sich auch das Auge an die Dunkelheit und erkannte den recht breiten Weg in seinen Umrissen, konnte ich mich zumindest halbwegs auf dessen Mitte halten...

Die Dunkelheit bremste mich trotz allem erheblich – und mit dieser Verzögerung hatte ich nicht gerechnet. Als ich glaubte, endlich doch bald da sein zu müssen, sah ich auf meine Armbanduhr – und war schon fast fünf Minuten zu spät. Ich fluchte innerlich, weil ich mich tief schämte, und legte einen Zahn zu, soweit es irgend möglich war, ohne mich selbst zu gefährden.

Und dann bot sich mir ein märchenhafter Anblick...

*

Wie um mich zu belohnen, dass ich es geschafft hatte, gab die Wolkendecke in dem Moment, als ich an der kleinen Böschung stand, die zum See hinunterführte, den Mond frei, dessen Licht nun auf die volle Fläche des Sees fiel. Ein paar wenige weitere Schneeflocken waren in der Nacht gefallen, und hier auf der unberührten Fläche blieben sie in ihrem ganzen zarten Zusammenhang liegen und bildeten eine unschuldige, hauchdünne Schicht von reinem Weiß – ein in dem klaren Mondlicht unerwartet erschütternder Eindruck.

Aber noch viel berührender war *sie*. Sie stand schon mit ihren Schlittschuhen auf dem Eis und fuhr in winzigen Bewegungen mit einem ganz kleinen Radius hin und her, und unmittelbar sah und erkannte ich, dass sie damit unschuldig *wartete*...!

Dieser Anblick rührte mich so sehr, dass es heiß in meiner Brust aufstieg – ja, ich spürte plötzlich Tränen in meinen Augen. Ich kann das niemandem erklären, der es nicht unmittelbar selbst begreift...

Jederzeit hätte sie machen können, was sie wollte – ohne mich ‚losfahren', ungeduldig werden (sogar gar nicht gekommen oder schon wieder verschwunden sein), aber sie wollte ... warten! Und dies so unschuldig, wie es gar nicht mehr fassbar war...

Ich kam mir regelrecht viel, viel zu profan vor, als ich ganz an das Ufer herantrat und unsicher – ich merkte, dass ich noch immer ihren Namen überhaupt nicht kannte! – sagte: „Es tut mir leid, dass ich etwas zu spät bin, es war so dunkel..." In demselben Moment, wo sie meine Stimme hörte, blickte sie erfreut auf und glitt zu mir ans Ufer. Dann stand sie in ihrer berührenden Verletzlichkeit (ich könnte auch sagen Unschuld oder Mädchensanftheit) vor mir und sagte lächelnd: „Zehn Minuten?" Ich war so irritiert, dass ich kein Wort herausbrachte, weil ich nicht einmal wagte, sicher zu sein, was sie meinte... Sie kam mir sanft zu Hilfe und ergänzte geradezu berührend: „...*Zuschauen*?" „Ja", stotterte ich. „Solange du willst..." „Gut!", sagte sie geradezu glücklich, und damit – das heißt, mit einem letzten Blick zu mir – entfernte sie sich auch schon und ließ mich allein.

Aber der Sinn der Worte zerbricht hier regelrecht. Denn sie ließ mich nur am Ufer zurück, aber der Rest war ein großes Wunder. Allein schon jenes eine einzige Wort, gesprochen von ihrer Stimme, dieser so einzigartigen. Allein schon dieses eine Wort... ‚Zuschauen...?' Sie hatte es gefragt wie eine zarte Bitte. Wie eine zarte Absprache. Wie etwas, was man auch jederzeit hätte ablehnen können, weil man kein Verständnis dafür hatte, oder weil man nicht mehr gewohnt war, so lange einer einzigen Sache ‚zuzuschauen', überhaupt *nur* zuzuschauen...

Sie hatte es gefragt, wie kleine Mädchen fragen, die ihrem Papa etwas zeigen – und doch wissen, dass er eigentlich vielbeschäftigt ist und keine Zeit hat, aber doch bitte, bitte einmal zuschauen... All das lag unendlich zart, nur angedeutet, mit darin. Und doch war es wiederum völlig anders. Ich will nur sagen: Sie fragte mich in dem Wissen, dass es keineswegs selbstverständlich war, an einem Donnerstag in aller Herrgottsfrühe an einem kalten dunklen See zu stehen und zusehen zu müssen, wie ein selbstzufriedenes Mädchen darauf seine Kreise zog, obwohl man *Besseres* tun könnte, zumindest *anderes*, das einen nicht so sehr auf die fast demütigende Rolle eines bloßen, passiven Zuschauers herabwürdigte...

Nun gut, noch verständlicher machen kann ich mich nicht – wer jetzt noch nicht versteht, warum mich dieser eine Augenblick so absolut, so buchstäblich *unendlich berührte*, der möge mit ungelösten Mysterien eines Tages sterben.

Aber – das Mädchen versuchte nicht nur sein Bestes, mir das Warten möglichst angenehm zu machen, es tat noch grenzenlos viel mehr: Denn es versuchte *gar nichts*. Ein anderer Charakter hätte das nun folgende Schauspiel *tatsächlich* als ‚selbstverliebt' wahrgenommen, denn das Mädchen schien mich – und überhaupt die ganze Welt – völlig zu vergessen. Es begann, über das Eis zu gleiten, und eine andere Welt *gab* es nicht mehr...

Ich aber tauchte ein in eine absolute Offenbarung. Auch für mich gab es keine andere Welt mehr – nur noch das Mädchen vor dem dunklen Hintergrund des Waldesrundes, das sich nahezu nicht von dem Dunkel des nächtlichen Morgens abhob, während das Oval des Sees dieses märchenhafte Weiß zeigte, übergossen vom Mondlicht. Und das Mädchen ... das über das Eis glitt, in seiner unschuldigen Gestalt, langsam, schnell, weder noch, genau richtig, eins mit dem See, eins mit dem es tragenden Eis, eins vielleicht mit überhaupt *allem* in diesem Moment...

Wie soll ich es beschreiben? Es war nicht perfekt – aber es war perfekter als perfekt. Es war etwas, was alle Perfektionisten nie erreichen können, weil es eben die *Unschuld selber* war... Es war so perfekt, wie es nur den unschuldigen Wesen möglich ist – und wie sie gestern mit ihrem Blick zärtlich die Auslagen gestreichelt hatte. Es war perfekt. Es war im Grunde reinste, zärtlichste Wärme. So fuhr sie jetzt auch über den See – und man fragte sich nur, warum er nicht unmittelbar schmolz. Wahrscheinlich auch nur aus ebenso großer Liebe zu ihr... Er trug sie weiter, obwohl er hätte schmelzen *müssen*...

Und dann ... steigerte sich das Wunder zu etwas, was in seiner Schönheit geradezu *physisch* fast unerträglich wurde, weil es eine so ungeheure Sehnsucht auslöste, ein so fassungsloses Staunen auch, eigentlich einen nicht mehr zu beschreibenden Gnadenzustand ... dass selbst der Körper nicht mehr wusste, wie so etwas Einzigartiges überhaupt möglich war.

Sie begann, noch mehr zu gleiten... Sie breitete ihre Arme aus. Und dies hatte nichts Künstlerisches, es ging weit darüber hinaus. Sie breitete *sich* aus. Ihre ganze Unschuld. Sie offenbarte gleichsam das zärtliche Geheimnis von *Freiheit*. Nicht die Freiheit des Neoliberalismus. Nicht einmal die Freiheit eines Mädchens. Sondern die Freiheit *an sich*. Aber in unendlichem Einssein mit der Unschuld. Eine fast scheue Freiheit – aber nicht einmal das; da war nichts Zögerliches. Da war nur dieses ... dieses *Liebliche*. Dieses sanfte Strahlen. Man möchte sagen, ein Triumph der Zärtlichkeit, die ... niemanden störte, niemanden beeinträchtigte, niemandem das Licht nahm, die einfach nur *da* war... Ich hatte so etwas Berührendes nie zuvor erlebt...

Und es setzte sich fort, vertiefte sich abermals. Jetzt senkte sie sich in die Waagerechte, fuhr auf einem Bein, das andere anmutig in einer geraden Linie mit ihrem Antlitz, in einer heiligen Ebene mit ihren Armen ... und es jagte mir Tränen in die Augen – diese *Schönheit*, nicht einmal vergleichbar mit der Majestät eines Adlers, sondern diese weit, weit übersteigend; während der Adler in gleißendem Sonnenlicht als Herrscher der Lüfte dahinglitt, war dieses Mädchen nicht nur Herrscherin der Lüfte, sondern sanfte Herrscherin von *allem*. Mir kam plötzlich die ‚Kindliche Kaiserin' aus der ‚Unendlichen Geschichte' in den Sinn, aber dies hier war real und überstieg selbst jenes noch... Kurz sah ich vor meinen schönheitsverwundeten Augen den Sinn des Universums schlechthin... Ich konnte ihn nicht fassen, aber meine tränenumflorten Augen *hatten* ihn gefasst...

Ich weiß nicht, wann es vorbei war, ich hatte jedes Zeitgefühl verloren, ich war ein *Ertrunkener* in dieser Schönheit – aber irgendwann, irgendwann kam sie wieder an das Ufer geglitten, zu mir, sie gab sich – oder mir – ein paar sanfte Augenblicke Zeit, und dann sagte sie weich und wunderbar:
„Ich bin fertig..."

Ich brachte kein Wort heraus. Ich wusste auch, dass es nicht wiederholbar, nicht fortsetzbar war. Aber ich brachte *nichts* heraus...
Sie sah es, ging ‚an Land', machte die paar Schritte bis zu einer Bank ganz in der Nähe, fast unbeholfen, einmal fast das Gleichgewicht verlierend, weil es diese kleine Böschung hinaufging – und dann setzte sie sich und zog sich die Schlittschuhe aus. Es erwies sich, dass sie auf die Bank einen Rucksack gelegt hatte, der ihre normalen Schuhe barg.
Während sie sie anzog – ich war ihr zu der Bank gefolgt –, brachte ich endlich irgendwie hervor:
„Ich weiß nicht, was ich sagen soll..."
Sie lächelte und sagte geradezu unkompliziert, fast wie ein normales Mädchen:
„Man muss nicht immer was sagen..."
Dann war sie fertig mit dem Binden ihrer Schuhe, erhob sich und setzte den Rucksack auf. Sie band die Schlittschuhe zusammen und reichte sie mir mit einer anmutigen Geste:
„Würdest du sie tragen?", fragte sie weich. „Man kann sie über die Schulter hängen..."

Ich nahm ihre Schlittschuhe entgegen, die mir wie eine Art Heiligtum erschienen, und hängte sie vorsichtig über meine rechte Schulter, während sie an meiner linken Seite ging, als wir uns nun langsam in Bewegung setzten.

„Wo hast du das gelernt...", brachte ich fast stotternd hervor, um überhaupt irgendetwas zu sagen, endlich und peinlich genug.

„Ich hab's einfach gelernt...", erwiderte sie sanft.

Wieder so geheimnisvoll.

„Du willst", setzte ich zögernd an, „nicht so viel von dir verraten, oder?"

„Doch. Aber diese Fragen sind doch noch nicht die richtigen... Oder?", erwiderte sie sanft, ohne jeden echten Vorwurf. „Wer, wo, wann, was. Wieviel, warum, wofür, wogegen. Meistens fragt man nur, um sich an irgendwas festhalten zu können. Wir *können* uns aber nirgendwo festhalten, Benedikt..."

Ihre Antwort erschütterte mich – sie zog mir den Boden unter den Füßen fort, ohne mich zu beschämen, denn ich hatte noch nie so warme, weiche Worte gehört, wie sie sie fortwährend mit ihrer Stimme formte; noch nie gehört, wie jemand so wunderschön meinen *Namen* sprach...

„Warum tust du das?", fragte ich ohne Vorwarnung allein nur mir selbst gegenüber. Die Frage brach aus mir hervor, urwüchsig, fast, bevor sie mir selbst bewusst wurde. „Warum schenkst du mir ... deine Zeit? Dies alles? Warum... Wieso ... wieso *gibt* es dich überhaupt...?"

Sie lachte leise, so unglaublich *berührend*, wie es überhaupt nur ein Mädchen konnte.

„Ist das dein Ernst? Wieso ‚*gibt* es dich überhaupt'?"

„Ja, ich meine...", stotterte ich. „Niemand ist so wie du. Nicht ... nicht einmal ansatzweise. Ich hätte zehntausend zu eins gewettet, dass so etwas nicht existiert..."

„Dann hättest du eben *falsch* gewettet. Man soll auch nicht wetten."

„Warum nicht?"

„Weil es krank ist."

„Krank?"

„Ja."

„Und ... wieso?"

„Du könntest dir alle Fragen selbst beantworten."

Ich verstummte bestürzt. Versuchte, mir die Frage zu beantworten. Aber ich kam zu keiner Lösung.

„Es ist...", versuchte ich halbherzig, mich zu verteidigen, „ein Abschätzen von Wahrscheinlichkeiten..."

„Dafür braucht man nicht den Begriff ‚wetten'."

„Aber es ist doch das Gleiche."

„Nein."

„Was ist denn anders?"

„Beantworte es selbst."

„Ich weiß nicht – ich kann es nicht. Es ist vielleicht ... etwas salopper ausgedrückt."

„Nein. Nicht einfach nur das."

Ich dachte noch einmal tief nach.

„Na gut, man macht ... eine Art ‚Spiel' daraus, oder so etwas."

Das Mädchen schwieg. Ich wurde unsicher.

„Bist du jetzt böse?", fragte ich leise.

„Nein...", sagte sie ebenso leise.

Ich spürte zutiefst, wie traurig ich sie gemacht hatte, und sagte betroffen und verzweifelt:

„Es tut mir leid –", mir fehlte so sehr ihr Name. „Wie kann ich es wieder *gut*machen?"

„Das kann man sich *auch* nur selbst beantworten...", sagte sie leise.

Ihre Antwort stürzte mich in eine echte Qual.

„Warum bist du so *anders*...?", fragte ich bittend.

„Ja, das frage ich mich auch oft", erwiderte sie leise. „Warum ich so *anders* bin..."

Ihre Antwort berührte mich außerordentlich.

„Was meinst du...?", fragte ich unsicher.

Aber ihre ausbleibende Erwiderung bestärkte mich in der Erkenntnis, dass ich es längst selbst halb spürte.

„Die Frage ist nicht...", sagte ich schließlich besiegt, „warum es dich *überhaupt* gibt, sondern ... warum es dich nur *einmal* gibt..."

„Ich *mag* keine Klone", kommentierte sie trocken und fast hart, und doch immer noch so weich wie niemand sonst.

Ich suchte fieberhaft nach einer weniger missverständlichen Formulierung und sagte nach wenigen Augenblicken: „Die Frage ist eher, warum alle *anderen* solche Klone sind, die dir in nichts auch nur ähnlich sind..."
Sie schwieg berührt, oder auch traurig, oder auch etwas beschämt, oder auch alles zusammen...

„Aber ... wie *heißt* du?", fragte ich bittend. „Würdest du mir ... deinen Namen verraten? Ich würde ihn so gerne wissen..."
„Wissen..."
„Nein", erwiderte ich stotternd. „Nicht nur wissen. Ich möchte ihn ... es gibt für manches keine Worte, keine anderen. Die, die es gibt, taugen manchmal nichts..."
„Aber wozu brauchst du meinen *Namen*, wenn ich selbst da bin?"
„Ich...", sagte ich betroffen, „ich möchte ... dich anreden können, so dass du spüren kannst, dass du wirklich *gemeint* bist. Ich möchte, dass du ... dich gemeint fühlst, dass du – –"
„Fühlst *du* dich denn gemeint? Du hast gesagt, du magst deinen Namen gar nicht..."
Wieder gestand ich völlig besiegt:
„Wenn *du* ihn aussprichst, *fühle* ich mich gemeint, ja... So sehr, dass es geradezu wehtut..."
„Wehtut?"
„Ja ... vor Schönheit..."

„Seit wann tut Schönheit weh?"
Ich dachte eine kleine Weile nach.
„Ich nehme an...", sagte ich mit einer vorsichtigen Mischung aus Sarkasmus und Selbstmitleid, „seit die Menschheit sie so unendlich entbehrt..."
„Aber sie *umgibt* euch doch..."
„Euch?"
„Ja, mich auch...", lächelte sie scheu.
„Aber wir sehen sie nicht..."
„Ja..."

„Aber niemand anders hat meinen Namen je so schön gesagt..."
„Vielleicht hast du es nur nicht gehört, weil du ihn selber nicht mochtest."
„Und wieso habe ich es dann bei *dir* gehört?"
„Vielleicht, weil ich ihn *besonders* schön gesagt habe...", lächelte sie.
„Machst du dich lustig über mich?", fragte ich zögernd.
„Nein – es ist doch wahr, oder nicht?"
„Aber warum tust du das – oder, wie kannst du das? Oder ... warum tut es sonst niemand...?"
„Deinen Namen so schön aussprechen?"
„Nein! Ich meine, alles..."
„Warum fragst du ausgerechnet mich das?"

„Ich weiß auch nicht...", sagte ich, wieder besiegt. „Vermutlich dachte ich, denke ich, du hast auf alles eine Antwort..."
„Selbst wenn es so wäre...", lächelte sie, „was hat es für einen Sinn, sie nicht *selbst* zu finden?"
„Manchmal braucht man ja auch Hilfe..."
„Ja, und manchmal bekommt man sie ja auch...", lächelte sie wieder.
„Ich will ja eigentlich auch gar keine Antworten –", wieder fehlte mir ihr wunderschöner Name. „Ich staune nur... Ich staune nur berührt... Ich fühle mich so beschenkt von ... deiner Gegenwart, und all diese Fragen werden von dir *ausgelöst*..."
„Das ist doch gut...", sagte sie schlicht und tief bescheiden.

„Kannst du mir deinen Namen denn nicht bitte sagen? Ich möchte dich meinen... Ich habe solche Sehnsucht danach, deinen Namen auszusprechen... Ich möchte dich ... irgendwie kennen, ich möchte ... ich möchte..."
„Du möchtest eine tiefere *Verbindung* zu mir."
Ich war fast betroffen über ihre allzu direkte und sogar einseitige Deutung. Aber ich konnte mir nichts vormachen. Meine Sehnsucht sprach eine zu eindeutige Sprache.
„Ja, vielleicht auch das...", gestand ich zerknirscht.
„Vielleicht?"

„Lassen wir das mit der ‚Verbindung' einmal... Vielleicht willst du ja ... gar keine Verbindung zu *mir*... Aber ... wenn ich dich zumindest ansprechen könnte und du auch das Gefühl haben könntest, gemeint zu sein ... würdest du das nicht auch schön finden?"
„Manchmal sind ja Namen gar nicht das, was sie versprechen, solange man sie nicht kennt. Wäre es nicht besser, du denkst dir einen Namen aus, denn du *schön* findest – und ich *fühle* mich dann gemeint?"
„Das geht doch gar nicht – es wäre doch nicht dein eigener..."
„Woher weißt du das? Vielleicht rätst du ja richtig? Vielleicht gibst du mir ja den *richtigen* Namen..."

„Du willst ihn mir also nicht sagen?", fragte ich zögernd.
„Gib mir doch einen Namen. Welchen Namen fändest du für mich *zutiefst* passend? Das würde mich auch einmal interessieren... Und vielleicht gefällt er mir ja!"
„Aber wenn es dein eigener gar nicht ist? Ich möchte doch *dich* anreden, dich meinen..."
„Du *meinst* mich ja, wenn du mir einen Namen gibst. Aber was würde es dir nützen, wenn ich dir einen Namen sage, und er würde dir gar nicht gefallen? Was sehr wahrscheinlich ist, wenn dir schon dein *eigener* Name nicht gefällt. Was würde es dir nützen, wenn ich dir einen Namen sagen würde, wie zum Beispiel, sagen wir, ‚Regina' oder ‚Sophia' oder ‚Selene' oder ‚Tamara' oder ‚Xenia'... Was wäre, wenn du dann auf einmal viel *weniger* hättest, als mehr...?"

Betroffen musste ich mir eingestehen, dass sie Recht hatte. Die irdische Namensgebung war nicht immer besonders zauberhaft. Dennoch schämte ich mich tief.
„Es wäre doch egoistisch, nicht einmal deinen Namen zu akzeptieren oder gerne zu haben, welchen auch immer du trägst! Du schenkst mir schon so viel, und ich soll nicht einmal deinen Namen wissen?"
„Schenk du mir doch auch etwas... Ein schöner Name wäre doch so etwas wie ein Geschenk, oder nicht...?"
„Ich fühle mich nicht gut dabei..."

„Dann lerne es", lächelte sie und sah mich erwartungsvoll an.
„Ich soll wirklich einen Namen für dich ausdenken?"
„Ja."
„Aber es wäre nicht dasselbe. Ich hätte noch immer keine *Verbindung* zu dir ... denn es wäre der Name, den *ich* mir ausdenke. Ich würde immer nur in mir selbst kreisen..."
„Das musst du aushalten...", stellte sie fest. „Der Rest kommt dann schon..."
„Der Rest? Was ... was meinst du?"
„Das weiß ich doch nicht!", lächelte sie. „Aber erstmal musst du lernen, dich an *nichts* festzuhalten..."

„Also gut...", seufzte ich betroffen, geradezu in einem Gefühl der Entbehrung.
Nach einer kleinen Weile sagte sie sanft:
„Also...? Ich höre...?"
Sie meinte es wirklich ernst... Ich sollte mir einen Namen ausdenken! Im Sinne von: spüren, welcher Name aus *meiner* Sicht zu ihr passen würde...
„Es gibt eigentlich für dich gar keinen Namen...", gestand ich.
„Es gibt Millionen Namen..."
„Aber es gibt unter Millionen Mädchen nicht eines wie dich."
„Dann gib mir einen Namen, den es noch nicht gibt."
„Das kann ich nicht."
„Man kann im Grunde alles."
Sie quälte mich wirklich.
„Lass dir ruhig Zeit. Musst du heute eigentlich nicht arbeiten?"
„Nein, ich habe schon Urlaub."
„Richtig so... Also lass dir Zeit – ich hab auch Zeit."

Hilflos überließ ich mich ihrem Gebot und versank in die Suche nach einem Namen... Und ich wurde mit der ganzen Einfallslosigkeit und Uninspiriertheit des männlichen Intellekts konfrontiert. Ich versuchte, in die reine Erinnerung jener unfassbaren Schönheit einzutauchen, die ich erfahren hatte, und inmitten dieser Schönheit Silben, Laute zu finden, die ausdrücken konnten, was mein Erlebnis gewesen war ... vergeblich.

„Schwer...?", fragte sie nach einer ganzen Zeit mitfühlend.

„Ja...", nickte ich, regelrecht dankbar für ihre Stimme.

„In einer Minute wird dir etwas einfallen. Vertrau einfach auf deine Intuition – und halte sie fest..." Erstaunt nahm ich zur Kenntnis, was sie zu wissen behauptete – oder durch eine paradoxe Behauptung schlicht in mir anzuregen hoffte. Und fast blockiert durch diese so sichere, ja exakte Voraussage, versuchte ich weiter, etwas zu finden.

„Versuch es noch einmal ganz doll!"

Ich versuchte es, aus großer Ehrfurcht vor ihr, ich sprang in einen Abgrund, ertrank in Lauten, in einer Fülle von Lauten und Gefühlen, für die es nicht einmal Laute gab...

„Und jetzt...?", stoppte sie all meine Bemühungen schließlich.

„Ich hab nichts...", gestand ich resigniert.

„Irgendwas musst du doch haben!"

„Aber es ist kein Name."

„Sag ihn doch."

„Ich hab nichts – er klingt – es ist kein Name, und ich bin auch nicht zufrieden..."

„Sag ihn doch."

„Minjana...", brachte ich hervor.

„Minjana?"

„Ja", gestand ich schuldbewusst.

„Ist doch schön...", lächelte sie.

Ich schämte mich noch immer.

„Kannst du mir jetzt nicht deinen *richtigen* Namen sagen?"

„Nein. Du kannst mich so lange so nennen, bis du einen anderen Namen als *noch* passender empfindest..."

„Aber so können wir doch nicht weitermachen!"

„Warum denn nicht? Ist das nicht regelrecht romantisch?"

„Dass der Mann dem Mädchen auch noch einen *Namen* gibt? In völliger Projektion?"

„Was meinst du?"

„Dass man sich den anderen so formen kann, wie man will – wie dieser ... dieser *Pygmalion*, der sich seine eigene Statue formte und hinterher zum Leben erweckte."

„Ist das ein Mythos?"
„Ja."
„Und was ist daran so schlecht?"
„Dass man immer nur in sich selbst kreist."
„Aber tust du das denn? Bin ich niemand *anderer*?"
„Doch... Aber wenn ich dich sogar so *nennen* soll, wie ich will –
was ist es dann anderes?"
„Findest du Namen wirklich so wichtig?"
„Aber du fandest sie doch auch wichtig..."
„Ja, deswegen finde ich es wichtig, dass du mir den schönsten
Namen gibst, den du finden kannst."
„Aber warum?"
„Das ist doch schön...", lächelte sie neckend. „Dann hast du dei-
nen eigenen *Mythos*..."

„Du quälst mich!", klagte ich. „Das *will* ich aber gar nicht!"
„Dass ich dich quäle oder deinen eigenen Mythos?"
„Beides! Aber vor allem nicht meinen eigenen Mythos."
„Warum nicht?"
„Weil ich eine Beziehung zu *dir* haben möchte, nicht zu meinen
eigenen Vorstellungen..."
„Aber vielleicht sind deine eigenen Vorstellungen ja wunder-
schön..."
„Ja, aber wenn es nur meine *Vorstellungen* sind?"
„Vielleicht bin ich ja auch wunderschön?", lächelte sie wieder
neckend.
„Du quälst mich wirklich! Ich brauche deinen Namen – Minja-
na. Ich kann so nicht weitermachen..."

„Also gut", sagte das Mädchen. „Ich gebe dir einen Namen, ja?
Du kannst mich *Lilie* nennen. So heiße ich nicht, aber es ist auch
nicht falsch. Ich finde den Namen schön, und ich würde sagen,
es ist *ein* Name von mir. Zufrieden? Ich fände es schön, wenn
du mich Lilie nennst..."
„Okay...", sagte ich überglücklich, berührt. „Lilie... Danke..."
„Gefällt er dir?"
„Ja, sehr. Viel besser als Minjana..."

„Vielleicht einfach *anders*. Vielleicht bedeuten ja beide das gleiche..."

„Meinst du ernsthaft?"

„Ich sagte, ‚vielleicht'. Wir wollten doch die Antworten *selber* finden..."

„Es klingt immer so, als hättest du sie schon."

Sie schwieg, und so gingen wir eine ganze Weile schweigend. Bis ich schließlich wieder herausplatzte:

„Lilie ... wer bist du eigentlich? Wieso treffe ich dich? Wo gehst du zur Schule?"

„Ich bin dein Mythos – schon vergessen?", neckte sie lächelnd. „Aber ernsthaft, wieso arbeitest du so energisch an dessen *Zerstörung*? Wie kann es sein, dass man immer und immer wieder ‚wissen' will – und wenn man ‚weiß', hat alles seinen Zauber verloren. Kann es sein, dass erst aus dem *Geheimnis* alle eigentlichen Dinge wachsen?"

Ich war verzweifelt – und zugleich hatte sie so Recht! Nur, wie konnte sie das alles wissen? Wie alt war dieses Mädchen überhaupt? Ich schätzte sie auf dreizehn bis fünfzehn – ihrer stillen Weisheit nach war sie noch viel älter, ihrer Unschuld nach oft viel jünger, und ihre körperliche Entwicklung ... konnte ich unter ihrem Anorak überhaupt nicht einschätzen.

„Aber wie alt bist du wenigstens...", flehte ich fast. „Woher ... woher *hast* du all diese ... Dinge?"

„Zuletzt kommen wir also bei den nackten Zahlen an!", sagte sie in sanftestem Spott. „Hauptsache, *daran* kann man sich dann festhalten! Soll ich dir jetzt wirklich eine Zahl sagen? Wenn es dir so viel Spaß macht oder Erleichterung bietet, dann *schätze* doch, welcher ‚Zahl' ich entsprechen würde!"

„Ich wollte dich nicht verletzen, Lilie...", stammelte ich.

„Das hast du aber, in gewisser Weise. Ein Mythos *hat* keine Zahl – es sei denn, selbst die Zahl würde mythisch werden dadurch..."

„Vielleicht wird sie es ja...", sagte ich betroffen. „Also dreizehn bist du bestimmt nicht erst, das wäre eine Beleidigung schon für deine Weisheit..."

„Oder du beleidigst gerade alle dreizehnjährigen Mädchen..."
„Es gilt auch als Unglückszahl..."
„Und wir glauben natürlich alles, aber vielleicht bin ich ja wirklich dein Unglück, manche Mädchen machen Männer unglücklich..."
„Vierzehn enthält zweimal die magische Sieben..."
„Aha, jetzt kommen wir dem magischen Denken schon näher – aber sind wir damit noch beim Mythos?"
„Das weiß ich nicht, aber ich glaube, fünfzehn wäre fast schon zu alt..."
„Womit wir jetzt wieder die fünfzehnjährigen Mädchen beleidigen..."
„Von denen aber keine mehr so unschuldig ist wie du."
„Weil wir ja alle kennen..."
„Nein, aber es ist sowieso keine wie du."
„Dann bringt der Vergleich sowieso nichts."
„Vielleicht bist du auch fünfzehn, mit all dieser Unschuld."
„Aber das wäre nicht mehr magisch, nicht wahr?"
„Doch, wäre es."
„Warum?"
„Einfach, weil du es bist..."
„Wie auch immer, das Alter ist nun einmal nicht wichtig, es ist wirklich nur eine Zahl. Werde damit glücklich, dass du mein Alter nicht kennst. Dass die Dinge in ein *Geheimnis* gehüllt sind."

„Also gut, Lilie. Worüber würdest *du* denn reden wollen...?"
„Wir können schon über das reden, was *du* möchtest. Es müssen nur die *richtigen* Dinge sein – nicht irgendwelche Festhalte-Dinge..."
„Mich beschäftigt die ganze Zeit die Frage, womit ich dich verdient habe..."
„*Hast* du ja nicht – nächste Frage...?"
„Ich meine es ganz ernst, Lilie. Wieso gibt sich ein Mädchen wie du mit einem Mann wie mir ab – wieso schenkst du mir auch nur eine Minute deiner Zeit?"
„Warum nicht? Du bist nett. Du bist aufrichtig. Du bist einsam. Dir geht es nicht gut. Du hast eine ganze Menge Fragen."

51

„Ja, aber was interessiert dich das? Ich meine – du könntest doch jederzeit ... du könntest doch..."

„Ja?"

„Alles *andere* machen...", sagte ich ergeben.

„Ja, könnte ich."

„Und warum tust du es nicht?", fragte ich hilflos.

„Warum *sollte* ich?"

„Weil es ... für dich mehr *Sinn* ergibt?"

„Tut es vielleicht nicht...", lächelte sie entwaffnend.

„Lilie!", sagte ich verzweifelt. „Warum ich? Warum gibst du dich mit mir ab, opferst deine Zeit, beschenkt mich mit deiner unglaublichen Schönheit – deiner inneren und äußeren – und tust nicht das, was Mädchen heute – keine Ahnung, was – einfach *tun*...?"

„Warum bin ich gerade so glücklich, wie hängt das zusammen, eigentlich dürfte ich es gar nicht sein, wann hört das wieder auf? Wenn das Glück weg ist, bin ich endlich wieder auf der sicheren Seite, dass die Normalität eingekehrt ist – ist es *das*, Benedikt?"

„Wie bitte...?", stotterte ich. „Was meinst du?"

„Niemand kann zulassen, dass einmal einfach nur etwas *schön* ist. Und weißt du warum? Weil wir nicht an das Glück glauben. Das war schon bei den alten Griechen so – Stichwort Mythos! Kennst du den ‚Ring des Polykrates'? Hatten wir gerade... ‚Doch, spricht er, zittr' ich für dein Heil. Mir grauet vor der Götter Neide, des Lebens ungemischte Freude ward keinem Irdischen zuteil.' Und ‚Drum, willst du dich vor Leid bewahren, so flehe zu den Unsichtbaren, dass sie zum Glück den Schmerz verleihn. Noch keinen sah ich fröhlich enden, auf den mit immer vollen Händen die Götter ihre Gaben streun.' So bist *du*..."

Betroffen schwieg ich eine ganze Weile.

„Aber ist es nicht verständlich...", stammelte ich schließlich. „Wo kommt denn das ganze Glück plötzlich her... Wieso..."

„Ist die Frage nicht viel eher: Wieso *nicht*...?"

„Nein, denn *du* bist außergewöhnlich, Lilie – und ich bin mehr als gewöhnlich. Wenn sich ein ganz außergewöhnliches Wesen mit einem höchst gewöhnlichen abgibt, stimmt etwas nicht – denn es könnte sich mit *jedem anderen* abgeben."
„Soll ich das tun?"
Ich schwieg und brachte schließlich fast unhörbar hervor:
„Ich will dich nicht verlieren, Lilie..."
Fast ebenso leise sagte sie:
„Dann frag nicht mehr, warum..."

*

Beschämt sagte ich eine lange Zeit gar nichts mehr, hatte nur die Angst, sie zu verlieren, und spürte gleichzeitig die so zart beseligende Gegenwart ihrer Gestalt, ihres Wesens.
Schließlich sagte sie leise:
„Frage dich mal *aufrichtig*, warum wir uns begegnet sind..."
Ich dachte eine Weile nach und sagte schließlich hilflos:
„Ich *weiß* nicht, warum du plötzlich da warst..."
„Tausend Leute sind plötzlich da", sagte sie wieder in weicher Heftigkeit, „und begegnen sich trotzdem nicht. Darum geht es nicht – wer ‚plötzlich da' ist. Sondern...?"
„Ich konnte meinen Blick nicht mehr von dir abwenden..."
„Aha..."
„Ich bin dir nachgegangen..."
„Scheint so, ja."
„Bis du stehengeblieben bist und es festgestellt hast..."
„Ja."
„Aber du hättest auch weitergehen können und so tun, als hättest du es nicht gemerkt..."
„Ja, *hätte* ich!", erwiderte sie fast heftig. „Wäre dir das denn *lieber* gewesen?"
„Nein, Lilie...!", stammelte ich. „Auf keinen Fall."

„*Na, siehst du.* Nimm dich doch *auch* mal für einen Augenblick ernst!"
„Inwiefern?", fragte ich zögernd.

Fast ungeduldig erwiderte sie:

„Haben *Tausende* ihren Blick von mir nicht abwenden können?"

„Nein..."

„Sind *Hunderte* mir nachgegangen?"

„Nein..."

„Haben zehn damit nicht aufhören können?"

„Nein..."

„Ist *einer* vor dem Hutgeschäft stehengeblieben, weil ich dort stand?"

„Ja..."

„Siehst du – und stell dir vor, dieser Eine warst *du*... Du warst dieser eine Eine, dem es allein so ging..."

„Versteh ich auch nicht..."

„Es ist aber so – akzeptiere es."

„An den anderen läuft das Glück vorbei, und sie sehen es nicht..."

„Ist ganz oft so..."

„Ist mir völlig unverständlich..."

„Aber da du es ja nun gesehen hast ... warum sollte es dann gleich wieder weglaufen? Hm? Hast du dafür eine rationale Erklärung?"

„Nein, aber..."

„Aber Mädchen sind ja nun mal irrational – oder was willst du sagen?"

„Nein, aber..."

„Aber sie sind es! Manchmal... Aber selbst das ist kein schlechtes Zeichen... Denn rationalerweise bist du ja nach eigener Aussage höchst gewöhnlich, stimmt's?"

Ich schwieg beschämt.

„Nur hast du außergewöhnlicherweise als *Einziger* ein Mädchen bemerkt, das, rational gesehen, auch alle anderen hätten bemerken müssen, richtig?"

„Ähm, ja – völlig richtig."

„Damit bist du völlig rational auch außergewöhnlich, denn du hast als Einziger eine Fähigkeit, die jeder gewöhnliche Mensch haben müsste, aber nicht hat..."

Mir drehte sich ein wenig der Kopf, aber sie hatte vollkommen Recht. Ich verstand nicht, wieso *ich* das Glück hatte, ihre Gegenwart teilen zu dürfen, aber ich verstand auch nicht, wieso niemand sonst dieses Glück überhaupt *gesehen* hatte. Mir war nicht klar, wieso alle anderen so blind waren.

„Das Glück kann nur zu denen kommen, die es auch sehen...", sagte sie lächelnd. „Wusstest du das nicht?"
„Bist du denn ... das Glück?", fragte ich stammelnd.
„Das kommt darauf an", lächelte sie. „Erst einmal bin ich dein persönlicher Mythos..."
„Du quälst mich wirklich", klagte ich wieder. „Spielst du gern ... hast du –"
„Du meinst, ob ich auch mit anderen Männern schon gespielt habe? Vielleicht ist mir noch keiner hinterhergelaufen! Oder vielleicht lerne ich gerade erst zu spielen... Oder vielleicht *ist* es auch kein Spiel. Oder vielleicht lernst du auch einmal, dass Spielen etwas *Schönes* ist – weil es ja mit dem Geheimnis zu tun hat. Vielleicht spielen die Menschen einfach zu wenig... Vielleicht ist ‚Spiel' gar kein Gegensatz zu ‚Ernst', sondern etwas völlig anderes!"
„Und was?"
„Freude. Benedikt. Einfach *Freude*... Freu dich doch einfach mal. Nur das..."

Und mir wurde deutlich, was sie meinte. So wie ich gestern die winzigen Schneepunkte mit einer *Erinnerung* von ‚Freude' begrüßte hatte, stieg jetzt in mir eine *Ahnung* von dem auf, was eigentlich Freude sein würde, in ihrer Wirklichkeit... Aber wie *weit* war der Weg noch, dessen Gegenwart ich ahnte, ja spürte!

„Lehre mich, Lilie!", bat ich aus einer tiefen Sehnsucht heraus. „Ich will es lernen. Ich weiß nicht, wann ich es verlernt habe – ich weiß nicht, ob ich es jemals gekonnt habe! Bitte lehre mich!"

Lilie schwieg länger. Schließlich sagte sie leise:
„Dann versprich mir eines..."

„Ja, was ist es..."
„Dass du es vollkommen ernst meinst."
„Ich verspreche es."
Ich würde es so ernst meinen, wie ich sie liebte. Vollkommen.
„Und du wirst es nur schaffen, wenn du mir vertraust. Sei dir
bewusst, dass das *ein und dasselbe* ist..."
„Okay."

Möglicherweise wartete ich auf ein Wunder, aber Lilie ging still
weiter. Ich wurde unsicher. Musste ich jetzt ... etwas Bestimm-
tes ... tun?
„Soll ich ... was machen..?", fragte ich sehr verunsichert.
Lilie sah mich überrascht an.
„Wieso?", fragte sie lächelnd. „Du hast doch gewissermaßen ge-
rade *mich* beauftragt, etwas zu machen..."
„Ja, ich meinte nur...", gestand ich verlegen.
„Gut. Als erstes", begann Lilie nun, „darfst du keine *Angst* mehr
haben. Lass alles los an Vorstellung von wegen, du müsstest
etwas ‚machen', oder ich würde etwas ‚erwarten' oder so etwas.
Wenn ich etwas erwarte, sage ich es schon..."
„Gut, okay..."
„Was ist deine größte Angst?"
Ich musste nicht lange überlegen.
„Dass ich ... deine Liebe wieder verlieren würde..."
Sie lächelte mich fast spöttisch an.
„Woher willst du wissen, ob ich dich liebe?"
„Ich meine nur...", stotterte ich, „das, was wir jetzt gerade ha-
ben... Deine Zuneigung... Deine – –"
„Meine Gegenwart..."
„Ja..."
„Ich hätte jetzt eher etwas erwartet wie ‚Tod' oder ‚Krankheit'
oder ‚Schmerzen' oder so etwas. Wäre deine Angst *davor* nicht
größer?"
Ich dachte wiederum nur kurz nach.
„Nein..."
Ich konnte mir nicht vorstellen, zu sterben, *ohne* ihr begegnet zu
sein – also war alles andere weniger wesentlich...

Sie forschte in meinen Augen, dann sagte sie:
„Meine ... Liebe *hast* du... Jetzt lerne, die Angst zu verlieren. Sie ist nicht mehr notwendig...“

„Ich habe...“, stotterte ich, „ich habe ... deine Liebe?“
„So, wie die ganze Zeit. Du hattest Angst, das wieder zu verlieren, was du die ganze Zeit hattest – aber ich sage dir: Du brauchst sie nicht zu haben. Verstehst du? Das ist es, was ich sage. *Du brauchst sie nicht zu haben.* Und jetzt hör auf. Lass sie los. Du hast es versprochen...“
Betroffen erkannte ich, dass sie Recht hatte. Und ich ließ sie fallen – ließ *mich* fallen. Ich *vertraute* ihr...

„Und ... wie fühlt es sich an...?“, fragte sie sehr weich.
„Wie eine *Erlösung*...“
„Du bist echt toll...“
„Wie meinst du das?“
Ich wurde wieder unsicher.
„Als echte Bewunderung!“, sagte sie heftig. „Ich dachte, du wolltest *vertrauen!*“
Ich war verzweifelt.
„Tut mir leid...“, stammelte ich.
„*Meine es ernst*, Benedikt! Entdecke mal in dir, *wie viel Angst* du hast! Und wie schwer es für dich ist, mir zu glauben! Dachtest du, ich meinte es *nicht* vollkommen ernst? Ich würde je mit dir spaßen? Bloß, weil ich es ein bisschen in Umgangssprache sagte, weil ich es wirklich aufrichtig so meinte?
Was ist es, was dich zweifeln ließ? Denkst du, ich weiß nicht, was du mir versprochen hast? Aber wenn du mir nicht vertraust, kannst du mir nicht vertrauen. Es geht nur eines. Und ich kann dich nicht dazu *bringen* – das kannst du nur selbst ... oder immer wieder daran scheitern, an dir selbst...“

Ich erkannte die Wahrheit dessen, was sie sagte.
„Ich vertraue dir, Lilie...“
„So sehr, dass du bereit bist, dich von mir bis auf die Knochen, bis auf den Tod, blamieren zu lassen?“

„Ja, wenn es so wäre..."

„Oder so sehr, dass du sogar bereit bist, völlig davon *überzeugt* zu sein, dass ich das *niemals tun* würde?"

Erschüttert erkannte ich noch immer meine Kleingläubigkeit, mein fatales Verständnis von Vertrauen...

„Bitte verzeih mir, Lilie... Ja... Ich vertraue dir *so sehr*..."

„Weil du es weißt."

„Ja, ich weiß es."

„Also brauchst du nie wieder Angst vor mir zu haben – nicht das, was wir jetzt besprochen haben. Du lernst jetzt, was *Vertrauen* ist."

„Ja."

„Etwas, was Menschen sonst nahezu nie wirklich, ganz, haben."

„Ja."

„Gut... Dann gib mir jetzt mal deine Hand."

Ich tat es.

„Und mach deine Augen zu."

Ich tat es – und sofort wurden meine Schritte unsicher.

„Vertrau mir...", sagte sie weich. „Geh so, als wenn sich vor dir eine wunderschöne Himmelswiese öffnete..."

Es war ein Willensentschluss. Selbst der Körper musste sämtliche Unsicherheits- und Vorsichtsinstinkte loslassen und *absolut* vertrauen...

„Großartig..."

Es gab dann noch einmal eine Phase, wo der Körper Angst bekam, dass er doch nun wirklich langsam und allmählich von jedem sicheren Weg abkam. Aber wenn man hier standhaft blieb, ging man wirklich in das *blinde* Vertrauen hinein, einen absoluten Frei-Raum, in dem einen nichts anderes mehr trug.

„Du darfst die Augen wieder aufmachen..."

„Wow...", atmete ich einmal tief durch.

„Schön, oder?", fragte sie.

„Du weißt schon", sagte ich, „dass das große Ähnlichkeit mit dem ‚blinden Gehorsam' hat, der höchst problematisch ist?"

„Natürlich weiß ich das. Aber ich hoffe, du kennst auch den Unterschied..."

„Ja, mehr oder weniger..."

„Dann mache ihn dir einmal *ganz* klar..."

Ich spürte, dass sie wartete.

Zögernd sagte ich:

„Im einen Fall vertraut man darauf, dass es jemand gut meint..."

„Und in welchem?"

„In deinem..."

„Falsch!"

„Wie? Aber – –"

„Benedikt, verstehst du es noch immer nicht? Darauf ‚vertrauen, dass es jemand gut meint', kann man immer! Was soll denn das heißen? Bei deinem ‚blinden Gehorsam' vertraut man doch auch darauf, dass es ‚jemand gut meint' – würde man sonst jemals blind gehorchen? Man glaubt, es würde alles schon einen Sinn ergeben und ‚jemand meint es gut'. Das ist aber viel zu wenig! In dem einen Fall wirst du nur *benutzt* – weil jemand mit dir machen kann, was er will, und du kannst dir natürlich einbilden, dass er es ‚gut meint' – meinetwegen –, aber das spielt für den, dem du blind gehorchst, überhaupt nicht die geringste Rolle. Und im anderen Fall *weißt* du, dass er es gut meint – und nicht nur meint! Er meint es gut – und das bedeutet, es *ist* gut. Er meint es *mit dir* durch und durch gut – und verfolgt keine Eigenzwecke. Du gehorchst ihm nicht, du vertraust ihm – weil du es kannst. Und du vertraust ihm, weil du weißt, dass er nur so mit *dir* etwas machen kann, wonach du dich sehnst. Du vertraust ihm, weil *du* etwas möchtest – nicht, weil er etwas mit dir möchte. *Du* möchtest etwas – und musst ihm deshalb vertrauen, weil es nicht anders geht. *Du* möchtest etwas. Und letztlich möchtest du auch *vertrauen*. Aber bei ihm *kannst* du das auch..."

Ich fühlte mich wie ein begossener Pudel. Sie hatte so Recht – und sah die Dinge so viel klarer als ich. Ich konnte mich einfach nur schämen.

Und wieder hatte ich Angst, dass sie vielleicht leise ihr Vertrauen in *mich* verlieren könnte – und schon wieder war da die Angst ... die ich nicht haben durfte.

„Bist du jetzt enttäuscht von mir...?", fragte ich zögernd.

„Hättest du das gerne?", fragte sie heftig. „Damit sich bestätigt, dass du immer Angst haben musst, immer und immer wieder? Vielleicht *sollte* ich von dir enttäuscht sein, weil auch du deine Versprechen nicht einhältst, sondern sich ständig wieder neue Zweifel einschleichen, weil *du sie zulässt* – aber nein, ich *bin* nicht enttäuscht, ich weiß ja, dass es so ist. Vielleicht hatte ich nur erwartet, dass du auch darin eine *größere* Ausnahme wärst, als du es ohnehin schon bist. Aber dass ich meine eigenen Erwartungen zu groß gemacht habe, bedeutet nicht, dass *du* mich enttäuschst, du *musst* sie überhaupt nicht erfüllen... Dass du außergewöhnlich bist, *hast* du schon bewiesen – indem du so bist, wie du bist. Stell nur einfach dein Licht nicht unter einen Scheffel..."

War das jetzt eine sanfte, heftige Liebeserklärung? Ich war völlig verwirrt, beschämt und dankbar zugleich.

„Aber...", sagte ich zögernd, „darf ich eine Frage stellen?"

„Natürlich darfst du das..."

„Bemüht ... man sich nicht am ... sagen wir, vollkommensten, wenn man doch ... ein bisschen Angst haben muss, die Liebe wieder zu verlieren?"

„Das würde bedeuten, dass man das, *worum* man sich bemüht, eigentlich gar nicht wirklich so sehr möchte. Und selbst die Liebe würde nicht ausreichen, dies vollkommen zu tun – sondern erst die Angst?"

Ich schwieg beschämt.

„Dann ist man aber sehr schwach und lieblos – und weiß selbst nicht, was man eigentlich will..."

Jetzt schämte ich mich in Grund und Boden.

„Benedikt...", sagte sie ruhig. „Wenn du wirklich die *Freude* kennenlernen willst – wenn du das wirklich willst –, dann brauchst du die Angst nicht. Aber du musst wissen, was du willst."

Ich schwieg...

„Ich mache dir einen Vorschlag...", sagte sie sanft. „Wir treffen uns morgen wieder, vor dem Hutgeschäft. Bis dahin überlegst du dir noch einmal, wie das mit der *Freude* ist... Ob du sie kennenlernen willst..."

„Aber...", stotterte ich. „Und jetzt?"

„Jetzt trennen wir uns. Es geht noch nicht anders. Du brauchst noch einen eigenen inneren Schritt, den du nur *ohne* mich machen kannst..."

„Und morgen...?", fragte ich betroffen.

„Morgen finden wir uns wieder, das habe ich doch gesagt."

„Hast du denn morgen überhaupt Zeit, morgen ist Heiligabend."

„Ja, habe ich, erstmal..."

„Erstmal?"

„Lange genug... Du wolltest mir doch vertrauen, Benedikt..."

Tatsächlich trennten wir uns, indem sie ihre Schlittschuhe an sich nahm, und mich gehen hieß...

Gerade dieser Schritt fiel mir unendlich schwer. Sie zu sehen, wie sie stehenblieb und wartete, dass ich gehen würde. Sie zurückzulassen und das Gefühl zu haben, dass ich sie doch irgendwo enttäuscht hatte, indem ich nicht wusste, was ich *selber wollte*. All das brannte in mir, zusammen mit der Angst, sie doch wieder zu verlieren – eine Angst, die ich nicht haben durfte...

*

Als ich wieder bei mir zu Hause war, fiel ich in ein großes Loch. Was sollte ich ihr denn sagen? Was wollte ich denn eigentlich? Nach *ihr* hatte ich so große Sehnsucht – nach nichts weiter... Ja, nach allem, was mit ihr zusammenhing, mit ihrem Geheimnis, ihrer Sanftheit, ihrer Fröhlichkeit oder Ruhe, ihrem Frieden, ihrem Glücklichsein, wie sie es auch nennen würde. Aber vor allem sehnte ich mich nach *ihr*. Ich konnte mir nicht mehr vorstellen, ohne sie zu leben. Sie war der wunderbarste Mensch, der mir je begegnet war. Und ich wollte zärtlich zu ihr sein, *mit ihr* sein... Ich wollte sie küssen, wollte von ihr geküsst werden und noch viel mehr...

Ich war verrückt nach Lilie. Ich begehrte sie – und ich wusste: ich würde keine andere mehr so begehren wie sie. Aber das konnte ich ihr unmöglich so sagen...! Sie würde es nicht hören wollen. Aber würde ich sie dann nicht doch ... *maßlos* enttäuschen? Was *durfte* ich ihr sagen? Und worin durfte ich ihr vertrauen? Rechnete sie überhaupt damit, was sie in mir auslöste? War dies im Bereich ihres Horizonts? Oder rechnete sie in ihrer Unschuld gar nicht damit? Aber sie *musste* es doch in Erwägung ziehen! Würde sie mich abweisen? Würde es sie verletzen? Würde sie sich still und anmutig zurückziehen, wie sie gekommen war? Traurig wie bei dem falschen Christbaumschmuck? Würde ich sie *genauso* enttäuschen...?

Diese Vorstellung brach mir fast die Seele... Und ich wusste nicht wohin, mit meiner Sehnsucht...

Am nächsten Morgen wachte ich auf, indem ich wieder von ihr geträumt hatte. Wieder genau so... Ich war ihr so rettungslos verfallen...

Fast deprimiert und ratlos machte ich mich schließlich auf den Weg in Richtung des Hutladens...

*

Sie wartete dort bereits und begrüßte mich mit stiller Freude. Es war wieder dunkler Morgen.

„Hallo Benedikt! Hast du gut geschlafen?"

„Ja...", brachte ich hervor.

„Nicht gut?", hakte sie zart nach und forschte in meinen Augen.

„Lilie, ich muss dir was sagen..."

„Ja, du musst mir *allerhand* sagen!", erwiderte sie unschuldig.

„Aber nicht so eilig, lass uns erst ein bisschen gehen..."

Sie spannte mich auf die Folter – oder wusste in ihrer wirklichen Unschuld nicht im Geringsten, was ich empfand.

Ich hielt mich an ihrer rechten Seite und empfand schon ihre Gegenwart fast unaushaltbar schmerzlich.

„Warum magst du deinen Namen eigentlich nicht."

„Er ist so belanglos, so altmodisch. Welches Mädchen würde sich in ihn schon verlieben?"

„Er ist überhaupt nicht belanglos. Weißt du eigentlich, was er bedeutet?"

„Das ist mir doch egal..."

Sie blieb unter einer Straßenlaterne stehen und wandte sich zu mir.

„Was *ist* mit dir, Benedikt?"

Ich konnte es nicht ändern...

„Ich bin krank vor Sehnsucht nach dir, Lilie!", brach es aus mir heraus. „Es tut mir leid – ich weiß, dass ich damit wahrscheinlich alles kaputtmache. Ich weiß. Und es tut mir leid. Aber ich bin krank – ich bin wirklich krank... Die Sehnsucht nach dir ist überall in mir. Ich bin krank – ich ... ich kann mir nicht mehr helfen ... und dir auch nicht. Ich ... ich bin dir absolut verfallen. Das wolltest du nicht. Aber es ist so... Ich ... begehre dich so irrsinnig..."

Sie sah mir ruhig in die Augen. So viel kleiner wie sie war. Dann sagte sie entschlossen:
„Komm mit."
„Wohin?", fragte ich, während sie bereits vorausging.
„Komm mit", wiederholte sie nur.
Es war fast ein sanfter Befehl.
Ich folgte ihr mit wachsender Unruhe, weil sie nichts mehr sagte – und auch ich nichts mehr zu sagen wagte. Zielstrebig bog sie wieder nach links, wie am Abend unserer ersten Begegnung, als wir uns verabschiedet hatten. Für ihre Verhältnisse ging sie fast hastig – meine Unsicherheit wuchs immer mehr.
Oder wollte sie meinen Wunsch, mein Begehren etwa wahrmachen? Diese Vorstellung sprengte fast die *Grenzen* meines Vorstellungsvermögens. Ich wagte es nicht einmal im Ansatz, konkret in diese Richtung zu denken.
Aber was hatte sie *dann* vor? Wohin brachte sie mich?

Nach quälenden zehn Minuten und mehreren Seitenstraßen öffnete sie unvermittelt ein Vorgartentor eines Mietshauses und holte einen Schlüssel aus ihrer Tasche.
„Wohin gehen wir gerade?", fragte ich nervös.
„Zu mir."
Mir schlug das Herz vor Angst im Hals.
„Und deine Eltern?"
„Sind nicht da."
Sie hatte aufgeschlossen und ging bereits die ersten Stufen hoch.
„Wo sind sie denn?"
„Ist doch unwichtig..."
„Ich weiß nicht, ob das so unwichtig ist..."
„Doch, ist es."
„Aber Lilie..."
„Vertraust du mir?"

„Ja, aber –"

„Gut, dann hör jetzt auf..."

Ich war fassungslos, weil ich jetzt auf einmal sicher war, dass sie sich mir hingeben wollte. Meine Kehle wurde trocken... Dann waren wir bereits im dritten Stock angekommen, und sie schloss die Wohnung auf der Seite der weiter hinaufführenden Treppe auf.

„Komm rein..."

„Lilie..."

„Du solltest aufhören."

Fast wie ein Verurteilter betrat ich hinter ihr den schmalen Flur.

„Da kannst du deinen Mantel aufhängen. Und die Schuhe lassen."

Sie zog bereits ihre Schuhe aus und dann ihren Anorak, den sie aufhängte, wobei sie mir kurz sehr nahe kam.

„Soll ich uns einen Tee machen?"

„Ja ... ja, bitte..."

*

Ich folgte ihr in eine halbgroße Küche und sah, wie sie eine Tür in Augenhöhe öffnete, sich auf die Zehenspitzen stellte und aus dem oberen Fach eine Packung mit Teebeuteln herunterholte, dieselbe anmutige Bewegung, die mir bereits fast den Verstand raubte, noch einmal machte, und schließlich die zwei Packungen in ihren Händen betrachtete und vorlas:

„Yogi-Tee – Ingwer-Orange oder klassisch?"

„Lieber das erste..."

Sie hatte einen winterlichen dicken Wollpullover an, der vielleicht sogar selbstgestrickt war, von einer Großmutter vielleicht, und in dem ihre unschuldige Gestalt noch zerbrechlicher aussah, noch liebevoller, lieblicher ... und man sah auch ihre verletzlichen Brüste, ganz unbetont, aber man sah sie.

Sie hatte den Wasserkocher angemacht, und nun standen wir etwas verlegen voreinander, ich noch immer drei Meter entfernt, kaum von der Tür weg...

Schließlich sah sie mich mutig an und sagte, mit dieser weichen, weiblichen Stimme, die ihr so eigen war, mit dieser Mädchen-Lilie-Stimme, die es nur einmal auf der Erde gab:

„Du ... könntest jetzt über mich herfallen. Niemand könnte mir hier helfen..."

Ich war fassungslos.

„Du –", stotterte ich, „du weißt, dass ich das nie tun würde...!"

„Manchmal ... kann man sein Begehren ja gar nicht mehr kontrollieren... Ich könnte es sogar verstehen..."

„Lilie – was *denkst* du von mir?"

Dann sah sie mich wieder voll an und sagte leise, ihr Blick voller Mitleid – oder fast inniger Bitte um Verständnis:

„Ich kann das nicht für dich tun, Benedikt... Das ist ... das ist nicht im Plan... Verstehst du? Ich *kann* das nicht..."

Ihr Anblick rührte mich bis in alle Tiefen, und ich konnte nicht anders, als zu sagen:

„Du *brauchst* das nicht, Lilie... Ich hatte ... hatte nie ein Recht, so etwas auch nur zu hoffen..."

Sie blickte mich noch immer an. Sanft wie die Liebe selbst.

„Ich werde dich gesund machen, Benedikt...", sagte sie, fast nur flüsternd. „Glaub mir. Meistens ist Krankheit der erste Weg zu einer tiefen Heilung. Oft sogar der einzige..."

Ihre Schönheit raubte mir fast den Atem. Wir blickten uns so lange an, bis das Wasser kochte und ich vorsichtig in ihre Richtung deutete ... und sie sich sanft umwandte und den Tee zubereitete.

Sie bot mir die eine Seite des Küchentisches an, und dann saßen wir uns gegenüber. Beide den sehr heißen, wunderbar duftenden Tee in heißen Bechern in den Händen, kaum wagend, uns von so nah anzublicken.

„Benedikt", sagte sie dann leise, „bedeutet ‚der *Gesegnete*'..."

„Der Gesegnete?", fragte ich in einem Anflug von leisem Sarkasmus.

Aber schon trafen mich ihre bittenden Augen – und ich schwieg erschüttert.

„Wenn du mich *liebst*, Benedikt", flüsterte sie fast nur noch, „dann versuche – zumindest für mich, um meinetwillen –, zu empfangen, *was* ich dir schenken kann... Aber lieber noch ... ganz um deinetwillen..."

Ihre sanften Worte gingen am Ende in eine tiefe *Liebe* über, die mich völlig unvorbereitet traf. Sie liebte mich wirklich – auf ihre geheimnisvolle Art, seltsam, einzigartig, unwiederholbar. Ich selbst aber war ihr willenlos ergeben, oder, genauer gesagt: mit all meinem Willen, voller Liebe...

„Ja, geliebte Lilie...", flüsterte ich. „Ich werde alles tun, was ich kann..."

Ihre Liebe hatte praktisch einen Zauberbann um uns beide gezogen. Für mich existierten nur noch die zwei Meter, die in ihrem Umkreis in größter Intensität ihr Wesen atmeten...

„Also ‚der Gesegnete'... Weißt du, was das heißt, ‚gesegnet'?"

„Nein..."

„Aber du *spürst* es vielleicht... Wenn man *liebt*, ist man gesegnet. Und wenn man geliebt *wird*, auch... Segen ... ist eigentlich immer der Zustand der Liebe..."

„Aha...", sagte ich mitten im Strom des Zaubers, fast wie geistesabwesend, nein, eigentlich wie in einen höheren Zustand gehoben. „Und ... wieso trage ich diesen Namen...?"

„Weil es deiner *ist*. Weil er dir ganz gewiss entspricht..."

„Aber –"

„Nein... Auf die Vergangenheit kommt es nicht an, wobei ... du nicht weißt, ob er dir nicht immer schon entsprochen hat. Aber ... auf die Gegenwart und die Zukunft..."

„Und was soll ich tun..."

Sie lächelte zärtlich.

„Abwarten ... und Tee trinken..."

Sie atmete einmal tief den Duft des Tees ein.

„Öffne deine Sinne, Benedikt... Hast du einmal wirklich den Duft der Orangen gerochen? Den Duft des Ingwers? Sind ätherische

Öle nicht bereits ein *Wunder*? Sie sind so wohltuend, so unsagbar wunderschön... So frisch, so heilend, so liebkosend, so *seelenstärkend*..."

Wiederum begann ich leise, zu ahnen, was sie meinte. Wovon sie sprach.

„Die meisten Menschen nehmen nicht wahr. Nur die äußerste Oberfläche... Wer gesegnet ist, muss in die Geheimnisse eintauchen. Denn wer soll sie den anderen sonst beschreiben? Sie lehren?"

„Du, Lilie."

„Nein, du... Du bist gesegnet, und was ich kann, kannst du auch."

„Niemals."

„Doch, nimm deine Liebe zu mir ernst. Dann kannst du es. Dann *lernst* du es..."

„Was kann ich dann?"

„Komm mit..."

*

Ich folgte ihr in ein Zimmer, das offensichtlich das ihre war. Geschmackvoll, ja seelenvoll strahlte es zärtlich *Mädchensein* aus...

„Komm, leg dich hin..."
Sie hatte sich bereits auf ihr Bett gelegt, und es bot nicht besonders viel Platz...
„Leg dich zu mir...", wiederholte sie sanft.
Ich tat es zögernd. Sie lag mir ganz nah gegenüber, keine zwei Handbreit entfernt. Ich war ihr noch nie so nahe gewesen...
„Und jetzt lass alles los, Benedikt... Schau mich nur an... *Wir* blicken uns jetzt nur an..."

Ich folgte ihrem Gebot. Ich ließ die Befangenheit los. Im Loslassen hatte ich bereits ihre machtvolle Lehre empfangen, als sie mich in dunklem Winterwald geführt hatte... Und nun tauchte ich ein in das Mysterium ihrer Augen, und selbst die zwei Meter

Umkreis fielen noch weg, aber ein ganzes Universum *öffnete* sich...

Es war wie ein Sog, aber es war meine eigene Sehnsucht, die in diesen Abgrund von Schönheit sprang ... und was ich einen Tag zuvor auf dem mondübergossenen See gesehen hatte, das sah ich jetzt, nein, jetzt war ich *Teil* dessen, vereint damit, übergangen in dieses Mysterium, oder es war in *mich* hineingegossen, es war unrettbar verschmolzen, es war das urheilige Geheimnis der Einswerdung, des innigsten Verschmelzens ... und erst, als ich nach einer heiligen Ewigkeit wieder ein wenig ‚herausfiel', und mir die fassungslose Schönheit ihres Gesichts mehr in seiner ganze Konkretheit ins Auge fiel, bekam auch mein Leib wieder diese sturmstarke Sehnsucht, *ebenfalls* verschmelzen zu wollen...

Sie bemerkte es an meiner leisen Unruhe und flüsterte:
„*Verstehst* du...?"
„Was genau...", flüsterte ich zurück.
„Dass nichts so vollkommen und so tief ist wie *diese* Liebe..."
„Ja... Aber der Körper sehnt sich auch..."
„Ja ... aber das *sind* wir nicht... Wir haben ihn, aber wir *sind* etwas anderes..."
„Und was sind wir...?"
„Wir sind *das*..."
Wieder fasste sie mich unendlich zärtlich mit ihrem Blick, und ein zweites Mal verfiel ich der heiligen *Kommunion*... Begriffe, die ich erst später erfuhr, in ihrer ganzen Bedeutung.
„Ist das die Seele...?", flüsterte ich schließlich.
„Ja..."

„Bin ich jetzt gesund?", flüsterte ich fast schüchtern.
„Nein, noch nicht..."
„Was fehlt mir noch?"
„Der Gesunde weiß, dass er gesund ist..."
„Aber viele glauben, dass sie gesund sind."
„Ja, aber das ist nicht Wissen."
„Und was fehlt mir?"

„Was hast du gesehen...?", flüsterte sie zärtlich. „Gestern Morgen?"

Wieder überwältigte mich die Erinnerung, wie lebendig – dieser einzigartige Eindruck, den ich nie wieder vergessen würde...

„Freiheit... Unschuldige Freiheit. Ich habe Freiheit gesehen, Lilie..."

„Und was noch?"

„Was noch?"

„Ja..."

„Unschuldige Freiheit... *Einssein*... Einklang..."

„Und was noch?"

„Noch mehr?"

„Ja..."

„Ich weiß nicht..."

„Es ist darin enthalten. Aber es ist doch auch mehr. Du hast es ganz *bestimmt* gesehen... Vielleicht hast du es auch nur gespürt..."

„Ich habe nur eine überwältigende Rührung gespürt, Lilie – mir standen die Tränen in den Augen..."

Sie war nun selbst tief berührt.

„Aber was hast du *gesehen*, Benedikt...", fragte sie fast unhörbar.

„Ich weiß nicht, Lilie... Was *habe* ich gesehen...?"

„*Freude*, Benedikt... Das alles ist noch durchdrungen von der Freude..."

Ich fühlte mich berührt wie von einem tiefsten Mysterium.

„Einssein *ist* eigentlich Freude. Aber man kann es nur selbst erleben – man kann es niemandem erklären..."

„Und Liebe? Ich glaube, ich spürte eine grenzenlose Liebe..."

„Ja – diese Liebe *ist* die Freude... Sie sind beide untrennbar, wenn der Einklang da ist..."

„Ist das dann auch ... Glück...? Segen...?"

„Ja... Dass einem das alles *geschenkt* wird. Dass das möglich ist. Dass es einen Schöpfer gibt, der dies alles möglich gemacht hat. Diese *Harmonie*..."

Ich fiel heraus. Denn die Harmonie war fast nie vorhanden – und dahinter sollte ein Schöpfer stehen?

Sie sah es erschrocken. Und ich schämte mich auch, weil ihr Erschrecken mich sofort wieder tief betroffen machte.

„Ich", gestand ich fast schuldbewusst, „kann an einen Schöpfer kaum glauben, weil alles so unharmonisch ist, du weißt es ja selbst..."

„Aber wodurch *ist* es denn so...?", fragte sie sanft.

„Durch Menschen, die alle nicht so sind wie du..."

„Siehst du?", flüsterte sie fast dankbar. „Dafür kann der Schöpfer doch nichts – oder vielleicht gibt es ja auch viele schöpferische Wesenheiten... Engel..."

„Dann wäre die Welt nicht so, Lilie..."

„Nicht die Welt – es sind nur die Menschen."

„Ja, das reicht ja."

„Benedikt...", sagte sie bittend. „Du wolltest ... um meinetwillen..."

„Ich *will* nicht sarkastisch sein, Lilie... Es tut mir leid, ich ... aber ... aber die Tatsache bleibt doch, dass..."

„Ja?"

„Dass die Menschen der größte Irrtum wären..."

„Nein."

„Wieso nein?"

„Sie sind *im* Irrtum ... aber sie sind nicht *der* Irrtum..."

„Und wer ist dann der Irrtum?"

„Es gibt keinen Irrtum..."

„Du meinst, es ist alles gut so, wie es ist?"

„Benedikt...", flehten ihre Augen wieder.

„Aber sag doch, Lilie...", bat ich verzweifelt. „Wie ist es denn? Was ist denn *gut*? Ist *irgendetwas gut*?"

„Ja...", flüsterte sie fast glücklich. „*Du* bist jetzt gut, denn du hast eine tiefe Sehnsucht nach dem Guten... Und so geht es Vielen... Oft..."

„Aber dann auch oft wieder nicht."

„Vielleicht vergessen sie nur ihre verborgenste Sehnsucht, die immer da ist..."

„Das mag sein, aber ... welchen Sinn hat es dann? Welchen Sinn hat es, dass wir uns das alles fortwährend antun?"

„Sinn hat nicht das ... Sinn hat, dass diese Sehnsucht noch in jeder Seele lebendig ist ... und *erwachen* kann. Zur *Freiheit*... Zur Freiheit von Unterdrückung..."

„Aber sie *tut* es ja nicht... Wie könnte sie es denn?"
„Sie braucht eben Hilfe. Gegenseitige Hilfe..."
„Aber wieso? Wieso wäre es so schwer, wenn dahinter irgendeine Schöpfung stünde?"
„Es *ist* ja nicht schwer – aber die Menschen haben es sich schwer gemacht. Kennst du das Gleichnis von dem verlorenen Sohn?"
„Ja, so ungefähr. Mit dem In-die-Irre-Gehen? Aber wie kann man in die Irre gehen, wenn man bereits bei dem Guten *gewesen* wäre?"
„Vielleicht *sollte* die Seele ja lernen, selber zu entscheiden – und *musste* dazu die Fähigkeit bekommen, erst einmal in die Irre zu gehen..."
„Und du? Bist du in die Irre gegangen?"
„Weiß nicht..."
„Und warum du nicht?"
„Ich *weiß* es doch nicht, Benedikt!", erwiderte sie verzweifelt.
„Vielleicht, weil einzelne Seelen den Rückweg einfach kennen *mussten*, wenn sich alle anderen verirren – um ihnen zu helfen. Aber sie können wiederum vielen gar nicht mehr helfen, sondern nur denen, die sich noch nicht *ganz* so verirrt haben. Hast du gesehen, wie ich bei dem Verkäufer mit diesen furchtbaren Anhängern stand? Hast du gesehen – wie ich ihn fragte? Ich *weiß* nicht, wie solche Menschen erreicht werden könnten. Das weißt vielleicht nur *du*... Verstehst du jetzt?"

Betroffen wurde mir klar, *wie ernst* sie dies alles mit der gegenseitigen Hilfe meinte.
„Aber wohin müssen wir, Lilie? Vielleicht ist dieser Verkäufer sonst auch ein relativ guter Mensch gewesen, weiß man es?"
Sie sah mich traurig an.
„Die Seele kann ihr eigenes Geheimnis nicht wiederfinden, wenn sie nicht auch die Verbindung zu den Engeln wiederfindet – und

umgekehrt. Aber sie kann diese Verbindung nicht wiederfinden, wenn sie das Geheimnis von Weihnachten verliert, verloren hat..."

„Aber...", flüsterte ich betroffen vor Liebe und Mitleid mit diesem Mädchen, „wie kannst du dann auf mich hoffen, Lilie? Die Seele *hat* es doch schon verloren..."

„Aber sie kann es doch wiederfinden..."

Das Antlitz dieses Mädchens war so schön in seiner ergreifenden Sehnsucht, dass es gleichsam verzweifelt einen neuen Boden bereitete...

„Aber wie denn?", fragte ich. „Wie soll man Weihnachten heute denn noch verstehen? Ich meine, abgesehen von all dem Drumherum..."

„Soll ich es dir sagen?"

Ihr Blick war fast nur noch ein reines sanftes Flehen – als hätte sie gefragt: ,*Darf* ich es dir sagen?' Ich aber liebte dieses Mädchen so sehr, dass ich *alles* getan hätte, um ihr zu helfen. Ich hoffte so sehr, dass sie *mir* helfen konnte... Dass ich ihr würdig werden würde...

„Bitte, Lilie... Bitte sag es mir..."

Alle Liebe, die sie hatte, schien in ihrem Blick zusammenzufließen.

„Man muss es *glauben*, Benedikt... Und dann kann man es auch wissen. Glaubst du *mir*?"

„Ich liebe dich... Ich glaube dir alles, was mir irgend möglich ist..."

„Dann glaube mir *dies*, Benedikt... Auch wenn du mir nichts anderes glaubst..."

„Ich glaube dir schon so vieles – und habe es gesehen, Lilie... Aber was genau soll ich dir glauben?"

„Zwei Dinge..."

„Ja... Welche zwei..."

„Dass in jeder Liebe Gott mitten unter uns ist, *als Liebe* – und dass in der Heiligen Nacht das Wunder *begann*..."

*

73

„Gott ... mitten unter uns...?", begann ich vorsichtig mit dem vielleicht sogar kleineren Problem.

„Ja, ganz mitten unter uns. In deinen Augen, in meinen Augen, in diesem Geheimnis ... des Einswerdens. Auch des Einklangs auf dem See, auch das war *sein* Geheimnis... Liebe... Überall Liebe... Und überall ist dann Gott da... *Das* ist Segen, Benedikt... Dass wir lieben können! Mit ihm, in ihm, durch ihn, bei ihm, dank ihm – und nie ohne ihn. Wo die Liebe ist, ist Gott..."

„Ja... vielleicht kann ich das verstehen..."

„Du *musst* es verstehen!", drängte sie innig. „Und du musst es auch konkret verstehen. So lange hingebungsvoll verstehen, bis du Gott *lieben* lernst... Weil du endlich begreifst... Und fassungslos bist, vor Dankbarkeit..."

„Dankbar, dass ich lieben kann?"

„Ja – du musst das erstmal begreifen, es muss dich fassungslos machen. Vorher hast du es nicht begriffen..."

„Aber ist das nicht das Mindeste, dass, wenn ein Gott eine Welt schafft –"

„Ja, das ist das Mindeste", erwiderte sie in all ihrer unschuldigen Leidenschaft, „dass Gott in allem, was er schafft, auch selbst ist, und dass deswegen die Liebe existiert, *überall* – aber das Mindeste für seine Geschöpfe ist, dass sie begreifen – *dass sie dank ihm existieren und was für ein Wunder das ist! Weil sie sonst nämlich so undankbar wären, dass man es gar nicht fassen kann!*"

Ich war von ihrem zarten Ausbruch völlig überwältigt.

Aber dann füllten sich ihre Augen mit Tränen, und sie musste aufschluchzen, und sie nahm beide Hände vor die Augen und brachte dazwischen hervor:

„Ich kann es nicht, Benedikt! Ich schaffe es nicht – ich kann nicht mal dir etwas – – aber es ist nicht Gottes Schuld! Es ist *meine* Schuld... Und es ist *unsere* Schuld... Es ist so schrecklich..."

Und nun wurde sie ganz von Schluchzen geschüttelt. Und überwältigt von Mitleid nahm ich sie in meine Arme – und sie ließ es willenlos geschehen, und ich war fassungslos, *wie* sanft sie war, in ihrer ganzen Gestalt, und die Liebe zu ihrem absolut ganzen Wesen durchdrang mich bis ins Allerinnerste.

74

Und es war die reine Wahrheit – ich wurde gottgläubig, weil es unmöglich war, dass ein solches Wesen existierte, ohne dass es Gott gab. Für mich war Lilie der lebendigste Gottesbeweis, der je existieren konnte...

„Ich glaube es, Lilie", flüsterte ich. „Bitte hör auf zu weinen, bitte... Ich glaube es..."
„Liebst du ihn?", schluchzte sie.

„Ja", erwiderte ich in tiefster Ergriffenheit, „ich liebe ihn, weil ich *dich* liebe und er dich geschaffen hat – und ich dich lieben darf, und er auch *das* geschaffen hat – und ich dir *begegnen* durfte – und er sicher auch das getan hat, ich liebe ihn so sehr, weil ich *dich* – – so sehr liebe..."
Auch mir brach die Stimme, und ich schluchzte mit ihr...

Und schließlich, nach einer ganzen, langen Weile löste sie sich mit scheuer Befangenheit wieder von mir und wir lagen einander wieder Auge in Auge ganz nah gegenüber, noch tränenfeucht, wie nach einer mondhellen Nacht, in der segnender Himmelstau alles überkleidet hätte...

„Du *liebst* Gott...", schniefte sie in herzzerreißender Anmutigkeit noch einmal. „Du hast es mir versprochen..."
„Ja, das habe ich."
„Und du wirst deine Liebe zu Gott verteidigen und nicht wanken lassen, sondern sie jeden Tag tiefer entdecken, weil du *ihn* entdecken wirst, ihn und sein Wirken..."
„Ja...", sagte ich gerührt von ihrem Versuch, meine Liebe zu weihen und zu stärken und unwandelbar zu machen, und die Rührung grub sich in meine Seele...
„Und", sagte Lilie glücklich, und am Rand ihrer Augen glänzte es noch feucht, „in jeder Liebe ist Gott nah, ganz, ganz nah, mitten bei einem, und bei dem anderen, und bei *beiden* ... und ... in der Heiligen Nacht hat dies *begonnen*..."

Ich wagte nichts zu fragen, ich versuchte, es einfach nur aufzunehmen, heiligen Sinnes, und dennoch so unendlich entfernt von jenen Hirten, von denen es hieß, sie seien dagewesen.

„Gott selbst kam zur Erde", wisperte Lilie eindringlich, „wo er vorher so nicht war, nicht so, nicht vorher, aber jetzt... Jetzt wurde er Mensch. Und näher geht es nicht. Jetzt war er ganz, ganz nah..."

Ich tauchte einfach nur in Lilies Seele ein.

„Und der auferstandene Christus ist bei *jedem*. Bei jedem, Benedikt. Das musst du dir mal vorstellen... Aber sind wir auch bei ihm? Das ist die Frage... Wenn wir es wieder sind, ist der Kreis geschlossen, und die Welt wieder heil... Bis dahin müssen wir in unseren Herzen die Sehnsucht suchen, die uns zu ihm führt..."

„Meine Sehnsucht hätte mich nie zu ihm geführt, Lilie", sagte ich fassungslos über die unermessliche Weite dieses Weges.

„Man versteht nur nicht mehr, dass er die Liebe ist, Benedikt. *Würde* man es, dann wäre es so leicht..."

„Ja, würde man es... Aber allein hätte ich es nie geschafft, und wer soll es dann schaffen..."

„In der Liebe geht es nie um das Allein, immer geht es um die Hilfe..."

„Ja, wenn du mir nicht geholfen hättest..."

„Und wenn Gott uns nicht geholfen hätte – der die Liebe ist..."

„Aber warum hilft er nicht anderen, Lilie?"

„Man muss sich auch helfen lassen *wollen*, Benedikt..."

„Aber warum ich?"

„Dein Herz *suchte* Hilfe..."

„Andere Herzen denn aber nicht? Andere Menschen sind doch oft noch verzweifelter, als ich es war..."

„Vielleicht verliert man heute die letzte Demut ... aber auch sie braucht man..."

„Hatte ich denn ... Demut? Ich fürchte fast, nicht."

„Auch echte *Liebe* ist immer Demut..."

„Wie unterscheidet man echte Liebe von nicht echter?"

„Man erkennt den Unterschied, wenn man auf eine Hand vertraut, mitten in absoluter Dunkelheit...“
Mir traten die Tränen in die Augen vor ihrer unschuldigen Weisheit. Ich war erfüllt von tiefster Rührung. Ein stiller heißer Strom rann meine Wangen hinab...
„Ich liebe dich, Lilie...“, würgte ich hervor. „Von welchem Stern kommst du eigentlich...“
„Vom Stern der Liebe, Benedikt... Nur für dich...“
„O Gott, Lilie... Was mach ich nur... Ich werde nie wieder eine andere lieben...“
„O doch, denn du bist gesegnet... Du bist gerade dabei, du wirst noch so *viel* lieben... Ich weiß es!“
„Aber niemanden so wie dich!“, erwiderte ich ergeben.
„Das nennt man die Erste Liebe. Da, wo alles beginnt.“
„Ja, das muss es wohl sein.“
„Der Ursprungsmythos...“, lächelte sie mit tiefster Zärtlichkeit.
„Ja...“, erwiderte ich mit feuchten Augen.
„Aber Gott hat dich *zuerst* geliebt...“
„Ja, ich weiß...“
„Du weißt es?“
„Es ist, wie wenn alles, was du sagst, unmittelbar in mich eingeht, Lilie... Ich bin gerade so verletzlich wie eine Wunde...“
„Das ist gut... Du bist wirklich ein Wunder, Benedikt... Weißt du das? Weißt du, was für ein wunderbares Wunder du bist?“
„Ich weiß nur, dass du *mein* Wunder bist, Lilie. Mein Weihnachtswunder...“

*

Wir hatten uns lange nur in die Augen geschaut, wieder dieses Wunder zugelassen ... diese durch das Tor des Schweigens führende Kommunion, *Beseligung schlechthin*, weil man mit dem zutiefst geliebten Wesen *so* unendlich verschmelzen darf...

Und dann hatte sie wieder begonnen, und auch ihre Stimme liebte ich so innig und grenzenlos wie alles an ihr. *Ihre* Stimme war innig und sanft und liebevoll und voller Geheimnis – und so unendlich *anziehend*.

„Die Wunder sind Gottes, Benedikt... Die Wunder liegen offen da – ganz offen. Und weißt du, die Menschen sehen sie nicht mehr, weil sie Gott nicht mehr sehen. Die Wunder sind Gottes, und wenn man Gott nicht mehr sehen will, verbergen sich auch *sie*. Denn kennst du das Wort von den ‚Perlen vor die Säue'?"

„Ich bin mir nicht sicher...", flüsterte ich zurück.

„Eigentlich kennt die Seele *alles*...", lächelte sie. „Sie weiß das alles und vergisst es nur... ‚Perlen vor die Säue werfen', das bedeutet, etwas Kostbares dorthin geben, wo man nicht *würdig* ist. Wo man sich nicht *bereitet* hat. Wo die Gäste des heiligen Festes kein hochzeitliches Gewand anhaben... Wie kann man das Höchste und Heiligste erwarten wollen ohne *Demut* ... und ... ohne *Freude*? Aber diese heilige, wahre Freude kennen die Menschen nicht mehr..."

Da ich nachdenklich schwieg, sprach sie weiter:

„Man kann Gott nicht erkennen, ohne ihn zu erkennen. Wenn man ihn aber erkennt, weiß man sich heilig als *Geschöpf*. Ist das nicht etwas Wunderbares? Alles – alles – die ganze Schönheit um uns herum, und wir eingeschlossen, sind Geschöpf – heilig bewahrt in seiner Hand, heilig umgeben von seiner Liebe, heilig durchdrungen von seinem liebenden Wesen! Ist das nicht großartig – ist das nicht unfassbar?

Und ist es nicht unfassbar, wie sehr die Menschen unbewusst gelernt haben, dies *abzutun* – und sogar abzulehnen? Und wie sie gleichzeitig nicht sehen, wie sehr sie dadurch in die ‚Säuigkeit' geraten? In einen Schlamm, der nur noch niedrig am Erdboden klebt, wie sie dann auch, und nichts von dem Hohen, Heiligen, Weiten, dem Unendlichen mehr sehen können; nichts von dessen Schönheit, Heiligkeit, *glitzerndem Wunder*?"

„Glitzerndem – –?"

„Ja! Natürlich nicht einfach wie in einer Schneekugel oder, was weiß ich, in einem Begleitheft für einen Hollywood-Zeichentrick, lauter Glitzer für kleine Mädchen... Man spürt ja noch den *Zauber* dessen ... aber man versteht ihn gar nicht mehr ... und weiß auch nicht mehr, wo dies in *Wahrheit* zu finden ist.

Stell dir einen hohen, heiligen Königssaal vor, geschmückt mit allem, was Künstler und die Natur selbst beitragen können – Edelsteine, Glanz, Funkeln, *reine Schönheit*, in unendlicher Fülle, aber bis ins Kleinste, alles hat seinen Platz, es ist nicht etwa nur eine Ansammlung, sondern jedes Einzelne hat seinen Sinn, ist wichtig – und dient doch eben der Verherrlichung... Dessen, den alle lieben, weil sie alle von ihm ins Dasein geschaffen wurden: der König... Geliebt bis ins Letzte, treu bis in den Tod, und dann schenkt er einem neues Leben...
Aber ich will sagen: Die Wunder... Sie sind so überall *da*, so überall... Und mit diesem ‚Glitzern' meinte ich, dass es nie zu Ende ist – dass man immer Neues entdecken kann, sehen kann, empfinden kann, schon an dem kleinsten Blatt! Einer Tauperle. Wusstest du, dass diese eine kleine Tauperle das ganze Universum spiegeln kann? Wie kann man darüber hinweggehen? Man bräuchte ein ganzes Leben, um die Schönheit eines Herbstwaldes, eines sonnenstrahldurchfluteten Frühlingsmorgens wirklich zu erfassen... Und die meisten gehen darüber hinweg wie auf einer asphaltierten *Schnellstraße*...
Sie haben keinen Sinn mehr für das Wunder. Das Wunder aber beschenkt unendlich – und wenn man schon meint, alles gesehen zu haben, dann beginnt es, zu *glitzern* ... und man steht überhaupt erst am Anfang. Verstehst du...?"

„Ja, ich verstehe...", flüsterte ich. „*Du* glitzerst die ganze Zeit..."
Sie lächelte unglaublich süß.
„Feen und Engel dürfen das – und auch dein persönlicher Mythos..."
Ich hätte sie so unglaublich gern geküsst. Aber, trotz dieser grenzenlosen Sehnsucht, spürte ich, wie ihr Glitzern sich fortwährend *noch* eine Sphäre höher als *dieses* Paradies bewegte...
Ich sehnte mich so sehr nach ihr – aber sie schenkte sich mir fortwährend in einer noch viel innigeren Weise...

„*Verstehst* du, Benedikt?", wisperte sie in einer fast himmlischen Süße. „Wenn die Seele das Heilige nicht wiederfindet, verliert sie alles. Sie soll der Perlen würdig sein – eines unendlichen Reichtums, einer absoluten Überfülle..."
Ich hörte ihr hingegeben zu, und mein Schweigen war ihr jeweils heilige Bestätigung.
„Auf der Erde bewegt man sich gehend. Im Wasser bewegt man sich schwimmend. In der Luft bewegt man sich fliegend. Aber – wie bewegt man sich in *Gottes Reich*? Und was ist, wenn Gottes Reich *überall* ist? In Gottes Reich bewegt man sich *staunend*, Benedikt! Staunen ist ... eine Fortbewegungsart! Kennst du Momo? Sie bewegte sich *rückwärts*, was die grauen Männer nicht verstanden.
Aber die Bewegungsart, mit der man in *Gottes Reich* sein kann, ist *all das, was ich sagte*. Demut, Freude, Staunen – Wahrnehmen des Heiligen! Indem man *sich* heiligt – das ist ein und dasselbe! Das heilige Gewand, mit dem man zu dem Hochzeitssaal zugelassen wird, *besteht* aus all diesem – aus Demut, Freude, Staunen, aus *Ganzwerden*, Benedikt! Es ist selbst reiner Glanz, heiligstes Gewebe, kostbarster Stoff ... und überkleidet mit ihm nimmt man das noch Kostbarere wahr: die *Offenbarung Gottes* – *sein* Sein in allem Sein, sein Wirken, seine Stimme, seine Wahrheit, seine Hand, seine Liebe..."

Während ich ihren Augen, ihrer Stimme, ihrem Leuchten rettungslos hingegeben war, fuhr sie fort:
„Man sieht die Dinge in ihrer *Wahrheit*, Benedikt! Man sieht sie zum ersten Mal wirklich – denn man sieht, wie sie von Gott kommen, aus aller Ewigkeit und auch in jedem winzigen Moment, man sieht die *lebendige Sonne* Gottes, das überwältigende *Sprühen* seiner Offenbarung – wie Sternenglanz, wie wenn alle Sterne auf einmal vom Himmel fielen, ein *Sternenregen* – wie ‚Sterntaler', weißt du? Und zugleich ein *Sonnen-Wasserfall*, ich weiß nicht, wie ich es sagen soll... Es ist grenzenlos..."
Sie sann dem eine heiligste Weile nach.

Dann sagte sie ernst:

„Um die Gegenwart Gottes wiederzufinden, gibt es nur einen einzigen Weg: Die Seele muss wieder ein Gefühl für das *Heilige* bekommen. Sie muss den Mut, den Wunsch und die Sehnsucht wiederfinden, etwas heilig zu *nehmen*, zu empfinden. Und das bedeutet: *sich unterordnen*, denn es ist doch klar, wenn etwas heilig ist, dann hat es jemand geschaffen, der *noch* viel heiliger ist. Die Seele ist ja auch heilig – nur entdeckt sie das erst ganz am Ende. Dass sie sogar das Heiligste ist, was Gott *überhaupt* innerhalb der ganzen Schöpfung geschaffen hat – denn sie allein darf dies alles ja erkennen! Sie allein, Benedikt, verstehst du? Aber das unglaubliche Gegenteil heute ist, dass der Seele *gar* nichts mehr heilig ist – nur noch sie selbst sich, aber das ist keine Heiligkeit, das ist ... das ist *Stolz*. Das ist das Gegenteil. Es ist Eigenstolz, und damit das unglaubliche Gegenteil... Damit verliert die Seele *alles*... Die Welten der Schönheit brechen vor ihrem Auge zusammen ... und sie ist allein, in ihrem armseligen Reich ... und findet sich vor als im Schlamm wühlend, ihrem eigenen. Während alles, was darüber hinausgeht, ihr *unsichtbar* geworden ist."

„Aber hätte", regte sich mein männlich-intellektueller Stolz, „eine demütige Seele je zum Beispiel das Penicillin erfunden? Den Computer? Die Solarenergie? Besteht nicht jeglicher Fortschritt darin, sich als Menschheit unabhängig zu machen?"
Lilie sah mir lange in die Augen.
„Ja... Sich unabhängig zu machen... Wenn es dich denn glücklich macht..."
„Das meine ich ja vielleicht nicht – aber würdest du gerne im Mittelalter leben?"
„Glaubst du nicht, dass es auch einen *heiligen* Fortschritt geben könnte? Einen Fortschritt im *Einklang mit dem Reich Gottes*?"
„Käme das Penicillin darin vor?"
„Was hast du mit dem Penicillin? Ist es wichtiger, dass der Körper gesund ist oder die Seele?"
„Aber ich kann mir ein Mittelalter nicht vorstellen..."

„Benedikt, eine *fromme* Menschheit hätte sich *auch* entwickelt, in einer heiligen, großartigen Weise! Kannst du dir überhaupt vorstellen, welche Welt wir dann heute hätten – statt *dieser*!?"

„Ja, man hätte mehr von deiner Art...", sagte ich leise.

„Die Welt wäre durchdrungen von *Liebe*, Benedikt. Man hätte so etwas wie Penicillin erfunden, insofern es mit Liebe zu tun hätte. Man hätte so etwas wie Computer erfunden, insofern es untrennbar von Liebe gewesen wäre. Und so ist es mit allem anderen! Was redest du denn von Mittelalter! Denkst du, mit *Gottes Realität* zu leben, bedeutet, stehenzubleiben? Es bedeutet das Gegenteil! Aber *jetzt* bleiben wir stehen – inmitten all des äußerlich explodierenden ‚Fortschritts'. Es ist der Fortschritt der grauen Männer, die nicht vorwärtskommen! Die Seele löst sich regelrecht *auf*, und der Fortschritt schreitet fort, Benedikt. Aber die Seele löst sich auf!

Sie merkt es nur nicht, weil sie sich immer mehr auf den Ego-Punkt verdichtet, der sich natürlich nicht auflöst, im Gegenteil. Am Ende wird dieser eine Punkt versteinert als einziger übrigbleiben. Man wird immer noch meinen, dass man ‚kommuniziert' und all das – aber man wird immer weniger wissen, was das eigentlich ist. Kommunikation, ja – überall Kommunikation. Was ist das? Datenaustausch? Datentransfer? Ein Smiley hin und her? Die Befriedigung, ‚vernetzt' zu sein? *Was ist* Kommunikation, Benedikt? Die Seelen verlieren das *Geheimnis*...!"

Ich wurde sehr demütig, weil ich radikal spürte, dass sie Recht hatte. Ich spürte, dass das ‚Neo-Zeitalter' auf Sand gebaut war. Die Seele war kein Chip, aber sie baute auf Chips – welche Ironie! Gab es da nicht diesen ‚Turm zu Babel', den wir heute nur perfektioniert hatten?

„Du bist das Geheimnis, Lilie...", flüsterte ich fast unhörbar. „Was ich mit dir erlebe, ist das Geheimnis. Ich möchte nichts anderes mehr..."

„Wenn du das ernst meinst...", flüsterte sie genauso innig zurück, „musst du das Heilige wieder lieben lernen – mit ganzer

Seele... Und dann wird sie auch erkennen, *warum* sie es so liebt, und wie sehr ihr darin dann alles geschenkt wird – alles..."

„Ja..."

„Du musst dein eigenes Leben mit dem goldenen Strom des Heiligen durchdringen, du musst es heiligen..."

„Ja."

„Wie du gehst, wie du blickst... Jeder gedankenlose Blick – ein verlorener Blick, verlorene Lebenszeit, verlorene Chance. Jeder gedankenlose, nachlässige Schritt ein verlorener Schritt, verlorene Zeit, verlorenes Glück, verlorene Chance..."

„Aber sind denn meine *Schritte* heilig?"

„Du selbst musst sie heiligen, Benedikt. Und dazu gehört, dass du dir bewusst wirst, dass wir uns in einer *Welt Gottes* bewegen. Und insofern wir das *nicht* mehr tun, wieder aus dieser Welt heraustreten, in der Gott nicht ist – und in jene Welt eintreten, in der Gott *ist*. Und dann *wird* jeder Schritt heilig, er kann gar nicht anders."

„Ich beginne zu verstehen..."

„Du setzt fort, Benedikt... Jede Seele versteht schon vorher, nur verdrängt sie so ungeheuer viel."

„Ja, wahrscheinlich ist das so."

„Du setzt gerade heilige Schritte, und das ist so wunderschön zu sehen..."

„Du ‚siehst' es wirklich, ganz real?"

„Ja, ich sehe es... Es ist wunderschön... Es beginnt *auch* zu glitzern..."

Mir traten einige Tränen in die Augen.

„*Du* bist so wunderschön, Lilie..."

„Wenn du lernst", flüsterte sie, „wieder das Heilige zu sehen, in allem, es gleichsam in alles *hineinzusehen*, bis es dich von sich aus *anblickt* und du den Schlüssel gefunden hast, der dir das wahre Reich aufschließt ... musst du wirklich alles konkret zu nehmen beginnen. Es gibt keine Wiederholungen. Alles ist unwiederbringlich – es ist einzig.

Je mehr wir meinen, die Welt wäre *verfügbar*, desto mehr verliert die Seele das Bewusstsein darüber, dass *nichts*, was wesentlich ist, verfügbar ist! Aber erst, wenn sie dies wieder erkennt, gewinnt sie etwas unendlich Kostbares. Den wahren, den heiligen Ernst! Denn nichts ist wiederbringlich, Benedikt! Auch dieser Augenblick nicht – diese Augenblicke – es gibt sie alle nur *einmal*... Begreife dies und tauche dich ein in den wahren Ernst – und du wirst mit ihm *getauft* werden, und er wird dich nie wieder verlassen, ein treuer Begleiter, für immer..."

Ich hatte kurz das Gefühl, als würden Äonen über mir zusammenstürzen. Jeder Augenblick war einzig. Auch dieser. Niemand würde ihn je wieder zurückholen können. Ein gleichsam heißer Kloß bildete sich in meiner Brust. Spürte ich zum allerersten Mal das Absolute von grenzenloser *Verantwortung*? War dies, war sie nicht eins mit diesem heiligen Ernst? Für Momente konnte ich nur schwer atmen, denn die Verantwortung *wog* schwer, der Ernst zog in eine Tiefe ... die er besaß. Wurzeln eisernen Willens, die nichts mehr *leicht* nahmen – sondern alles in seiner unwiederbringlichen Bedeutung und verletzlichen Kostbarkeit erkannten. *Erkannten...*

„Und wenn du ... auf dem *guten* Weg bist ... und die *falsche*, in die Irre führende breite Straße verlassen hast – –"
Ihre Stimme schien wie aus einer nahen Ferne zu kommen, aus einem heiligen Reich, das ich gerade erst *betrat*, dem ich aber doch auch noch fern war, aber sie *rief* mich, diese so über alles geliebte Stimme...
„– dann musst du und wirst du – aber du sollst es auch, um meinetwillen, Benedikt – du sollst es *finden* ... die Wirklichkeit finden ... dann sollst du also auch dieses Einzelne, Einzige, Einzigartige *wahr* nehmen, was ... in der Heiligen Nacht geschah..."
Ihre Augen hatten einen geradezu bittenden Ausdruck angenommen. Verletzlich irrten sie in den meinen umher, um jenen Punkt zu finden, an dem sie, meine Augen und in ihnen meine Seele, *erreichbar* wären... Ich legte in sie allen guten Willen, den ich hatte, dass ich ihr weiter folgen wollte...

„Du musst verstehen, dass es wirklich eine Heilige Nacht *gab*, Benedikt – dass *eine* Nacht unter allen heilig war, *überströmt* von Heiligkeit..."

Ich musste an jene Momente denken – sie auf dem See... Auch dies war so unendlich überströmt gewesen...

„Es gab ein heiliges Paar, Benedikt, und das waren nicht *wir*, aber nur die Liebe *erkennt überhaupt* – und deswegen ist auch *dieser* Moment einzigartig, dieser, wo in tiefer Liebe du ein Erkennender wirst, denn die Liebe hört nie auf und bleibt nie stehen; wo sie ist, da *ist* sie nicht nur, sondern da *wächst* sie, denn sie ist das einzig Wachsende, weil sie das *Geheimnis alles Lebens* ist, verstehst du, Benedikt... Und darum wächst auch deine Liebe jetzt und kann das Geheimnis dieses heiligen Paares erfassen ... *liebend*..."
Ich vertraute mich ganz meiner heiligen Führerin an und folgte ihr in ergebenem *guten Willen*...

„Er war ihr Beschützer, und nur deswegen waren sie ein Paar, sie waren einander angetraut, und *Maria war schwanger*, Benedikt – aber nicht von ihm, nicht von Josef... Gott selbst sollte auf Erden wandeln. Aber wenn er Mensch werden wollte, musste dieser Mensch von einer Jungfrau geboren werden, die ,gebenedeit war unter allen Frauen'. Verstehst du, Benedikt? *Daher kommt dein Name!* Auch Maria war gesegnet! Und wie! Gottesgebärerin sollte sie sein... Und dabei war sie noch ein *Mädchen*...
Aber nimm es ernst, Benedikt. Die Heilige Nacht existierte – und in ihr ereignete sich ... das Schicksal der Welt.
Das Kind wurde geboren – in einer Nacht, die überleuchtet war von dem heiligen Stern und, noch viel mehr, von dem Gesang und der Gegenwart aller Engel, denn es ging um den, dem sie alle dienten, es ging um die *heiligste Nacht*, die es je auf Erden gegeben hat und geben würde, es ging um die *Geburt Gottes*. Und man sagt, alle Tiere konnten in dieser Nacht reden – denn sie

erkannten ihren Schöpfer, viel frommer und treuer als die Menschen, von denen Unzählige *nicht* erkannten...
Aber das spielt keine Rolle, Benedikt, denn man kann auch *später* erkennen. Und wenn du an *etwas* Gottes Liebe ganz erkennen willst, dann erkennst du sie daran, wie unendlich sein Vertrauen ist, dass auch *du* deine Zeit hast, wo du wieder zu ihm findest – jeder. Er zwingt niemanden, aber er liebt jeden ... und lässt ihm seine Zeit...
Und ja, ich weiß, du fragst jetzt wieder nach den Hinweisen, die fehlen, und woher sollen alle denn wissen... Aber ich sage es dir nochmals: Diese Welt Gottes ist *übersät* von Hinweisen ... und wir trampeln sie nieder und treten sie in den Schmutz und fragen nach Hinweisen. Sprich nicht von Hinweisen – schaue sie! Schaue sie überall! Und zeige sie anderen, Benedikt – zeige sie anderen...“

Ich schwieg betroffen, wieder drängten sich einzelne Tränen in meine Augen, und sie fuhr fort:
„Das Heilsgeschehen zieht sich zusammen in eine Heilige Nacht, aber in Wirklichkeit ist diese eine Nacht weit wie eine Welt, wie ein Kosmos, ich sage dir, sie leuchtet über alle Welten hinaus, sie ... es ist unbeschreiblich. Aber wenn du *das* verstehst, dann begreifst du, dass dies für immer das heiligste Bild ist: Maria, die Jungfrau, Josef und das Kind in der Krippe. Dieses Bild ... diese konkrete Drei ... magisch.“

Sie sah, dass ich noch immer mit dem Zugang zu diesem Mysterium rang...
„Von dieser Nacht, Benedikt, geht ein heiliger, unmittelbarer Strom zu allem... Zu den Wundern, die um Maria und das Jesuskind kreisen, zu der Weisheit des zwölfjährigen Jesus im Tempel, zu der Taufe und zu dem Wandeln von Christus auf Erden mit all den Heilungen und Offenbarungen ... und zu dem Geheimnis von Kreuzigung und Auferstehung und seiner Gegenwart seitdem, bei jedem einzelnen Menschen und überall, aber nicht allgemein, sondern ganz, ganz konkret. Und zugleich so konkret, dass das eine *seine* Gegenwart ist – aber dass auch du

Zugang zu *ihm* finden musst. Erst dann ist der heilige Kreis geschlossen; und Gott wartet auf *dich*. Er aber ist immer da..."
Sie sah mich an.
„Es ist auch *in Ordnung*...", sagte sie zärtlich, „wenn du Gott durch ein *Mädchen* findest, Benedikt. Das tust du ja gerade... Ich bin *gern* dein persönlicher Mythos und helfe dir, Gott zu finden. Und weißt du, ein Mann kann sich auch zu *Maria* hingezogen fühlen, die ja noch ein Mädchen war ... und über *diese* Anziehung die Beziehung zum Mysterium Gottes gewinnen. Es gehört sowieso alles zu dem Mysterium dazu – und Gott legt *viele* Spuren und schafft viele Wege, um sich finden zu lassen..."
Ich schwieg etwas ertappt.
„Maria ist die Gottesgebärerin, Benedikt. *Ich* bin *deine* Gottesgebärerin... Wenn deine Liebe zu mir zu deiner Liebe zu Gott führt, ist das dann nicht ein Wunder? Gott aber ist immer die Liebe – und immer anwesend... Überall ist das heilige Leben... Und es wächst in dir, und so bist auch du selbst eine Gottesgebärerin... Eine Maria... Das Mädchen *in dir*..."
Lilie überschritt die Grenzen meines Verstandes, und mir wurde leise unwohl, weil ich nun wirklich jeden Boden unter mir verlor.

„Man muss *lieben* lernen, Benedikt... *Wie* man es lernt, ist nicht so wichtig, denn jeder Weg zur Liebe ist tief heilig. Wir *ver*lernen heute die Liebe, also müssen wir diesen Weg umkehren! Was auch immer die Liebe lehren kann, ist gut. Und jede Liebe ist ein Anfang – ein ungeheurer Anfang! Selbst wenn jemand Geld liebt, liebt er immerhin irgendwas. Irgendwo steht in der Bibel: ‚Lieber wollte ich, dass ihr heiß oder kalt wäret als lau!' Weißt du, was das bedeutet? Aus allem, wo die Seele sich wirklich *regt*, kann etwas Gutes hervorwachsen – nur aus dem Toten, sich immer mehr Lähmenden nicht mehr.
Aber jede Liebe zu einem *Menschen* ist bereits echte Liebe. Und auch deine Liebe ist echt, Benedikt – ich habe vielleicht nie eine echtere, unmittelbarere, tiefere Liebe gesehen... Deswegen ist sie ein ganz unmittelbarer Weg zu Gott, denn sie *ist bereits Gottes*. Deine Liebe ist bereits geheiligt, *weil sie Liebe ist*. In deiner

Liebe zu mir ist Gott bereits anwesend, Benedikt. Wann immer ein Mensch erkennt, wie *sehr* er liebt, hat er fast schon in demselben Augenblick auch Gott erkannt. Und vielleicht hat Gott selbst genau *diese* Liebe in ihm entzündet – ganz sicher sogar. Ich bin also deine Gottesgebärerin, *weil Gott es so wollte*. Und er will auch, dass deine Seele ihn zuletzt ganz unmittelbar findet. Und dann bist du selbst das, was Maria auch war..."

„Du bist ein Mysterium, Lilie...", flüsterte ich.
„Jeder Mensch ist das, Benedikt. Du bist auch ein Mysterium..."

*

Wir hatten ein wenig gegessen. Lilie hatte uns zwei Spiegeleier auf Toastbrot zubereitet, und wieder hatte ich jede ihrer Bewegungen bewundert – die grenzenlos anmutige Unschuld, mit der sie alles tat und die sich doch so sehr von allem unterschied, was ich bei anderen sah – oder nicht sah, eben *weil* es so unsagbar unschuldig war...

Und dann hatten wir uns wieder hingelegt, und ich hatte flüsternd gebeten:
„Erzähle weiter, Lilie... Lehre mich weiter."
„Wirst du nachher den Heiligabend erleben – die Heilige Nacht? Wirst du es können?"
„Ich denke schon..."
„Ich kann nicht weitermachen, wenn du *dies* noch nicht könntest..."
„Ja, ich könnte es, ich kann es..."
„Dann sag es mir mit deinen eigenen Worten...", bat sie.

„Die Heilige Nacht ist ein Geheimnis... Sie ist umgeben von Geheimnis, durchdrungen... Übergossen... Wie du... Als ich dich sah, Lilie... Bitte verzeih mir, dass ich das einfach nicht trennen kann... Auch du warst übergossen... Von Mondlicht, von Wunder, von Schönheit... Du *warst* das Wunder... Und mir standen die Tränen in den Augen, weil ich dich so liebte – und sah, wie

sehr alles ein Wunder *war*, du, dein Einklang mit allem und *dadurch* auch alles andere... Es war unbeschreiblich...
Und – ich habe keinen anderen Ansatz. Aber *das* kann ich verstehen, Lilie... Seitdem kann ich es verstehen... Dass etwas ein *völliges* Wunder sein kann. Alles erschütternd, alles verändernd, alles ... neu machend... Denn seit jenem Moment, als ich dich so sah ... war nichts mehr wie zuvor. Und vielleicht ... habe ich in jenem Moment wirklich erlebt, was *Frommsein* heißt... Tausend Kirchen hätten in mir nicht auslösen können, was dieser Anblick in mir auslöste... Du inmitten von allem... Du als das Geheimnis von allem... Als der heilige Weg zu allem... Aber es ist eigentlich unbeschreiblich. Meine Seele war eine einzige ‚Wunde'. Ich fühlte mich *überprägt* mit Schönheit... Durchdrungen wie ein Schwamm... Während die Zeit stehenblieb und die Ewigkeit sich erhob, in all ihrer Anmut...“

Ihre Augen waren groß geworden und standen am Ende voller Tränen, so gerührt war sie von meinen Worten, meinem Erleben...
„Mach einfach weiter, Benedikt...“, flüsterte sie fast unhörbar, „achte nicht auf mich...“
„Und...“, versuchte ich zutiefst gerührt mein Bestes, „das ... dieses ‚Wunder der Heiligen Nacht' durchdringt sich in mir einfach völlig mit diesem anderen – denn nur dadurch weiß ich, *was* ein Wunder *ist*... Wenn also die Engel sangen, dann, weil sie sahen, was ich sah... Und vielleicht noch etwas viel Größeres ... ich muss lernen, das zu begreifen... Und wenn die Tiere sprachen, so habe ich es in jener Nacht, an jenem Morgen, gestern, vielleicht einfach nur nicht gehört, weil ich so versunken war ... aber sicher haben auch sie geflüstert: ‚Seht doch, seht, seht ihr es nicht? Das Wunder... Es ist wieder da...'“
Lilie musste unvermittelt aufschluchzen, ihre Lippen zitterten.
„O Benedikt... Es rührt mich so unendlich, wie du mich liebst. Ich glaube, ich kann gerade nicht mehr...“

Ich war völlig betroffen, das hatte ich nie erwartet... Bestürzt hielt ich inne, und sie brauchte eine ganze Weile, um sich wieder zu beruhigen, konnte es zuerst überhaupt nicht... Ich wagte

nicht, sie anzurühren. Und schließlich blickte sie mich mit tränennassen Augen an und sagte, flüsterte:
„Du bist *mein* Mythos, Benedikt... Ich habe mich, außer von Gott, noch nie so geliebt gefühlt...“
Und dies jagte mir die Tränen in die Augen... Und dann schluchzten wir gemeinsam ... erschüttert von einem Wunder...
Und schließlich bat sie verletzlich und doch zugleich voller Frieden:
„Weiter... Bitte sprich doch weiter, Benedikt...“
Und ich versuchte es...

„Und ein Mädchen, *dieses* Mädchen, wies mir den Weg zu der Heiligen Nacht, und ich würde bis an mein Lebensende mein Bestes tun, um ihr gerecht zu werden, ihr, dieser Wunderbaren... Ich würde Gott finden, weil ich *sie* gefunden hatte – oder sie mich... Ich würde *sie* lieben, mein Leben lang, und in ihr und durch sie würde ich Gott lieben, vielleicht eines Tages auch unmittelbar, vielleicht schon jetzt, aber vor allem aus einem einzigen, überragenden Grund – dass er mich einem Mädchen begegnen ließ und *sie* es war, die mir alles zeigte... Er zeigte mir alle Wunder wie zusammengedrängt in *ein* Wesen, und von dem Tag an musste ich nur noch das Ganze auflösen, um den Zusammenhang zu erkennen...“
Sie schluchzte wieder, geradezu ungläubig.
„Und ja, Lilie, ich glaube an die Heilige Nacht. Ich glaube, dass sie existierte – und dass, von ihr ausgehend, das Wunder ununterbrochen seinen Lauf nahm, den Lauf des Lebens, um alles mit Leben zu *begnaden*... Ich glaube, dass wir Gott wiederfinden müssen. Und ich glaube, dass Gott *mich* in einem und durch ein Mädchen fand... Und ich liebe Gott, weil er mich fand... Aber ich werde niemals abwägen können, Lilie... Und wenn ich es *müsste*... Wenn ich es wirklich müsste... Ich würde die *Botin* immer *noch* mehr lieben...“

Lilie unterdrückte heftig ein erneutes Aufschluchzen. Sie biss sich auf die Lippen... Und dann presste sie hervor:
„Es ist alles gut, Benedikt... Das *darf* so sein...“

Und dann kämpfte sie weiter mit neuen Tränen...

„Und...", sagte ich fast unhörbar, „ich ... verlange nichts von dir, Lilie... Bitte denk das nicht... Ich bin nur so glücklich, dass ich *jetzt*, in diesem Moment, dir so nah sein darf... Dass dies überhaupt alles so geschieht..."
Wieder musste sie schluchzen.
„Ja...", brachte sie mühsam hervor.
Und dann, schließlich:
„Das ist *auch* wieder unglaubliche Liebe... Begreifst du, Benedikt? Begreifst du...?"
Voller Tränen, während Welten von Schönheit auf mich einstürzten, presste ich ein ‚Ja' hervor...

Wir waren wieder hinausgegangen, um am See spazieren zu gehen. Einzelne Spaziergänger kamen uns entgegen, meistens waren es Paare. Auch wir waren jetzt, in diesem Moment, ein Paar... Es hatte wieder leicht angefangen zu schneien...

„Ich frage mich", begann Lilie verletzlich, „immer wieder, wenn ich Menschen begegne, so wie jetzt: Was denken sie? Was fühlen sie? Was lebt in ihnen? Weißt du, dass die Beziehung zu Gott radikal verschwindet? Nur noch die Hälfte aller Menschen ist evangelisch oder katholisch – ich weiß, dass das nicht unbedingt etwas bedeutet, man kann auch an Gott glauben, ohne in einer Kirche zu sein, so wie ich... Aber sehr viele Menschen, die in einer Kirche sind, glauben gar nicht mehr *wirklich* an Gott, oder sie wissen gar nicht mehr, *wie* wirklich das wäre...
Wie feiern all diese Menschen, die uns entgegenkommen, heute Heiligabend? Wie leben sie im ganzen übrigen Jahr *mit Gott* – oder aber ohne ihn? Oder aber ‚ein bisschen' mit ihm? Wie soll das gehen, frage ich mich? Man kann nicht ‚mit Gott' leben, ohne ihn fortwährend überall zu *sehen*. Das ist nicht ernst genug. Das ist ... ‚Freizeit-Religion', so wie alles heute ‚Freizeit' wird, aber nicht mehr ernst ist. Man kann sich in Bezug auf Gott so unendlich viel *vormachen* – und er lässt es alles zu, weil er niemanden zwingen will und kann. Die Verantwortung, die Dinge ernst zu nehmen, liegt *bei uns*. Aber wir verlernen gerade so unglaublich das Ernstnehmen *an sich*.
Allenfalls allmählich die Klimakatastrophe und die ganze Konkurrenz – aber nichts, was mit Gott zu tun hat. Es regiert die ‚Härte des Lebens', aber gerade *weil* man von Gott nichts mehr wissen will – und ein Leben führt, das *fern* von ihm bleibt. Die ganze Art, wie wir unsere Gesellschaft eingerichtet haben..."

„Ja, der Andere ist der Gegner. Jetzt auch wieder, wo Geimpfte und Ungeimpfte gegeneinander ausgespielt werden."
„Es wäre alles so einfach, wenn man immer *füreinander* handeln würde."

„Aber die Geimpften beanspruchen, dass sie das tun, während sie den Ungeimpften krassesten Egoismus vorwerfen."

„Ich meinte ja nicht nur das... Aber selbst hier müssten doch alle *einander* zu verstehen versuchen. Man kann doch niemanden zwingen. Überhaupt jeder, der an Gott glaubt, müsste dies wissen – denn wenn selbst Gott nicht zwingt, wie könnte der Mensch je glauben, er dürfte es? Aber wenn jeder etwas mehr Liebe hätte, würde auch alles gut gehen. Es würden sich mehr Menschen impfen lassen, einfach nur, weil sie an die Pfleger im Krankenhaus denken – allein schon das –, es gäbe aber auch mehr Plätze im Krankenhaus, man würde auch nicht egoistisch Partys feiern, und vielleicht *gäbe* es die Krankheit gar nicht..."

„Wieso nicht?"

„Vielleicht *entstehen* bestimmte Krankheiten überhaupt erst, weil man von Gott gar nichts mehr wissen will..."

„Du meinst, Gott schickt sie?"

„Nein, das habe ich nicht gesagt."

„Aber er lässt es zu..."

„Er muss ja ohnehin alles zulassen."

„Und wo kommt so eine Krankheit dann her?"

„Wo auch immer. Aber wenn das *Innere* immer hässlicher wird, weil es immer weniger mit Gott ist, so auch das Äußere. Vielleicht kann die Krankheit gar nicht anders, als zu entstehen. Als ein Versuch der Schöpfung, den Menschen irgendwie aufzuwecken."

„Glaubst du das?"

„Ich frage mich das manchmal, weil ich mir auch meine Gedanken mache. Fest steht, dass alle Katastrophen den Menschen nur noch verrückter machen und er gar nichts begreift. Er wird nicht weise – und schon gar nicht demütig. Er geht immer noch weiter den falschen Weg. Wie beim Wettrüsten: Hilft die eine Waffe nichts, muss eben eine noch stärkere her..."

„Hätte Gott dann nicht den richtigen Weg doch deutlicher machen müssen?"

„*Nein, Benedikt* – der Mensch ist der ‚sapiens sapiens', wozu hat er denn seine ganze, von Gott geschenkte Weisheit, wenn er sie so falsch verwendet? So gottlos! Er ist dümmer, als Gott je gedacht hätte – denn mit so viel Weisheit könnte man nie so dumm sein, aber der Mensch ist es trotzdem!"

Ihr unschuldiger Ausbruch berührte mich und überzeugte mich auch.

„Nur gegen den *Stolz*", sagte sie traurig, „ist kein Kraut gewachsen. Er vergiftet alles. Wenn der Mensch nicht mehr *bereit* ist, die Wirklichkeit zu sehen, sondern meint, er könne alles beherrschen, so muss es in einer Katastrophe enden – denn was dann regiert, ist das völlige Gegenteil von Liebe. Die Liebe glaubt nie, dass sie beherrschen könnte! Und sie kennt keinen Stolz..."

„Ja, du hast völlig Recht, Lilie..."

„Aber ich frage mich", fuhr sie nur leidenschaftlich fort, „jeder Mensch *sehnt* sich doch nach Liebe! Wie kann es denn sein, dass man meint, außer der Liebe dürfte es noch etwas anderes geben?"

„Sich nur nach Liebe zu *sehnen*, ist ja erst einmal sehr egoistisch und narzisstisch."

„Keine Liebe zu *geben*, ist egoistisch – sich nach Liebe zu sehnen, ist absolut natürlich. Kein Geschöpf kann ohne Liebe existieren! Aber der Egoismus beginnt da, wo man nicht mehr bemerkt, dass man bereits geliebt *wird* – immer schon. Wer von Gott nichts mehr wissen will, der behauptet auch, von seiner Liebe nichts mehr zu wissen..."

„Kann es nicht sein, dass die Menschen wirklich *zuerst* sie nicht mehr bemerken und dann von Gott auch selbst nichts mehr wissen wollen?"

„Nein, Benedikt. Erst verschließt man sein Herz – und dann bemerkt man nichts mehr..."

„Aber ich habe mein Herz nie bewusst verschlossen..."

Sie sah mich gerührt an.

„Ja, vielleicht... Aber hättest du es einmal bewusst *geöffnet*, dann hättest du doch Gott sofort wiedergefunden..."

Ihr Einwand entzog mir sämtliche ‚Waffen'... Einmal *hatte* ich es dann geöffnet, einen großen Spaltbreit, und das Mädchen, dem dieser Spalt gegolten hatte, hatte aus dem Spalt Tore gemacht...

In unschuldiger Leidenschaft hatte es nicht zugelassen, dass der große Spalt bloß ein Spalt blieb...

„Wie müsste die Welt aussehen, Lilie?", fragte ich, obwohl ich die Antwort längst kannte.
„Wir müssen von Gott aus denken, oder mit Christus, wie er ganz konkret anwesend ist ... oder auch von dem Kind aus, das in der Heiligen Nacht geboren wird. Dann *wissen* wir die Antwort immer schon – weil unser Herz doch das Gleiche sagt! Wir sollen die Hungernden speisen, die Frierenden kleiden, die Traurigen trösten – und die Kranken heilen! Wir sollen den Bedürftigen geben und den Anklopfenden auftun. Ist es nicht *klar*, wie eine Welt der Nächstenliebe aussehen würde?
Und je mehr die Liebe sich ausbreiten würde, desto weniger ginge es um bloß materielle Dinge! Wie oft sind die nur Ersatz, ich glaube, niemand weiß, *wie* unendlich oft, ja fast alles..."
„Und das Materielle wiederum macht lieblos."
„Ja."

Ich seufzte, denn auch ich brauchte nichts anderes zu meinem Glück als die Gegenwart *eines* bestimmtem Mädchens...

„Sieh mal, diese Schneeflocken hier..."
Anmutig hielt sie ihre behandschuhten Hände hoch und fing einige auf – sie trug so berührend unschuldige Fäustlinge...
„Gott hat jede anders gemacht. Oder er hat der Natur gesagt, dass *keine* gleich sein soll... Wenn wir das *einmal* beachten würden! Denn die Seele ist erst recht einzigartig. Wir könnten dann niemals die gleiche Schule für alle haben, die gleiche Ausbildung, die gleichen Berufe ... es wäre alles viel *einzigartiger*, viel liebevoller eben. Ohne Liebe sieht man das Einzelne nicht – und es interessiert einen auch nicht...
Aber das ist *Lieblosigkeit*. Alles, was die Unterschiede auslöscht, ist Lieblosigkeit – denn es ist nicht mit Gott. Gott schafft überall Unterschiede, Vielfalt, Einzigartigkeit. Wer nicht mit Gott ist, löscht aus, was Gott geschaffen hat – und was auch die Liebe immer wieder neu schafft...

Und gleichzeitig, umgekehrt, *hält* sich jeder für einzigartig, ohne etwas dafür zu tun. Aber gerade in ihrem *Stolz* sind sich alle so unglaublich ähnlich! Jeder Mensch ist einzigartig. Aber sich darauf etwas einzubilden, ist gerade die Wurzel des Egoismus. Während das Richtige wäre, seine Einzigartigkeit in Gottes Hand zu erkennen, staunend, dankbar, voller Freude... Das erst wäre Gottesglaube – und zugleich das beste Heilmittel gegen jeden Stolz und Egoismus... Wir halten uns für besser als die Schneeflocken – aber *sie* kennen Gott noch und wir nicht mehr..."

Uns kam ein jüngeres Pärchen entgegen, der Mann trug eine Weihnachtsmannmütze mit aufgenähtem weißen Rentierkopf, der durch eine eingenähte Diode leuchtete...

Der Anblick schmerzte mich jetzt fast physisch – gerade weil ich inzwischen alles so sehr auch mit ihren Augen sah. Wenig später sagte sie still und gequält:
„Ich kann dir gar nicht sagen, wie mich so etwas erschüttert! Ich frage mich, wie kann die Seele je so etwas wie *Gefallen* am ... am Lächerlichen, am Hässlichen, am ... Zerstörenden haben?"
Ich hatte ein wenig darüber nachgesonnen.
„Es gibt wohl einen Punkt, wo man von Schönheit nicht mehr wirklich berührt wird, Lilie... Und dann beginnt die bloße Suche nach dem, was noch ‚kickt'. Der nächste Reiz, die nächste Ausgefallenheit, das Alberne als ‚hip'..."
„Ich kann das nicht *verstehen*... Es ist mir unendlich fremd ... es macht mir Angst... Wie, Benedikt – wie kann man von Schönheit nicht mehr berührt werden?"

Alles, was sie schon gesagt hatte, hatte mir immer mehr die Augen geöffnet.
„Schon das Schöne hat seine Heiligkeit – man muss sie nicht bewusst wahrnehmen, aber sobald man von etwas berührt wird und es leise bewundert, ordnet man sich in einer heiligen Weise irgendwie unter... Oder auch ein ... in einen Einklang, eine Harmonie... Wer aber nur den Stolz des eigenen Egos kennt, für den gibt es das alles nicht mehr – also auch keinerlei echte

Schönheit mehr. Er kann sie nicht mehr *wahrnehmen*, er ist unfähig dazu geworden. Er *weigert* sich, Schönheit zu erkennen, weil das irgendwie bedeuten würde, ehrfürchtig zu werden... Er weigert sich. Und deswegen gibt es für ihn nur noch das Billige. Ja, das Verspottende. Er muss sich ja irgendwie bestätigen, dass er Recht hat... Er betäubt sozusagen noch die letzten Reste..."
„Aber das ist ja *furchtbar!*"
„Auch ich hätte das vor drei Tagen nicht einmal ansatzweise erkannt, Lilie... Ja, es ist furchtbar. Die Menschen zerstören systematisch ihr Schönheitsempfinden – indem sie es sogar aktiv verspotten..."

Ich spürte, wie sie neben mir leise zusammenschauerte.
„Und...", sagte sie in stiller Fassungslosigkeit, „die Menschen fürchten sich vor *Corona* – aber nicht vor dem Verlust ihrer Seele! Wenn das alles wahr ist, und es muss wahr sein, dann wird auch das *exponentiell zunehmen*, wenn es erst einmal begonnen hat! Ich bin so verzweifelt..."
Still und beschämt schwieg ich, denn zu etwas anderem hatte ich in meinem Leben nichts beigetragen...
„Manchmal denke ich an Jesus im Vorhof des Tempels...", klagte sie leise. „Wie er die Tische der Wechsler umstieß... Aber ich bin nur ein Mädchen... Und man würde nicht einmal verstehen, was ich täte...!"
‚Der rächende Engel der Schönheit', ging es mir durch den Kopf.
„Einige Menschen *müssten* verstehen, was du tätest, Lilie... Aber du sagtest, man kann niemanden zwingen..."
„Nein ... es wäre auch nur ein Zeichen. Wenn die *Natur* es täte, würde sie mit einem winzigen Erdbeben so einen Tisch einfach verschlucken..."
Ihre unschuldige Vorstellung rührte mich wieder tief.

„Aber verstehst du es jetzt, Benedikt? Wie das Abirren von Gott in eine *Katastrophe* führt? Weil alles immer beliebiger wird – und immer hässlicher? Immer leerer?"
„Du hattest gesagt, der Mensch muss sich entscheiden können..."

„Ja, wenn er die Leere *spürt*. Er hätte sie schon längst spüren müssen! Aber du sagst, er betäubt sie sogar noch *aktiv* – und ich begreife es... Das *ist* die Katastrophe. Der verlorene Sohn erkannte – aber der jetzige Mensch erkennt nicht einmal mehr..."
Wieder schwieg ich voller Betroffenheit und Hilflosigkeit über *ihre* Hilflosigkeit, die alles viel reiner und tiefer empfand...
„Er tötet ja ... er tötet ja *fortwährend* sein Schönheits- und überhaupt sein Empfinden ab! Mit jeder gekauften Wurst, mit jeder Konkurrenz, mit jedem Waffenexport, mit jedem Billigflug, mit jeder Geschmacklosigkeit, mit jeder *Normierung*, mit jeder Resignation..."
Auch mir wurden bei ihren Worten die ungeheuren Zusammenhänge klar – oder wieder neu und viel tiefer klar.

„Ich halte das alles nicht aus, Benedikt! Es ist so schrecklich... Und doch kommt die Heilige Nacht...! Wer wird sie wirklich erleben? Wer nur..."
Ihr Leid zerriss mir das Herz.
Dann sah sie mich ergreifend in ihrer hilflosen Bitte an.
„Kannst du heute ... bei mir bleiben?"
„Nichts gäbe mir mehr Glück, Lilie..."
„Komm, wir gehen zurück. Können wir ... können wir noch einen Weihnachtsbaum besorgen? Hättest du ... etwas Geld dafür?"
„Ich habe für alles Geld. Aber ... haben denn die Bäume auch etwas mit der Heiligen Nacht zu tun – ich meine, so wirklich...?"
„Das erkläre ich dir später..."

In stillem Einverständnis machten wir uns auf den Rückweg, und irgendwann nahm sie schüchtern meine Hand – und diese Geste rührte mich so unendlich, dass mir die Tränen kamen...

*

Wir kauften auf dem örtlichen Markt eine deutlich über zwei Meter große Tanne, und sie wurde fast umgehend auch gebracht. Ich hatte sie auch noch gefragt, ob es sie nicht beschäftige, dass für dieses Fest so viele Bäume abgeholzt würden, aber auch hier vertröstete sie mich wieder...

Bei ihr zu Hause suchte sie nicht lange nach dem Baumständer. Auch alles Übrige fand sie sofort, und wir begannen unter ihrer Anleitung, sehr schlicht den Baum zu schmücken.

„Ich dachte, ich brauche dieses Jahr keinen Baum", sagte sie still. „Denn ich trage alles in mir... Aber ich brauche ihn *trotzdem*... Jetzt..."
Sie sah mich an.
„Du musst es in einer heiligen *Stimmung* machen, Benedikt... Es ist nicht einfach nur ein Baum... Und es ist nicht einfach nur eine Tätigkeit... Wir bereiten uns vor..."
Während sie einen Kerzenhalter aus einem alten Schuhkarton nahm und sorgfältig an einem Zweig befestigte, sagte sie:
„Das habe ich schon den ganzen Advent lang getan ... und du hast es jetzt schon zwei Tage lang getan, und noch immer... Es ist wie die frohe Erwartung einer Schwangeren. Man sagt doch: Sie ist in froher Erwartung... So muss man auch hier *fühlen*... Advent bedeutet ‚Ankunft'. Es ist das Herannahen des Heiligen ... und die Seele fühlt, wie sie sich mit zarter Freude füllt, immer mehr..."
Ich half ihr mit den Kerzenhaltern, und für die oberen Zweige holten wir eine kleine Leiter.

Dann öffnete sie kniend mit einer wieder neu ergreifenden, fast scheuen Anmut einen zweiten Schuhkarton, in dem sich einige matt glänzende Kugeln befanden. Still kniete sie einige Momente davor, ich hielt fast den Atem an bei diesem Bild.
„Sie sind noch von meiner Großmutter...", sagte sie leise, voller Liebe.
Da wusste ich, dass ihre Großmutter schon gestorben war – und noch viel mehr. Wie dieses Mädchen geliebt worden war ... und wie es selbst geliebt hatte. Eine halbe Welt erstand vor meinem inneren Auge – eine Welt heiligen Ahnens und Wissens...

Wir suchten für die Kugeln ebenfalls die schönsten Stellen, und wieder berührte es mich unendlich, mit welcher *Sorgfalt* Lilie alles tat – eine buchstäbliche Zärtlichkeit, die für mich ganz unerreichbar war...

Schließlich hängten wir noch Strohsterne auf – und wieder sah ihr liebevoller Blick sofort, dass ich einen Stern hoch über einer Kerze aufzuhängen im Begriff war, und wies mich darauf hin. Und beschämt dachte ich an die Wahrheit: ,Man sieht nur mit dem Herzen gut'...

Ganz zuletzt baute sie unter dem Baum liebevoll eine kleine Krippe auf. Es waren recht grob geschnitzte Figuren – fast wie bei dem ,Fair Trade'-Stand auf dem Adventmarkt, aber das Kind war lieblich angedeutet, und Maria hatte eine ganz eigene Anmut. Auf den zweiten und dritten Blick berührte einen gerade das nicht Ausgearbeitete, das die Fantasie immer wieder neu ergänzen konnte. Noch mehrmals stellte Lilie die Figuren um ein Winziges um, ohne dass ich erkennen konnte, weshalb – vielleicht ging sie einfach nur nach ihren Kindheitserinnerungen...

Dann erhob sie sich mit einer zarten Bewegung und sah mich an – mit einem Blick voll weicher Dankbarkeit und Freude, der mich so erschütterte, dass es mir regelrecht unangenehm wurde, denn was hatte ich schon beigetragen?

Daraufhin gingen wir in die Küche und bereiteten gemeinsam eine gehaltvolle Gemüsesuppe zu. Als diese schließlich köchelte, und wir gemeinsam am Tisch saßen, mit einem neuen heißen Yogi-Tee, sagte Lilie:
„Die Bäume, Benedikt... Wenn die Menschen *wirklich* noch um die Heilige Nacht wissen ... dann geben sich die Bäume gerne hin – verstehst du? Für sie ist es auch die Heilige Nacht. Für sie ist alles heilig, jede Kugel, jeder Stern, jede Kerze – und alles hat tief damit zu tun! Man muss den Mut haben, zu wissen, dass es der *seligste* Augenblick im Moment jedes Baumes ist – *wenn* er wahrhaft geschmückt wurde und in den Herzen der Menschen ganz und gar wahrhaft Weihnacht wird..."

Jetzt hatte ich sogar Verantwortung für einen Baum ... und ich empfand sie auch wirklich. Lilie hatte so viel schon erreicht... Und sie säte und pflanzte immer weiter, unschuldig und unermüdlich...

„Eigentlich sind Menschen und Bäume ja *Brüder*... Man kann sich einem Baum, der sich auf diese Weise hingibt, so *unendlich* verbunden fühlen, Benedikt! Sage nicht ‚ein' Baum – auch dieser Baum ist genau dieser. Es gibt ihn nur einmal. Und er hat sich uns hingegeben, uns! Auch niemand anderem, sondern uns – es ist unser Baum... Das muss man sehr, sehr heilig und liebevoll fühlen. Und es ist auch eine ehrfürchtige Dankbarkeit..."
Wir schwiegen eine ganze Weile und hörten dem sich erhitzenden Wasser zu. Draußen neigte sich der kurze Winternachmittag schon langsam seinem Ende zu.

Dann holte Lilie eine Kerze und entzündete sie vorsichtig für unseren Tisch.
Sie sah mich erwartungsvoll an. Mir war unangenehm, dass ich ihre Erwartungen so oft enttäuschte, auch wenn sie dies vielleicht nicht einmal meinen würde...
„Hast du dir einmal bewusst gemacht, was *Kerzen* sind?"
Ich schüttelte einigermaßen hilflos den Kopf.
„Mache es jetzt einmal...", lächelte sie zärtlich.
Unsicher sah ich sie an.
„Wir haben Zeit...", erwiderte sie, und aus ihrem Mund war das die reine, sanfte Wahrheit.
Ich sah die Kerze an, die trotz der noch vorhandenen Tageshelle bereits ihr angenehmes Licht um sich her leuchtete.
„Sie leuchtet wie du, Lilie...", sagte ich aufrichtig, während ich noch immer versuchte, einzutauchen.
Sie lächelte berührt, aber schwieg ansonsten, um mich nicht zu stören.
„Sie verbreitet *Ruhe*...", sagte ich nach einer Weile. „Wie du..."
Lilie ließ meine fortwährenden Hinweise auf sie geduldig abperlen und wartete seelenruhig weiter.
Schließlich sah ich sie an.

„Sie verbreiten eine heilige Atmosphäre, schenken der Seele eine solche... Wie du..."

Lilie sah mich sanft an.

„Du weißt, dass nur du mich gesehen hast. Aber die Kerzen haben diese Wirkung auf *jeden*..."

„Ja. Aber du auch, viele merken es nur nicht – wie bei den Kerzen übrigens auch nicht. Wie heißt das noch? Stell doch dein Licht nicht ... worunter?"

„Unter den Scheffel?", lächelte sie erstaunt.

„Ja, Lilie – auch du bist ein Licht, wirklich ein Licht..."

Sie schien fast leise zu erröten.

„Aber du siehst es also...", fuhr sie zart fort, wieder auf die Kerzen verweisend. „Sie brennen, so sanft, so ruhig. Sie geben sich sogar hin – für die Liebe, die auf ihnen brennt, als heiliges Licht. Und sie konzentrieren die Seele ... auf das Wesentliche. Sie *zeigen* es geradezu..."

„Wie du, Lilie..."

„Ich will aber, dass du es bei ihnen siehst...!", sagte sie bittend.

„Ich sehe es...", erwiderte ich. „Ich sehe durch dich so viel..."

Sie schwieg fast beschämt.

Dann musste sie aufstehen und den Herd etwas kleiner stellen und den Topfdeckel ein wenig zur Seite rücken. Selbst, wie sie sich wieder hinsetzte, berührte mich. Ein Mädchen war so ein Wunder an Anmut ... und ich verstand, dass dies nur existierte, wenn eine reine Seele sich in ihrer ganzen zarten Anwesenheit unschuldig offenbarte...

„Die Sterne sind der ganze Kosmos, Benedikt...", begann sie wieder ebenso unschuldig. „Die Strohsterne, meine ich... Die Seele erlebt: Der ganze Kosmos ist mitbeteiligt an dem Wunder der Heiligen Nacht. ‚Kosmos' bedeutet ‚Ordnung' – wusstest du das? Heilige, wunderbare Ordnung, Schmuck, geradezu Glanz... Der Kosmos ist lebendig! Die Sterne sind lebendig – vielleicht singen nicht nur die Engel, sondern sogar die Sterne. Sphärenharmonie... Kennst du das? Aber in der Heiligen Nacht beginnt ein *neues Lied...* Denn es beginnt eine neue Schöpfung. Es beginnt eine *Welt der Liebe...* Und weißt du, wo? In den Herzen der Menschen.“

„In den Herzen der Menschen?“

„Ja – der Menschen, die eines guten Willens sind. *Diesen* Menschen ist auch der Friede verheißen – und weißt du warum? Er ist *allen* verheißen, aber nur die liebenden Herzen *spüren* ihn...“

„Ja, das ergibt unmittelbar Sinn...“

„In der Heiligen Nacht strömt ein unbeschreiblicher *Weltenfriede* auf die Erde, denn das Kind bringt ihn mit sich – und der ganzes Kosmos strömt ihn herunter, aus Sternenhöhen. Eigentlich könnte jeder Mensch das spüren! Jedes Jahr wieder übrigens – aber es spüren nur die, die ihr Herz öffnen und deswegen das Geheimnis wahrnehmen... Und doch ist es so *offensichtlich...*“

„Jedenfalls spürt man noch immer, dass es da sein sollte...“

„Ja, auch unter den Menschen. Aber von oben, vom Kosmos herunter strömt es *objektiv*, Benedikt. Das musst du nicht glauben, du musst es *wahrnehmen!* Wir können, und wir werden wieder in den Wald gehen, vielleicht auch abends, vielleicht morgen – denn es sind zwölf heilige Nächte, die sich an die eine Heilige Nacht anschließen... In Wirklichkeit strömt der Segen *nächtelang* herunter, Benedikt! Dass musst du glauben ... *damit* du es wahrnehmen kannst...“

Sie sah mein um Verständnis ringendes Gesicht und sagte innig: „Er strömt natürlich auch am Tage – aber da sind die Menschen sowieso viel zu abgelenkt und zu unaufmerksam; abends, wenn es dunkel wird, sind sie viel andächtiger... Und da *muss* man es dann spüren ... spätestens da...“

„Ich spüre schon seit *zwei* Tagen einen Segen, es hat längst vorher begonnen, Lilie...“

„Das ist ja auch so...“, sagte sie, absichtlich überhörend, dass ich von ihr sprach. „Die Heilige Nacht kündigt sich ja auch bereits an. Das Wunder des Advent geht heilig in die Heilige Nacht über...“

Sie sah mich an und versicherte sich unschuldig, dass ich auch *dies* ernst nahm... Dann fuhr sie fort:

„Das sind also die Sterne... Die Strohsterne und die wirklichen Sterne. Die Kerzen wissen wir schon. Aber du musst wirklich erleben, wenn sie nachher brennen – es ist ein Wunder, Benedikt! Vergiss nicht, dass wir uns jetzt heilig vorbereiten ... eigentlich schon längst *sein* sollen...“

„Ja, Lilie...“, sagte ich leise.

Ich musste meinen Ernst noch ernsthafter machen. Ich hatte beschämt bemerkt, wie wenig weit ich noch war – es konnte alles so schnell wieder verblassen... Und nur eine Ausrede wäre es, hätte ich gesagt: vor ihrem Licht. Wäre mein Bemühen nur halb so groß gewesen wie meine Liebe zu ihr, ich wäre schon viel weiter gewesen... Ich musste meine Liebe zu ihr so treu machen, dass ich dem, was ihr so wesentlich war, ebenfalls meine *ganze* Seele zuwandte, ohne nachzulassen...

„Und die Kugeln...“, fuhr sie fort, mit einem berührten Blick auf mich, „*sind* der Schmuck, der Glanz, von dem ich sprach – den auch der Kosmos selbst hat ... und die Seele, die sich freut, die sich schmückt, mit dem Hochzeitsgewand, weil er kommt, der, dem sie verlobt ist, von Ewigkeiten her... Der Geliebte ... verstehst du? Der Geliebte der Seele – das ist Christus. Und auch Gott. Du darfst nicht eifersüchtig sein, Benedikt. Der König, der Weltenkönig ... Christus ist auch der Geliebte *deiner* Seele... Das musst du spüren, ich flehe dich an... Und wenn es nicht anders geht, dann durch deine Liebe zu *mir*... Aber du musst es spüren. Das Geheimnis, das Christus für die Seele ist. Sie sind füreinander bestimmt – Christus und die Seele. Sie kann nichts ohne ihn, und sie liebt ihn innig, vom Anfang der Zeiten. Er ist ihr Himmel, ihr Leben, ihre Freude, ihre Liebe. Und die Heilige Nacht ist der Beginn des Mysteriums in menschlicher Zeitrechnung – Christus tritt ein in die Geschichte. Und zuerst wird *das Kind* geboren, Benedikt. Das Kind...

Man müsste spüren, dass bereits von diesem Geschehen Heilung ausgeht, absolute Heilung ... Weltenheilung... Denk an den Frieden! Die Tiere sprechen, sagt man. Sie wissen es besser, sie wissen es alle... Tier und Pflanze und der ganze Kosmos, sie alle wissen es..."

Berührt lauschte ich ihren Worten, dieses einsame einzigartige Mädchen wob für mich den Weltenmythos, damit ich *verstehen* konnte ... und ich begann, ahnend, fuhr fort, ahnend, tastend...

„Und der Baum, Benedikt... Der Baum, warum wohl ist es ein Tannenbaum? Weil er *immergrün* ist... Er verliert nie sein Leben, er ist das Symbol für dieses immerwährende Leben – und für das neu *beginnende* Leben. In der Heiligen Nacht beginnt etwas ganz Neues – und es hat ganz mit dem *Leben* zu tun, vor allem mit dem Leben der Seele. Der treue, immergrüne Nadelbaum hilft der Seele, dieses Geheimnis zu *spüren*.
Zugleich ist es der Weltenbaum ... er trägt die Sterne, er trägt den Schmuck, er symbolisiert zugleich den ganzen Kosmos, der auf einmal von neuem *Leben* erfüllt ist, von einem ganz neuen Licht ... und von Liebe. Das alles *erlebt* die Seele – und es ist unfassbar, wie manche Menschen glauben können, der Weihnachtsbaum wäre nur eine heidnische Zutat. Er ist bis ins Einzelne das heilige Bild des *ganzen* Geheimnisses..."

Lilie erhob sich, weil die Suppe doch stärker kochte – und vielleicht auch, um mich in zarter Unschuld mit meinen Empfindungen eine kurze Zeit allein zu lassen... Ich kann nicht beschreiben, wie mich alles berührte ... selbst diese kleine Geste, ihre nicht zu beschreibende Intuition in diesen Dingen, ebenso wie ihre leidenschaftliche Liebe zu diesem ganzen Mysterium, an dem sie mich Anteil nehmen zu lassen versuchte, besser als es je ein Erwachsener vermocht hätte. Ich wunderte mich darüber nicht – nur darüber, dass eine so unschuldige, zutiefst aufrichtige Seele noch *existierte*...

Lilie deckte den Tisch und schöpfte uns beiden die Suppe auf den Teller. Dann aßen wir schweigend, aber es war ein leuchtendes Schweigen, nicht nur wegen der Kerze – und ich spürte, dass sie wirklich zunehmend dem Heiligen entgegenging ... und mich mit sich führte...

*

Als wir gegessen hatten und sie das wenige Geschirr wieder abgewaschen hatte, schlug sie vor, noch einmal ein bisschen spazieren zu gehen.

„Es ist noch nicht dunkel, es ist noch zu früh. Lass uns noch einmal durch die Straßen gehen, über den Marktplatz, und auf der anderen Seite langsam wieder zurück.
Ich möchte noch einmal die Menschen erleben. Es sind nicht alle gleichgültig und völlig blind. Viele freuen sich auch auf das heilige Fest. Viele lieben jemand anders oder ihre ganze Familie, und das alles spiegelt sich in den Gesichtern. Ich möchte auch ein bisschen Hoffnung haben – und ich möchte Anteil nehmen an den Empfindungen der anderen... Und vielleicht hören wir auf dem Rückweg bereits die Glocken ... ich liebe ihren Klang! Er ruft die Seele zu Gott, zur Gebetsstimmung, und auch wenn ich in der Kirche nicht das finde, was ich suche, so ist der Klang der Glocken doch zeitlos treu und wahr...“

Ihre Rede berührte mich so sehr wie ihre Bewegungen, als wir uns wieder anzogen – und erst, als wir eine Weile draußen gegangen waren, ging mir vollkommen auf, warum. Niemand – niemand nahm so sehr Anteil am Schicksal des *Ganzen* wie dieses Mädchen. Sie hatte solche Sehnsucht, in den Gesichtern der Menschen etwas zu lesen, was von einem bleibenden Verbundensein mit Gott sprach, von einem wahren Verstehen und Lieben dieser einen, einzigartigen Nacht, von Hoffnung für die Zukunft ... der ganzen Menschheit. Sie *meinte* dies so tief ernst, wie sie es gesagt hatte – wenn nicht noch ernster, denn ihre wahre Aufrichtigkeit konnte sie nicht einmal in Worte fassen. Und als ich dies verstand, kamen mir ohne jede Ankündigung die Tränen... Ich war so unendlich dankbar, dass sie sie nicht bemerkte, sie, die in den Gesichtern der anderen Menschen nach etwas suchte, was sie so oft nicht fand ... und was mir neue Tränen in die Augen trieb...

Als wir bereits eine Viertelstunde gegangen waren, sagte sie leise zu mir:

„Hast du eben das Mädchen gesehen?"

Ich hatte die Familie auch bemerkt, aber vor allem die Gesichter der Erwachsenen angeschaut. Sie hatten eine gewisse feierliche Miene, wie nicht wenige, gerade mit Kindern – aber es wirkte auf mich immer ein wenig unehrlich, gesteigert durch alles, was Lilie mich an Empfindsamkeit gelehrt hatte. Ich sah sogar, wie manche Erwachsenen sich um etwas *bemühten*, an das sie aber gar nicht herankamen... Ich sah die Tragik der modernen Seele überhaupt – gerade in ihren besten Vertretern...

„Nein", gestand ich. „Nicht wirklich."

Nur den Jungen hatte ich noch nebenbei wahrgenommen, der ein bisschen aufgeregt an der Hand des Vaters herumgehampelt war.

„Sie trug es in sich, Benedikt..."

Jetzt hörte ich die Berührung in ihrer Stimme.

„Das Weihnachtsgeheimnis, sie trug es in sich..."

Ich sah Lilie von der Seite an, jetzt sah ich ihr ungeheures *Mitgefühl*...

„Hoffentlich verliert sie es nicht gerade, wenn ihre Erwartung am größten ist... Hoffentlich kann sie es sich bewahren... Zumindest dieses Jahr..."

Es zerriss mir das Herz, wie tief Lilie Anteil nahm ... und wie innig ihre Hoffnung war, wie *real* dies alles für sie war. Es war, wie wenn sie das wandelnde Gewissen der ganzen Stadt war, ja der Welt... Das mag übertrieben klingen – aber wer hätte *sonst noch so empfunden*? Wenn man ein solches Erleben wie dieses – meines – nicht mehr ertrug, dann doch allein deshalb, weil man das Große und Heilige nicht mehr ertrug, eben genau das *nicht* mehr – und hier *war* etwas Heiliges, nämlich ein Mädchen, das eine so weltenweite Sehnsucht und einen so weltenweiten Ernst hatte, wie sie *jeder* Seele eines Menschen seit Urzeiten bestimmt waren. Dieses Mädchen allein machte in ergreifender Unschuld den göttlichen Ursprung des Menschen wahr, so gut es konnte, und man nahm Ärgernis an dem, was ich zu beschreiben versuchte, indem ich es erlebte? Wahrscheinlich hatte man an dem Heiland in eben genau dieser Weise auch tiefes Ärgernis genommen...

Lilie fand auch einige erwachsene Gesichter, in denen sie sah, wonach sie eine solche Sehnsucht hatte. Sie wollte gar nicht darüber sprechen, aber sie hatte wieder meine Hand genommen und drückte sie zart, wenn sie zum Ausdruck bringen wollte, welche Begegnung sie dankbar gemacht hatte ... und jeder zarte Druck ihrer Hand gab mir einen heißen Pfeil unsagbarer Rührung ins Herz...

Wieviel hätte ich darum gegeben, sie noch glücklicher zu machen! Wie selten spürte ich ihr heiliges Zeichen trotz allem! Einmal bei einer jungen Frau, dann wiederum bei einem jungen Paar, einem älteren Paar, einem alten Mann, der allein an uns vorüberging ... und dann waren es nicht mehr viele andere... Und doch sah ich das Glück in Lilies Augen – vielleicht war sie schon glücklich über *einige Wenige* ... und mir trieb es erneut die Tränen in die Augen...

Ich beschreibe nicht all die übrigen, die gleichgültigen Erwachsenen, die völlig verweltlichen Jugendlichen, die albernden Kinder, die Leute am Handy und all die anderen – denn auch Lilie konnte irgendwie darüber hinwegsehen, wie ich feststellte, nachdem ich mir zuerst bei jedem auch dieser Menschen innige Sorgen um Lilie gemacht hatte, aber sie schien längst auf einem ganz eigenen inneren Weg zu sein ... und ich gab mir berührt Mühe, ihr auch darin wieder zu folgen.

Und dann hörten wir tatsächlich das Einsetzen der Glocken. Die Straßen dazwischen spielten keinerlei Rolle – man hörte sie über die ganze Stadt hin klingen. Lilie sah mich triumphierend an – nein, nicht triumphierend, sondern mit so einem ergreifenden, glücklichen, dankbaren Ausdruck, der zu sagen schien ,*Siehst du...?*', dass mir erneut die Augen feucht waren, unmittelbar, und diesmal sah sie es ... stutzte kurz ... und ging dann sanft mit mir weiter, nur zärtlich meine Hand drückend, was meine Tränen endgültig meine Wangen herunterlaufen ließ... O, wie liebte ich dieses Mädchen so rettungslos!

*

Als wir wieder bei ihr waren und meine Aufregung stieg, weil ich auch nichts falsch machen wollte, wandte sie sich zu mir und fragte feierlich:
„Bist du bereit, Benedikt...?"
„Ich weiß nicht...", sagte ich geradezu scheu. „Ich hoffe..."
Sie forschte kurz in meinen Augen, dann sagte sie voller Mitgefühl und voller Weichheit, die mir alle Angst nahm, ich spürte nur *ihre* Feierlichkeit:
„*Versuch* es einfach... Denk dran ... Heiligabend... Die Heilige Nacht hat begonnen..."
Sie nahm mich bei der Hand – zum ersten Mal spürte ich ihre *wirkliche* Hand, ja überhaupt ihre Haut, ihre Wärme, und mir vergingen fast die Sinne, so zärtlich spürte ich sie...
Auch sie musste dies bemerkt haben, denn sie führte mich auf einmal fast etwas befangen hinein, in den Raum mit dem Weihnachtsbaum...

Dann ließ sie meine Hand sanft los und sagte:
„Kannst du ... die oberen Kerzen anmachen? Dann stellen wir die Leiter weg... Aber denk dran, Benedikt... Jetzt sage ich es nicht mehr, jetzt *vertraue* ich nur noch..."
Und dies erschütterte mich endgültig mehr als alles andere, in dieser Beziehung. Meine Seele fühlte jetzt so geweiht, wie sie irgend konnte...
Ich stieg auf die Leiter und entzündete jene drei Kerzen, die wir am höchsten angebracht hatten. Dann stieg ich wieder herunter und blickte sie scheu an.
„Wir stellen die Leiter raus...", flüsterte sie, und ich tat es.

Ich war so berührt von *ihrer* Andacht, dass sie mich damit mühelos mitnahm...
Gerührt sah ich, wie sie auf mich gewartet hatte, schon mit den Streichhölzern in der Hand. Jetzt nahm sie eines heraus und zündete die unteren Kerzen an, brauchte noch ein zweites. Sie hatte festgestellt, dass sie an die noch oberste Kerze nicht gut herankam und gab mir die Streichhölzer mit einem Blick, der mich ein weiteres Mal erschütterte – ich kann es auch überhaupt nicht mehr beschreiben: dieses Vertrauen, diese Freude, dieses Sanfte ... Lilie war in diesem Moment längst jenseits... Irgendwo, wo ich ihr überhaupt nur noch *halb* folgen konnte...

Und als ich ihr die Streichhölzer scheu zurückgab, legte sie sie anmutig zur Seite, ging zur Tür, um das Licht auszumachen, kam dann wieder zu mir und kniete sich vor dem Baum auf den Teppich ... und ich tat es ihr nach.
„Nur wenn du kannst...", wisperte sie. „Du kannst auch anders sitzen..."
„Ja...", sagte ich nur.
Und dann diese Stille...
Ich spürte, was dieser Moment für Lilie bedeutete, ihre feierliche, fromme Freude und Andacht schien wie in einer zarten Wolke um sie herum zu pulsieren, zu weben, in zärtlichster Intensität von ihr auszustrahlen – und durch ihre Nähe stürzte die Wirklichkeit des Weihnachtsbaumes und seiner Bedeutung auch auf mich und meine unvorbereitete – oder besser gesagt: tief vorbereitete – Seele ein. Und der stille Zauber erschlug mich in gewisser Weise... Prägte sich ebenfalls in meine Seele ein ... auch wenn nichts jemals jene Momente am See erreichen würde, so war dies dennoch der *zweitstärkste* Eindruck, den ich je empfing, wenn ich alles abzog, was direkt mit Lilie zu tun hatte...

Und mein Blick wanderte dann zur Krippe, die Lilie durch ein Teelicht erhellt hatte, und ich begriff vollends: Um ihretwillen war der Baum da, und sie gab dem Baum seine ganze Magie, und beides heiligte sich als magisches Bild *gegenseitig*... Der Weltenbaum ... der Weltenmythos ... und all dies *als Realität*...

Ich versuchte, all dies nicht zu verlieren, und zugleich bezog sich meine Freude und meine Dankbarkeit genauso stark darauf, dass ich Lilie *überhaupt* so weit zu folgen imstande war, schien, irgendwie...

Und dann wisperte sie hingegeben und zugleich erläuternd, und mir war fast nicht klar, wie sie das schaffte: „Eigentlich *ist* Weihnachten ein Fest ... gemeinsam... Wir sind nur zu zweit ... aber das macht nichts... Ich meine nur ... *Singen kann* man eigentlich fast nur zu mehreren... Aber keine Angst, das brauchst du gar nicht... Aber ich singe jetzt ein bisschen, ja? Du brauchst nur zu hören..."
Mir blieb fast der Atem weg. Kurz, nur für einen Bruchteil einer Sekunde, hatte ich die Angst vor etwas ungeheuer Peinlichem, etwas Gekünsteltem, aber dies musste nur meiner bisherigen Lebenserfahrung mit ‚Gesang' geschuldet sein – und ich schämte mich, mein absolutes Vertrauen auch nur für diesen Bruchteil eines Augenblickes verlassen zu haben, war aber zutiefst glücklich, es sofort wiederzufinden – und um so hingebungsvoller tauchte ich ein in eine tiefe Andacht und Erwartung...

„Es ist ein Ros entsprungen aus einer Wurzel zart..."

Wieder kann ich es nicht einmal ansatzweise beschreiben... Wie rührend waren allein die wenigen Momente ihrer anfänglichen Befangenheit, die aber schnell verschwanden ... und dann jene zarte Hingabe, jene abgrundtiefe Unschuld und jene berührende Mädchensanftheit ihrer Stimme überhaupt ... das alles versetzte mich in eine solche Erschütterung, dass ich unmittelbar überzeugt war, *Engelsgesang* könne mich niemals tiefer rühren... Hier offenbarte sich jene Seele, die ich über alles liebte – und es war eine *andere* Kommunion als die der heiligen Verschmelzung der Blicke ... hier war es *ihre* so unendlich reine Hingabe, und sie ließ *mich* völlig ungeschützt Anteil daran nehmen, und dies war so erschütternd, dass mir der Atem wegblieb, wirklich physisch.

Und ihr *Zauber* führte dazu, dass sogar die Bedeutung des Liedes geradezu ungeschützt zu mir durchdrang. Es war, wie *wenn* Engel sangen... Und es war so lieblich, in seiner ganzen Bedeutung so lieblich, dass ich dem Geheimnis der Weihnacht so intim nahekam, wie ich es nie erwartet hätte – und vielleicht wie auch danach nie wieder, ich weiß es nicht... Dieser Moment jedenfalls blieb für immer überschwebt von dem Geheimnis, was man mit ‚*Erste Liebe*' andeuten muss und doch nicht kann. Der ‚Zauber des Anfangs' ist unergründlich – und Lilies Stimme versetzte mich bis ins Innerste dessen...

Sie sang noch weitere Lieder – ihre Bedeutung ergriff mich weniger, wenn auch immer noch sehr ... aber die absolute Magie ihrer Stimme hörte nicht auf, schwächte sich nicht ab, blieb ein absolutes Wunder ... und mit ihr erhalten blieb dadurch das Wunder alles Übrigen. Lilie *schenkte* es mir ... indem sie *sich* schenkte... Mir kamen immer wieder von neuem die Tränen, ich ließ sie herabrinnen, es war hoffnungslos, sie zu stoppen...

Sehr bald hatte ich mein Knien gegen ein richtiges Sitzen ablösen müssen, weil mir die Gelenke schmerzten, was mir sehr leidtat, denn ich empfand, dass man knien müsste, es war wirklich die einzig mögliche Stellung der *Seele* – und ich versuchte, sie auch danach irgendwie zu behalten, was eben viel schwieriger war, weil Außen und Innen nicht mehr übereinstimmten.

Zuletzt, als sie alle Lieder gesungen hatte, die sie kannte oder mochte – wer kannte heute noch Lieder auswendig! –, sah sie mich an, wieder leise befangen, aber wieder sah sie meine Tränen ... und wieder sagte sie unschuldig nichts ... sondern hielt mir wenig später die Hand hin, damit ich meine auf ihre legen würde, und so verharrten wir vor dem Baum und der Krippe, während meine Seele noch immer von ihrer Stimme erfüllt war und ich nun ihre Hand in der meinen spürte, was in seiner verheerenden Wirkung unmittelbar daran anschloss...

Sie zog ihre Hand schließlich sanft wieder weg, als sie merkte, dass ich auch in meiner neuen Stellung nicht mehr dauerhaft sitzen konnte. Leise sagte sie: „Eigentlich würde man *so*, genau *so*, die ganze *Nacht* knien und sitzen wollen ... aber das kann selbst ich nicht... Aber das *ist* es, Benedikt... Das ist die Heilige Nacht... Jetzt *beginnt* Weihnachten ... und die Seele ist eigentlich in einem Zustand jenseits alles Irdischen ... oder, begnadet mit etwas ganz und gar Himmlischem ... der Himmel kommt sozusagen auf die Erde ... und so *bleibt* es jetzt, eigentlich zwölf Nächte lang..."

Ich kann nicht sagen, womit ich begnadet war – ich denke, mit beidem. Ich hatte *ihr* so unendlich innig folgen dürfen, und zugleich hatte mich ihre Hand in etwas noch ganz *anderes* Himmlisches hineingerissen, nämlich die warme Zartheit ihres Leibes und ihrer Seele gleichermaßen, auch sie waren ein reines Wunder, und es hatte mich geradezu benommen gemacht, in seiner Schönheit und in der Sehnsucht, die es auslöste...

Sie stand auf und nahm mich wieder bei der Hand und führte mich zu dem Sofa an der Wand, wo ich mich an die Ecke hinsetzen sollte – und dann kletterte sie so hinauf, dass sie die Beine ausstrecken konnte und ihr übriger Körper sich an den meinen ankuschelte, was ich geradezu mit tiefer Bestürzung wahrnahm, wobei ich mich mit größter Befangenheit etwas zurechtsetzte, damit sie sich noch besser ankuscheln konnte und wodurch ich sie letztendlich regelrecht umarmte. Am Ende dieses nur wenige Sekunden währenden Geschehens sagte sie in unschuldigstem Vertrauen:
„So können wir jetzt einfach noch bleiben..."

Ich glaube, sie hatte wirklich nicht im Geringsten damit gerechnet, was sie in mir auslöste. Ihre zarte Gestalt, ihre ganze Wärme, ihre Weichheit, ihre Nähe.
Ich wollte erst sagen: ‚Wir *können* so nicht bleiben, Lilie!' Aber ich konnte es auch nicht über das Herz bringen, ihre unschuldige Erwartung zu enttäuschen.

Und so geriet ich in einen absoluten, ätherischen, atemberauben-
den Nebel, in dem ich nicht mehr klar denken konnte – in dem
ich einfach nur diese *Nähe* spürte, diese betörende Nähe ... dieses einzigartig geliebten Wesens, das nun die Verführung selbst
war, ohne es zu wollen...

„Ist es *gut* so...?", fragte sie weich, voller Vertrauen.
Und dieses Vertrauen erschütterte mich so sehr, dass mein Körper irgendwie resignierte ... sich gleichsam seinem Schicksal
ergab und gegenüber einer viel höheren Macht verzichtete. Das
bedeutete nicht, dass ihre Wirkung aufhörte. Aber es bedeutete,
dass ich wieder denken konnte, gewissermaßen... Und ich begriff, dass sie so *absolut* von dem Weihnachtsfrieden umhüllt
war, dass ihre Intuition, wie es mir vielleicht gehen mochte, einfach schwieg...

„Ja, es ist gut, Lilie...", erwiderte ich weich.
Und nun genoss ich einfach ihre Weichheit, fühlte mich gesegnet und beseligt, dass sie mir so sehr vertraute; fühlte, wie sie
sich an mich schmiegte, und hätte sie so liebend gern geküsst –
und tat es nicht, ließ sie nicht einmal ahnen, was ich ‚ausstand',
weil es *gut* war... Es war gut ... auch so.

„Es heißt", wisperte sie, „dass das, was man in den zwölf heiligen Nächten träumt, ein Vorblick auf jeweils einen Monat des
ganzen nächsten Jahres ist..."
Ihre Abergläubischkeit schien sie mir auf einmal viel kleiner
werden zu lassen – aber schon im nächsten Moment schämte ich
mich tief und immer tiefer, was ich *ihr* antat. Womit nahm ich
mir das Recht, über sie zu urteilen? Über diesen Engel, den ich
in den Armen halten durfte und der mich bis hierher geführt hatte mit einer überragenden Anmut, die vielleicht selbst Engel
nicht hatten? Wie konnte ich von Aberglaube sprechen, wo ich
doch von der Wahrheit selbst nichts wusste? Zudem hatte sie
nur gesagt ‚es heißt'! Und warum war ich nicht um so tiefer gerührt von ihrem zutiefst unschuldigen *Vertrauen* – nicht zuletzt
auch *mir* gegenüber!?
Ich schämte mich also längst in Grund und Boden, als sie schließlich das Thema wechselte und leise fragte:

„Benedikt? Was *wünschst* du dir eigentlich für das nächste Jahr? Was soll für dich in Erfüllung gehen? Für dich persönlich, meine ich... Möchtest du ... kann ich dir ... noch etwas ‚beibringen'?"

Ihre unschuldige Selbstlosigkeit traf mich in diesem Moment so sehr wie ein Keulenschlag, dass mir erneut die Tränen in den Augen standen – noch Sekunden davor hatte ich sie fast wie ein kleines Kind beurteilt, und nun dies!
Sie bemerkte es und sah mich besorgt an. Ich sorgte jedoch dafür, dass sie sich wieder ankuschelte und presste nur hervor:
„Es ist nichts, Lilie... Es ist nur ... wie sehr du mich rührst...! Du denkst nie an dich ... ich habe so etwas noch nie erlebt ... so etwas Schönes... So etwas unglaublich Schönes...!"
Sie schwieg befangen – und ließ auch mir Zeit, wie immer...

Schließlich, als ich meine Fassung wiedergefunden hatte, sagte ich:
„Ich glaube, ich muss all das erst einmal verarbeiten ... ich habe das Gefühl, du hast bei mir etwas bewirkt, wofür andere Jahrzehnte gebraucht hätten, wenn überhaupt ... und ich kann erst einmal nur dafür sorgen, dass es nicht wieder verlorengeht... Irgendwie ... muss ich es behüten, Lilie. Ich *weiß*, dass es eigentlich nicht wieder verlorengehen kann, weil es so zutiefst mit dir verbunden ist ... aber jetzt muss ich glaube ich erst einmal wieder bei mir selber ankommen, sozusagen mit mir selbst Schritt halten... Damit ich dann danach den nächsten Schritt tun kann, hoffentlich..."
„Ja...", sagte sie fast beschämt...
„Du brauchst dich nicht zu schämen, Lilie – du hast alles richtig gemacht! Sogar das jetzt..."
„Ja...", sagte sie, nur halb überzeugt.
„Glaub mir – ich bin noch nie jemandem begegnet, der alles so richtig gemacht hätte wie du. Niemandem... Du bist ein Wunder, Lilie..."
„Danke..."
Ihr unschuldiges Wort rührte mich wieder so sehr. Sie wusste noch immer nicht, *wie* wundervoll sie war!

Ich blickte lange, lange auf den Weihnachtsbaum. Auf die Krippe... Ich sann nach über die Liebe in der Welt ... über die Weltenliebe ... über den Weihnachtsfrieden ... wie friedlich wir uns gerade in den Armen hielten...

Würde ich nicht schon mit einer *Frage* alles kaputtmachen? Ihr unschuldiges Vertrauen zerstören – weil sie fortan das Gefühl haben müsste, auch *mich* schützen zu müssen, mich nicht zu quälen, mit einer Sehnsucht, die sie nicht erfüllen konnte? Würde sie dann je wieder so unschuldig wie jetzt in meinen Armen liegen können? Jetzt wusste sie noch nicht, in welchen Zwiespalt sie mich stürzte ... konnte ich es ihr je antun, es sie wissen zu lassen? Sie würde jegliche Frage doch *ohnehin* nicht positiv beantworten können... Wozu musste ich sie dann überhaupt stellen...? Aber diese verzweifelte *Hoffnung* ... und der Gedanke, es nicht wenigstens doch noch einmal, oder sogar bis zuletzt, *versucht* zu haben...!

„Ich wünsche mir", sagte sie leise, „dass ‚Corona' aufhört, dass für das Klima alles getan wird, dass die Menschen anfangen, wirklich zu begreifen, was sie den Tieren antun; dass die Kriege aufhören und dass die Seelen wieder zu Gott finden – aber außer das Erste wünsche ich mir sowieso immer alles jedes Jahr, und wie oft ich auch glaube, es wäre auch ohne das Letzte irgendwie möglich, weiß ich immer wieder neu, dass es nicht so ist. Ohne dass die Seelen wieder zu Gott finden, passiert *nichts* von alledem..."
Auch ich begann zu begreifen, warum das so war. Die Vernunft mochte manche Fortschritte erzielen – aber sie wurden durch neue Grausamkeiten stets gleich wieder aufgefressen, und mehr als das. Die Seele war am Verschwinden. Lilie hatte Recht. Unwillkürlich streichelte ich tröstend ihre Schulter. Sie kuschelte sich sanft noch etwas mehr an mich... Und wieder verheerte mich ihre Anziehung, die ich empfand.

Aber konnte ich sie nicht wenigstens trösten? Welchen Freund wollte sie denn finden, in ein, zwei Jahren? Wer würde denn die

Tiefe teilen, die sie besaß – auch nur ansatzweise? Wen würde sie denn finden – und von ihm nicht enttäuscht werden, nach kurzer Zeit? Und dann von dem nächsten...? Wer war ihr denn überhaupt würdig? Es gab doch keinen Jungen, der ihr gerecht werden würde! Nicht mit fünfzehn, nicht mit siebzehn, nicht mit dreiundzwanzig – überhaupt niemanden. Ich sah Lilie ausgesetzt in einer Wüste der Hoffnungslosigkeit...

Und ich? Konnte ich mit ihr etwa die Welt retten? Das doch auch nicht. Ich konnte nur dafür sorgen, dass sie weniger verzweifelt war... Dass sie ein persönliches Glück fand, wenigstens das... Und dass sie sich stets so innig verstanden fühlen konnte wie nur irgend möglich. Wer würde sie je so verstehen, so lieben – und bei wem konnte sie sich je so *geborgen* fühlen, all dies zusammen? Ich konnte mir weit und breit einen solchen Menschen nicht einmal *denken*.

Aber wie leicht würde man sie ausnutzen! Ihre Unschuld, ihr Vertrauen, ihre Verletzlichkeit, ihre Gutgläubigkeit, ihr Leuchten, ihre Schönheit – die innere und die äußere. Wie leicht würde man sogar nicht einmal *verstehen*, was man ihr antat – bis es zu spät war! Oder man verstand es sogar – und tat es trotzdem. Diese Wüste war sogar noch schlimmer als die vorige...

„Was denkst du, Benedikt?", fragte sie weich.

Mein Hals wurde trocken. Ich war verzweifelt. Ich wollte sie nicht belügen. Aber ich wollte sie auch beschützen. Doch beschützte ich sie, wenn ich *nichts* tat? Wenn ich verzichtete und sie heillos ... *allein* blieb – oder sogar Schlimmeres?
Meine Verzweiflung machte der Ergebung Platz – ich ergab mich in das Schicksal, das meine Frage heraufbeschwören würde, in vollem Vertrauen, dass sie mich wenigstens nicht *verdammen* würde, niemals...
„Lilie?"
„Ja?"

Ich bekam neue Panik. Ich wusste plötzlich nicht einmal mehr, *wie* ich die Frage überhaupt stellen konnte... Mit welchen Worten genau...

„Was ist denn, Benedikt?", fragte sie mit leiser Sorge, noch immer angekuschelt.

Ich versuchte, so harmlos und so ruhig zu klingen wie möglich.

„Ich ... ich frage mich nur, ob ... wir wirklich keine *Zukunft* haben könnten, Lilie..."

Sie schien kurz zu erstarren.

Aber bevor meine schlimmsten Befürchtungen wahr werden konnten, spürte ich, dass sie verharrte und sich wieder entspannte ... und sagte:

„Zukunft?"

Und dies gab mir Gelegenheit, all meine Überlegungen einmal auszuführen – meine Befürchtungen um sie, meine Gedanken über die Frage, wen sie überhaupt treffen könnte und all das ... und ich schwieg dennoch. Ich fühlte keinerlei Recht, diese Gedanken vorwegzunehmen, denn ich *wusste* nicht, ob es nicht doch jemanden gab, mit dem sie absolut glücklich werden würde – vollkommen. Und das wäre nicht ich...

„Es war nur ein Gedanke, Lilie...", sagte ich resignierend, und meine Seele weinte – mein Körper hatte sich irgendwie bereits verabschiedet, noch einen Schritt weiter verzichtet. Jetzt spürte ich die Schmerzen wirklicher Liebe... Man spürte sie erst in dem Verzicht, der zugleich ihr Beweis war...

Und doch war Lilie nun unwohl, denn sie begann, sich schuldig zu fühlen – und ich spürte es. Und die Panik stieg auf, dass ich auf diese Weise *alles* verloren hätte...

Mit anmutiger Sorge erhob sie sich und sah mich an:

„Ich ... mache es dir *schwer*, stimmt's? Ich ... daran hatte ich", sie richtete sich ganz auf und setzte sich normal hin, „gar nicht *gedacht*, es tut mir so leid – ich – o nein! Wie dumm kann man sein...!"

Jetzt war sie völlig verzweifelt, ein einziges Bündel an Befangenheit und Schuldbewusstsein – und *ich* war verzweifelt...

„Lilie – warte doch mal, nein! Halt doch mal, stopp!"
Sie sah mich bestürzt an, Beschämung und Reue in ihrem Blick.
„*Lilie*...", sagte ich ruhig und entschlossen.
„Ja?", fragte sie, verletzlich...
„Ich habe doch gesagt ... du hast *alles* richtig gemacht. Alles...
So unglaublich jeden einzelnen Moment... Bitte hab keine Angst.
Dass du es mir schwer machen würdest. Oder auch sonst. Bitte...
Es ist alles gut... Ich wünschte, ich könnte dieses Vertrauen zu-
rückholen, mit dem du dich bis eben selig angekuschelt hattest.
Kann ich das, Lilie? Bitte denke nicht, dass du mir etwas antust.
Du schenkst mir nur so unendlich viel... Ja, auch eine Sehnsucht.
Aber noch viel mehr... Könntest du ... könntest du *zurückkehren*?
Ich weiß, dass du Dinge kannst, die andere nicht können. Ich
bitte nur, Lilie... Du musst entscheiden... Aber ich tu dir nichts.
Niemals..."

Und das Wunder geschah...
Lilie kuschelte sich wieder an, verletzlicher als zuvor, aber
dadurch vielleicht noch weicher... Ich konnte es fast nicht fas-
sen.
Und ich musste weinen.
„*Danke, Lilie*...", schluchzte ich.
Und sie musste sich wieder aufrichten, weil sie das nicht ertra-
gen konnte, und sie bat:
„Hör doch bitte auf zu weinen, Benedikt..."
Und fast ratlos ... wagte sie es schließlich, mir die Tränen zu
trocknen zu versuchen, aber ihre rührende Geste führte dazu,
dass dies erst recht aussichtslos blieb...
„Benedikt ... bitte..."
Ich bezwang mich, weil ich ihre *Hilflosigkeit* nicht ertrug, ich
liebte sie doch so sehr...
Dann brachte ich sie mit sanfter Berührung dazu, sich wieder an
mich anzukuscheln. Und dann erklärte ich, während wir beide
auf den Weihnachtsbaum blickten...

„Ich liebe dich einfach, Lilie... Ich kann es nicht ändern, ich kann es nicht mehr rückgängig machen, ich kann es nicht ... kann es nicht abstellen...

Und du brauchst dich nicht zu schämen, dich nicht schuldig zu fühlen – ich werde dem Himmel für ewig dankbar sein, dass er mich dir begegnen ließ, was auch geschehen mag. Ich bin jetzt so glücklich – und werde es immer sein, für all dies...

Ja ... ich hatte diese Hoffnung ... und du hattest mir bereits gesagt, dass du nicht kannst, dass du überhaupt noch nicht bereit bist, für gar keinen Freund. Und ich weiß, ich ... es ist so völlig undenkbar, von außen sehe ich das auch sofort. Jeder Junge wäre für dich besser! Ich bin ja wahnsinnig...

Doch dann dieser andere Blick... *Welcher* Junge könnte dir denn je gerecht werden? *Wer* würde dich denn verstehen? Gibt es so einen überhaupt? Der es ernst meint? Mit allem? Welcher Junge hätte die Reife, dich nicht zu enttäuschen? Dich nicht zu verletzen? Dich bedingungslos zu lieben? Zu erkennen, *wie* abgrundtief du zu lieben wärst? Zu erkennen, was – für ein Engel du bist – –"

Ich musste aufschluchzen.

„Ich *sehe* keinen solchen Jungen...!", sagte ich gepresst. „Aber – das heißt nicht, dass es ihn nicht geben könnte! Vielleicht vollbringt Gott so ein Wunder ... und lässt euch sogar einander begegnen, das *weiß* ich nicht... Ich weiß nur, dass es ein Wunder *wäre* – weil alles andere als ein Wunder zu *gering* für dich ist, Lilie...! Und ich habe sogar Angst, dass dein wunderbares Wesen, in all seiner Unschuld, seinem Vertrauen, seinem Leuchten ... missbraucht werden könnte, von Menschen, die gar nicht merken, was sie dir antun – oder es sogar merken und dennoch tun! Es sind so viele *falsche* Möglichkeiten denkbar ... und in keiner von ihnen würdest du glücklich werden...

Und ich ... ich *dachte* nur ... abgesehen von dem ... dem monströsen Altersunterschied ... ich könnte dich glücklich machen ... würde dich verstehen ... so unendlich tief ... so unglaublich lieben, wie du es verdienst, mehr als je ein Mensch ... und dir eine *Geborgenheit* schenken ... wann immer du sie bräuchtest oder dir wünschen würdest... Das waren einfach nur meine Gedanken.

Dazu diese Sehnsucht... Deine *Hand* ist so weich ... *du* bist so weich ... dass... dass man denkt, das Paradies selbst kuschelt sich an einen..."

Sie musste kurz lächeln, aber sie hatte mit größter Betroffenheit zugehört – sich auch längst wieder erhoben und mich angesehen. „Das ist kein falscher Vergleich, Lilie...", sagte ich. „Höchstens andersherum. Ich würde mich nie für das Paradies entscheiden, wenn ich die Wahl hätte ... ich würde mich immer für *dich* entscheiden..."

Nun wurde sie von Rührung erschüttert – und wenige Momente später musste *sie* aufschluchzen.

„Lass uns einfach wieder so sitzen, Lilie...", flüsterte ich bittend. „Ich sage nichts mehr – und du brauchst auch nichts mehr zu sagen... Wir lassen es einfach jetzt so ... und müssen nichts machen ... einverstanden...?"

Und wieder kuschelte sie sich rührend an mich.

Ich umarmte sie zärtlich, küsste einmal dankbar das Haar auf ihrem Kopf und blieb ganz ruhig. Und friedlich leuchteten die Kerzen.

„Geht es, Lilie...?", flüsterte ich.

„Ja..."

In dem Moment wusste ich, dass sie natürlich fortwährend daran denken würde. Ich hatte ihr die Heilige Nacht kaputtgemacht...

„Ich habe ... alles kaputtgemacht, nicht wahr? Die ... die Heilige Nacht...?"

„Nein...", sagte sie verletzlich.

Erst nach einigen Momenten spürte ich, dass sie weder lügen konnte noch wollte. Es war ein *weiteres* Wunder...

Ich hatte es nicht kaputtgemacht. Es war komplizierter geworden – aber auch die Heilige Nacht war noch da...

Und wieder musste ich still weinen...

Lange, lange blieben wir schweigend so, sie in meinen Armen. Dann brannten die Kerzen herunter, eine nach der anderen verlöschte.

Mein Unbehagen stieg – was würde jetzt geschehen?

Schließlich fragte sie:
„Wollen wir noch einmal welche anstecken?“
„Das weiß ich nicht, ich ... richte mich nach *dir*, Lilie...“
Als sie unsicher schwieg, fragte ich scheu:
„Was ... was hättest du denn *ohne* mich heute gemacht? In dieser Nacht?“
„Ich weiß nicht... Wahrscheinlich nachgedacht...“
„Und worüber?“
„Über alles... Über Gott ... und die Welt. Buchstäblich... Was ich mir wünsche, diese Dinge...“
„Willst ... du das jetzt auch machen? Soll ich ... ich kann auch gehen, Lilie...“
Ich hatte mich aufgesetzt.
„Nein...“
„Doch, wirklich, ich kann gehen, das wäre kein Problem...“
„Nein... Ich möchte nicht, dass du gehst...“

Betroffen schwieg ich.
Lilie war jetzt ebenfalls todunglücklich.
„Ich kann das nicht so lassen, Lilie...“, sagte ich verzweifelt.
„Jetzt ist wirklich das Schlimmste passiert... Ich mache dich unglücklich, wenn ich gehe ... ich mache dich unglücklich, wenn ich bleibe... Ich habe es wirklich kaputtgemacht, weil ich *dich* in eine unmögliche Situation gebracht habe...“
Jetzt konnte sie nicht einmal mehr etwas erwidern...
„Ich gehe jetzt, Lilie... Es ist besser so... Und dann können wir vielleicht morgen weitersehen, wenn du willst...“
Ich stand auf.
„Nein...!“, bat sie.
Ich zögerte, sah sie fragend an. Aber sie wusste auch nicht, was stattdessen...
„Ich gehe, Lilie...“, sagte ich entschlossen. „Mach dir keine Sorgen... Alles gut...“
Ich wandte mich vorsichtig um...

„Nein!“, rief sie fast, schluchzend.

Sie saß noch immer hilflos auf dem Sofa, aber nun krümmte sich ihr Oberkörper zusammen – und sie schluchzte hilflos, die Hände vor dem Gesicht.

„Nein – –!", schluchzte sie noch einmal.

Ich war völlig ratlos. Erschüttert setzte ich mich neben sie und streichelte behutsam ihren zarten Rücken...

„Was soll ich denn machen, Lilie...?", flüsterte ich.

„Bleib hier!", schluchzte sie.

„Und dann?"

„Wir machen noch einmal Kerzen an, ja?", bat sie.

Ich fürchtete, sie tat alles nur für mich – und die Situation wäre so haltlos wie zuvor.

„*Ja?*", fragte sie drängend.

Da konnte ich nicht mehr. Ich stimmte einfach zu...

Und dann lag sie wieder in meinem Arm.

Und wir beruhigten uns langsam. Und die Kerzen strahlten von neuem ihren Frieden aus.

Und Lilie war im Grunde völlig erschöpft – aber sie war zufrieden, vielleicht sogar glücklich? Und ich ... war im Grunde nur unglücklich, weil ich sie so gequält hatte ... aber ich durfte sie wieder im Arm halten und dies machte mich so unendlich glücklich. Welche Tragik hatten wir durchgemacht!

„Es tut mir so *leid*, Lilie...", sagte ich leise.

„Mir tut es so leid...", flüsterte sie zurück.

„Ich liebe dich so... Bitte verzeih mir..."

Sie schwieg. Und dies war ihre heilige Art, zu antworten...

Und als die Kerzen herunterbrannten, spürte ich, dass der erschöpfte Engel in meinen Armen eingeschlafen war...

Während ich ebenfalls glücklich dahindämmerte, legte sie sich schließlich irgendwann in meinen Schoß... Und noch viel später holte sie irgendwann zwei Decken und gab mir eine und kuschelte sich wieder in meinen Schoß... Und ich streichelte ihr Haar – und sie schenkte mir die glücklichste Nacht meines bisherigen Lebens... Eine wahrhaft Heilige Nacht...

Am nächsten Morgen wachte ich auf, als sie sich regte...

Sie setzte sich auf dem Sofa auf und sah mich bestürzt an:
„Hast du *so* geschlafen?"
„Willst du nicht noch ein bisschen liegenbleiben?", bat ich. „Ja, ich habe so geschlafen, es war wunderschön..."
Sie legte sich noch einmal in meinen Schoß und blickte auf den Weihnachtsbaum. Es wurde gerade hell.
„Das...", sagte sie leise, „war *schön* ... wie du gestern meine Haare gestreichelt hast..."
Betroffen schaute ich das vertrauensvolle Wesen an – und voller Scheu fragte ich:
„Fändest ... fändest du es denn auch schön, wenn ich es ... jetzt noch ein bisschen tue...?"
„Ja..."

Ich tat es, so zärtlich und gleichzeitig so vorsichtig wie möglich. Zugleich war ich mir erschüttert bewusst, dass ein *anderer* jederzeit den Radius seiner Bewegungen hätte ausdehnen können, wie zufällig und unschuldig schließlich auch die Nackenpartie streicheln, was sicherlich oder vielleicht auch noch schön wäre ... und dann vielleicht noch mehr versuchen... Ich versuchte es nicht, ich spürte nur die *Versuchung* ihrer so wunderschönen Stellen... Wie zart ist so eine zarte Mädchennackengrube! Wie weich samtet sie einem entgegen, wie verletzlich offenbart sie sich – und alles andere auch...

Ich war erschüttert über die *Verletzlichkeit* eines Mädchens und – über die Zutraulichkeit, das Vertrauen von Lilie, und es war absolut unmöglich, es auch nur für einen Millimeter zu missbrauchen, den man nicht aus zärtlichster Liebe *von ihr aus denkend* streichelte... Ich spürte, was *sie* mochte und gern hatte und unschuldig genoss ... und ich gestattete mir nicht einmal konkrete Gedanken an das, was *ich* vielleicht gemocht hätte, um ihr zu zeigen, dass das *auch* vielleicht schön sein könnte...

Mir wurde an ihrem abgrundtiefen Vertrauen so unglaublich deutlich, dass die Unschuld bereits bei dem *Gedanken* begann – oder verlassen wurde. Das war mir längst vorher klar gewesen, aber jetzt *erlebte* ich es hautnah, buchstäblich...

Und ich war so glücklich, dass Lilie es mochte! Das Streicheln ihres Haars, so vorsichtig... Vielleicht hatte sie sogar einen Vorwand gesucht, um dadurch um so unbefangener noch etwas liegenzubleiben – ich hatte zunächst befürchtet, sie würde es nur eine halbe Minute oder so aushalten, aber augenscheinlich genoss sie es nun doch so *richtig*, noch so liegenbleiben zu können ... und mich machte sie damit natürlich selig, und vielleicht wollte sie selbst dies in ihrer himmelschreienden Unschuld.

„Was frühstückst du immer so...“, fragte sie weich in Richtung Tannenbaum.
„Oh...“, sagte ich, denn mein Leben erschien mir für ihre Augen so belanglos, dass ich mich fast schon beginnend beim Frühstück zu schämen schien. „Manchmal nur zwei Tassen Kaffee...“, versuchte ich einen kleinen Scherz. „Manchmal habe ich noch gar keinen Hunger, manchmal eine Scheibe Brot. Mehr fast nie. Und du...?“
„Meistens Müsli. So Crunchy-Müsli... Kennst du das?“
„Nicht direkt, aber ich weiß glaube ich, was du meinst.“
„Kannst du ja auch mal probieren – aber nur, wenn du willst.“
„Ja, gerne.“
„*Hast* du jetzt Hunger?“
„Nein, auf keinen Fall...“, lächelte ich.
Sie lächelte auch ... ich spürte es.

Ich hatte noch nie einen so zarten Flirt erlebt. Bei ihr jagte einem die Unschuld regelrechte Schauer über den Rücken, man spürte die Zartheit bei *allem*, so unglaublich, so wunderschön...

„Ich mag es, wenn es so langsam hell wird...“, sagte sie weich.
Ich liebte es, wie vertrauensvoll ein Mädchen sich öffnen konnte und solche Dinge von sich preisgeben ... scheinbar belanglose

Kleinigkeiten, die aber wie Perlen im Sonnenlicht glitzerten! Glitzerten...

Mir war das Hellerwerden des Tages nie besonders aufgefallen, und Lilie *mochte* es! Es bedeutete ihr nicht nur etwas, sie liebte es – sie hatte eine *liebende Beziehung* dazu, wie zu so vielem... Ich spürte, dass sie längst wieder, ohne es überhaupt nur zu wissen, meine Lehrerin war. Und ich schämte mich, dass ich überhaupt nichts zu erwidern hatte – ich besaß solche Perlen nicht... Meine einzige Rettung war, dass die unschuldige Selbstoffenbarung eines solchen Mädchens gar keine Antwort *erwartete*... Nur eine zarte Bestätigung.

„Ja...“, sagte ich zärtlich und streichelte sie sanft weiter.

Und das war nicht einmal eine Lüge – denn ich *lernte* gerade, das Mysterium des langsamen Hellwerdens ebenfalls zu erleben, durch *sie* ... und mit *ihr*...

„Alles *beginnt* dann...“, fuhr sie weich fort, angeregt durch meine Antwort, und in der unschuldigen Vermutung, dass es mir ganz ähnlich ging, „Es hat so etwas *Sanftes*, Geheimnisvolles, gerade im Winter natürlich... Und in den übrigen Monaten mag ich es, wenn die *Vögel* immer mehr anfangen... Aber jetzt ... wie es so *ganz langsam heller wird*... Ist das nicht jedes Mal wieder ein Wunder? ‚Der Tag *hebt an*‘, sagt man – wie etwas Feierliches... Und so ist es auch!

Aber ... die meisten Menschen erwachen nur mit müden und bereits gestressten Augen ... und das Herz erwacht *gar* nicht... Der Beginn des Tages hat so eine *Ruhe*...! Es dauert mindestens *eine Stunde*... Hat man jemals so viel Zeit? Man *sollte* es... Hast du jemals so viel Zeit, Benedikt? Wie *ist* dein Leben so...?“

Ihre völlig überraschende, für mich atemberaubende Wendung geschah in einer für sie absoluten Ruhe – ihre unendliche Ruhe gab ihr ganz im Einklang mit allem anderen plötzlich *diesen* Gedanken ... übereinstimmend mit ihrer tiefen Selbstlosigkeit, mit der sie sich immer wieder auch für den *Anderen* interessierte, auch wenn dieser Andere dies vielleicht gar nicht in dieser Form wollte...

„Mein Leben...?", wiederholte ich befangen, um Zeit zu gewinnen. Zeit, deren Bedeutung mir nie klar gewesen war. Und mit aller Zeit der Welt konnte ich jetzt nicht der Tatsache entfliehen, dass meine Stunden und meine Morgen mit diesem Mädchen nicht die geringste Ähnlichkeit hatten...

„Ich bin Teil der großen Maschinerie, Lilie... Die Arbeitswelt hat mich und erhebt Anspruch auf mich von sieben bis sechzehn Uhr. Es ist absolut nichts Interessantes. Bereich Logistik in einem größeren Versandunternehmen für Bürobedarf. Darüber will ich schon mal gar nicht *reden*..."

„Warum denn nicht?"

Sie berührte mich so sehr...

„Ach Lilie... Weißt du, vor einem Mädchen wie dir *verblasst* alles so unendlich – und mit Recht. Man wird sich so sehr bewusst, dass das Leben so unendlich glanzlos ist... Nicht einmal so sehr bloß das eigene Leben, sondern das Leben überhaupt – wie wir es als Gesellschaft eingerichtet haben. Die Dinge funktionieren – die ‚Prozesse', wie man sagt –, aber das ist auch alles. Jeder kann dann online seinen Bürostuhl oder seine Papierberge bestellen, manchmal gibt es eine Kaffeemaschine gratis dazu – aber wo ist der Sinn? Lilie – wo ist der Sinn? Und ich bin mittendrin... Ein kleines Rädchen, das seinerseits nur wieder die Räder am Laufen hält – das ist alles..."

Lilie richtete sich auf, in ihrer ganzen Anmut. Ich entbehrte ihre Wärme und ihre Nähe auf meinen Beinen – und befürchtete das Schlimmste.

Sie sah mich an, mit sanften, sanft-vorwurfsvollen Augen, wie ich meinte, und sagte:

„Benedikt ... du bist *so viel mehr!* Aber bleiben wir nur bei deinem Beruf... Ich weiß nicht wirklich genau, was Logistik ist – aber ich kann es mir ein bisschen vorstellen. Und du hast es ja auch gesagt: *Du* bist dafür verantwortlich, dass alles funktioniert, mit funktioniert – dass es nicht irgendwo stehenbleibt, nicht stockt – nicht wahr? Jede Stelle ist doch wichtig ... sonst wäre sie ja heute auch längst *gestrichen*, nicht wahr? Wie ich das hasse! Aber deine Stelle ist nicht gestrichen, und ich kann mir auch nicht vorstellen, dass sie gestrichen wird, und weißt du, warum? Weil sie *wichtig ist!* Und das bedeutet: *Du* bist wichtig. Und ich kann mir auch nichts anderes vorstellen, als dass du deine Arbeit *gut* machst – wirklich gut, besser als jeder andere, denn ich weiß, wovon ich spreche, du machst *alles* gut, verstehst du? Und deswegen kann die Arbeit angeblich ganz uninteressant sein, aber der, der sie *macht*, ist interessant, verstehst du? Und dadurch wird auch die *Arbeit* interessant!

Logistik ist doch unglaublich *wichtig*, oder nicht? Ohne dich würde gar nichts mehr funktionieren – ganz schnell. Stimmt's? Ich weiß es doch... Und vielleicht findest du die Arbeit eintönig, weil es immer ähnlich ist, aber die Menschen, die so etwas machen, sind die *wichtigsten* überhaupt! Abwechslungsreiche Arbeit kann jeder, will auch jeder, finden alle toll – *ich* finde *die* Menschen toll, die das machen, was alle langweilig finden, obwohl es alle brauchen! Ich finde es *egoistisch*, wenn so viele immer sagen: „Ja, das und das und das ist langweilig, würde ich nie machen!' *Ganz schlimm* finde ich das! Egoistisch, verwöhnt und *nochmal* egoistisch!

Soll ich dir mal was sagen? Ich habe Fließbandarbeiter immer *bewundert*. Nicht, wie man von oben herab auch mal was ‚bewundern' kann – nein, sie waren immer meine *Helden!* Das können die meisten nicht verstehen, sie sind sich ja auch zu schade dafür! Aber dass die Helden ganz *andere* Menschen sind als die Fußballstars und die Millionäre, die tollen Erfinder, die was-weiß-ich-nicht-alles – das kapiert keiner! Die Menschen, die das machen, worauf alle herabblicken – die Müllabfuhrleute, die Kanalisationsarbeiter, die Hartz-IV-Zwangs-irgendwohin-Verwiesenen ... die haben meine ganze *Liebe* und meine tiefe Bewunderung.

Und gleich danach kommen die, die immer sagen: ‚Meine Arbeit ist nicht interessant, ich wäre gern etwas anderes, aber hat halt nicht geklappt...' *Gleich danach*... So, jetzt weißt du, wie ich darüber denke..."

Sie sah mich an, feurige Leidenschaft loderte aus ihren Augen, eine innige Leidenschaft zärtlichster Solidarität mit allen Verachteten und ‚Langweilern' ... und als sie sah, dass ich mit ihrer Rede völlig überfordert war, erhob sie sich und sagte leise: „Ich geh jetzt mal ins Bad und putz mir die Zähne und so..."

Still und sanft ging sie zur Tür, wie eine unschuldige Königin, sie war keine Revolutionärin der Straße, sie war eine Revolutionärin des Herzens – es war so ergreifend, die *Liebe* zu sehen, die sie in sich trug, fast zuviel für ein so zartes Mädchen... Und doch war sie so stark...

Als sie verschwunden war, starrte ich den Weihnachtsbaum an und presste mir die rechte Faust vor den Mund, überwältigt – wirklich überwältigt. Ich konnte wohl zwei Minuten weder sprechen noch meine Lage verändern noch irgendetwas denken, noch immer dachte das Geschehene *in mir*, hörte ich ihre Stimme, als wäre sie nach wie vor gegenwärtig... Und vielleicht hatte ich noch nie etwas derart ... Machtvolles erlebt, das zugleich auf alle Macht verzichtete, weil es wie gesagt ganz aus *Liebe* bestand, nur aus Liebe... Ich hörte im Hintergrund ihre Geräusche aus dem Bad – die Spülung, den Wasserhahn – und war noch immer fassungslos.

Und dann wurde das Zimmer für mich wieder realer, ich sah den Weihnachtsbaum nun wieder ganz, und mein Blick fiel auf die Krippe – unscheinbarer nun im überhaupt nur seitlich einfallenden Morgengrau und ohne das Teelicht. Fast noch in halber Nacht dastehend. Josef, Maria ... und das Kind. Und innerlich hörte ich nun auf einmal ihre Stimme, wie sie gestern von dem *Kind* gesprochen hatte... Und es tauchte überhaupt alles wieder auf... Ihr Gesang... Überirdisch ... für mich. Aber das Kind. Ihr erstes Lied. Es war doch genau dies... Und auf einmal wurde mir klar: Lilie *lebte Weihnachten*. Sie lebte es! Bis ins Einzelne und ins radikale Innere hinein...

Und bei dieser Erkenntnis traten mir wieder Tränen in die Augen. Wie konnte ein Mädchen so radikal sein ... *nach innen!*

Sie kam aus dem Bad und sah mich liebevoll an. „Du kannst...“, sagte sie sanft und schlicht. „Ich hab dir eine Zahnbürste hingelegt...“

Geradezu befangen stahl ich mich an ihr vorbei. Alles an ihr rührte mich so sehr, auch jetzt wieder. Jedes Wort, jeder Blick, jede unschuldige Bemerkung – es war so absolut unverstehbar. Wie konnte ein Mädchen ... so perfekt sein? Das völlig falsche Wort! Die Unschuld – so vollkommen? So ... so *weltenweit* ab von jeglichem *Eigenstolz* ... das war ihr eigenes Wort gewesen. So ... so leuchtend in, ja, dem völligen Gegenteil. Und das Gegenteil blühte auf in einer unfassbaren Liebe ... Liebe *an sich*. Liebe zu allem... Und wieder musste ich an Weihnachten denken. Im Grunde *war* Lilie Weihnachten. In Wirklichkeit war es genau dasselbe Wunder, was ich auf dem See gesehen hatte, in anderer Weise...

Ich putzte mir die Zähne und stellte fest, dass ich mir auch einmal eine neue Zahnpasta anschaffen konnte – diese schmeckte besser, vielleicht nur, weil sie auch einmal eine andere war. Und währenddessen fragte ich mich, welches ihre Zahnbürste wäre – aber ich entdeckte nicht etwa eine blassrosa Zahnbürste mit Einhorn (ein unglaublicher Streich meines Unterbewusstseins angesichts ihrer ganzen Unschuld) ... sondern überhaupt nur zwei andere Zahnbürsten in einem Wasserglas. Lebte sie etwa mit einem alleinerziehenden Elternteil nur zu zweit hier in der Wohnung? Ich überlegte, woran ich das noch hätte erkennen können. Im Flur schienen genug Jacken und Mäntel für drei und mehr Personen gehangen zu haben.

Ich bekam einen schlagartig sicherer werdenden Verdacht. Als ich fertig war, reinigte ich noch einmal sorgfältig meine Hände, trocknete sie ab und berührte mit etwas Scham über diese dennoch nicht ganz hygienische Handlung die beiden anderen Zahnbürsten... Sie waren beide trocken! Ich schämte mich fast – ich hätte mir mein Wissen überhaupt nicht beweisen müssen, jetzt hatte ich es fast profanisiert. Aber – sie hatte mir ihre eigene

Zahnbürste gegeben, so zutiefst unschuldig wie immer und immer wieder...!

*

Ich sagte nichts, als ich in die Küche kam, ich beobachtete sie auch nicht stolz in meinem Wissen, ich war einfach nur einmal mehr fassungslos gerührt und tat gar nichts, als mich auf die neue Situation einzulassen, die mich *jetzt* erwartete...

Lilie hatte den Tisch gedeckt – mit zwei Müslischälchen, ihrer Crunchy-Müsli-Packung, Milch ... und vorsorglich auch etwas Brot mit Käse, Aufstrich, Marmelade und Butter bereitgestellt. Fast trieb es mir wieder Tränen in die Augen – wie konnte ein Mädchen nur so *lieb* sein?
„Das hätte ich doch gar nicht gebraucht, Lilie...", sagte ich beschämt. „Ich liebe es ohne jeden Zweifel, mit dir genau das zu teilen, was *du* immer isst..."
Sie lächelte befangen, schien selbst fast zu erröten.
„Na ja, hätte ja sein können...", erwiderte sie entschuldigend.
Wir setzten uns.
Mein Herz floss über, fast hätte ich es alles wieder ausgesprochen ... aber ich wollte ihr auch wiederum nicht wieder neuen Grund zur Befangenheit geben. Ich fragte mich nur, ob man ein Mädchen andererseits so sehr im *Unwissen* darüber lassen durfte, wie wunderbar es war, wie grenzenlos wunderbar...

Sie sah mich erwartungsvoll, fast feierlich an.
„Was ist...", fragte ich etwas unsicher.
„Nichts...", lächelte sie. „Aber ... frohe *Weihnachten*, Benedikt!"
Und wie sie nun leuchtete, wie sie dies nun *meinte*, bis in die hellen Abgründe ihrer Seele hinein ... das ereilte mich gegen alle Versuche, mich zu wehren, trotz allem...
Sie war regelrecht bestürzt. Aber ich bekämpfte meine Tränen und meinen aufsteigenden Kloß im Hals wieder und sagte:
„Ist ... ist schon wieder gut, Lilie... Frohe ... frohe Weihnachten. O Gott ... frohe Weihnachten!"

Ich atmete einmal tief durch.

Lilie sah mich noch immer unsicher an.

Ich musste meinen Blick kurz abwenden, zur Seite, in den Raum hinein ... weil ich mich schämte, *sie* immer wieder so zu beschämen oder, ja, bloßzustellen, in gewisser Weise.

Ich sah sie wieder an.

„Es tut mir so leid, Lilie... Dass ich ... dass ich immer so – –"

Ich musste noch einmal neu ansetzen, noch einmal neu Worte finden.

„Ich finde es so furchtbar, dass ich dich ... immer wieder neu darauf stoße, wie ... wie fassungslos ich deine Unschuld finde... Deine ... deinen Ernst, deinen wirklich *heiligen Ernst*... Nein, ich finde ihn nicht fassungslos, er *macht* mich fassungslos, er berührt mich unsäglich, er ... du ... du *erschlägst* meine Seele mit deiner Unschuld ... und das Ganze ist so sanft, so zart, so – ich habe keine Worte, Lilie... Ich will nur sagen, ich ... ich mache das nicht *absichtlich*... Ich will ... will dich nicht beschämen, in eine unangenehme Situation bringen... Ich ... ich bin einfach nur sprachlos ... und will es auch gar nicht bekämpfen, weil..."

Ich musste plötzlich aufschluchzen, weil ich mitten in die Rührung hineinrannte, wie in ein offenes Messer...

„Weil ich irgendwie immer das Gefühl habe, etwas Kostbareres gibt es gar nicht!"

Mir liefen die Tränen das Gesicht hinunter, aber ich sah sie offen an.

„Verstehst du, Lilie?", presste ich hervor. „Etwas Kostbareres gibt es gar nicht... Ich will dich gar nicht beschämen... *Du beschämst mich* ... und alle anderen ... mit deiner lieben Art! Mit deiner heiligen, kompromisslos ernsten Art ... mit deiner ... deiner..."

Ich atmete einmal tief durch und beruhigte mich zumindest ein wenig und konnte es aussprechen:

„Es gibt dafür keine Worte...!"

Und dann nannte ich doch die besten Worte, die ich hatte:

„*Unschuld...! Weihnachten...* Du beschämst *mich*, Lilie... Niemals umgekehrt..."

133

Sie war bestürzt über meine Tränen ... und erstaunt zugleich, ich sah ihre Augen immer größer werden.

Und als ich, nachdem ich geendet hatte, langsam wieder meine Ruhe zu finden begann, blickten wir uns noch immer an ... und schwiegen beide ... und die Weihnacht war mitten unter uns ... und dann sagte Lilie leise, weihnachtlich:
„Niemand beschämt niemanden, Benedikt... Du nicht... Und ich auch nicht... Ich *liebe* dich... Weihnachtlich gesprochen...“

Bei ihren letzten Worten wurde mir, trotz der Einschränkung – oder Heiligung – am Ende, so heiß, dass ich fast glaubte, sie müsse es mir ansehen. Ich war froh, dass sie mir fast zärtlich die Milch hinschob, als dem Gast...
Befangen, ja fast unbeholfen, bereitete ich mir also das Müsli zu.
Sie bemerkte es lächelnd und fragte dann doch mit zauberhafter, unschuldiger Verschmitztheit:
„Weshalb bist du jetzt eigentlich so *nervös*...?“
Ich musste lächeln und schob ihr jetzt das Müsli zurück.
„Ich *bin* gar nicht nervös, wieso, was meinst du...?“
Und sie musste fast lachen ... und unser Glück war perfekt.
Wieder hatte sie es als eine absolute Magierin geschafft, mir alle Nervosität gerade zu *nehmen*... Ihre Intuition, ihr zärtlicher Humor und ihr Mitgefühl waren so vollkommen, dass sie sogar ihren *Spaß* hatte – und trotzdem die wahre Heilerin war... Es war einfach unglaublich...

Eine Weile kauten wir nur glücklich und voller Frieden auf unseren Getreidebrocken herum – sie schmeckten wirklich großartig, sicher nicht nur *wegen* dieses Engels, der mir gegenübersaß, und auch hier würde ich einige Neuerungen in mein Leben einführen müssen.
Aber ich wollte mich auch noch tief für ihre lange Rede *vor* dem Bad bedanken oder irgendwie darauf eingehen, das nicht einfach nur schweigend so belassen, nur fehlten mir dafür einfach die Worte. Aber sie kam mir zuvor und sagte, unschuldig einen Löffel zu Ende kauend und bevor sie den nächsten nahm:

„Jetzt hast du nur gesagt, was du zwischen sieben und sechzehn Uhr machst... Aber was ist denn *danach*? Wenn dich das Arbeitsleben ‚nicht hat'?"

Wieder wurde mir unangenehm...! Wenn das Arbeitsleben die Pflicht war, so war die Freizeit die ‚Kür' – und nach der langen Rede dieses leidenschaftlichen Mädchens konnte man hier nur *noch* mehr versagen, denn offenbar hatte man in der Pflicht die Würde, um so eher in die Nähe ihrer Helden zu rücken, je trister der Alltag womöglich war – doch für die Freizeit hatte man hier ohne Zweifel keinerlei Entschuldigung mehr... Nun wurde mir also aus anderen Gründen absolut heiß innerlich... Ich versuchte es gar nicht erst, schäbig an ihr mildes Urteil zu appellieren. Ich konnte mich ihrem *wahren* Urteil nur überlassen. Und allenfalls manches Beachtenswürdige etwas in den Vordergrund schieben...

„Ja, was mache ich...", seufzte ich ergeben. „Ich versuche zum Beispiel, auf dem Laufenden zu bleiben ... ich gehöre noch zu den Altmodischen, die eine *Zeitung* abonniert haben, allein um das weiter zu unterstützen, obwohl ... es auch um die Bäume geht, ich weiß, aber es gibt auch nachhaltige Forstwirtschaft ... na ja, niemand schafft es, auch nur die *halbe* Zeitung zu lesen, und seit den letzten Corona-Monaten habe ich sogar eine regelrechte Allergie, aber...

Ich informiere mich über die Klimakrise, über die Machenschaften der Konzerne, ich sympathisiere mit Greenpeace, mit der Welthungerhilfe und mit Tierschutzverbänden, ohne mich *irgendwo* einzusetzen – ich spende nicht mal! –; ich lese diesen oder jenen neu erscheinenden Roman, wenn er gut ist, auch politische Sachbücher, die ich auf der ‚Spiegel'-Bestsellerliste finde – natürlich nicht alle –; ich war bis vor kurzem am Wochenende joggen, aus Verantwortung für meine Gesundheit, und auch, weil es oft schön ist – manchmal muss man sich aber auch zwingen –; und ich interessiere mich für Naturparadiese – aber auch das nur theoretisch, ich war nirgendwo, was all die Bildbände angeht, die in meinem Regal stehen..."

Lilie sah mich still an, als würde noch etwas kommen...

„Das war es...“, sagte ich fast sarkastisch. „Mehr *bin* ich nicht...“
Das Selbstmitleid floss mir innerlich mit die Adern entlang.
Wieder wurden ihre Augen groß.
„Ich habe nur kurz gewartet, ob du *fertig* bist...“, sagte sie betroffen.
Jetzt durchzog meinen Kopf tatsächlich siedendheiße Scham. Ich
war so ein Idiot...! Selbstverliebtheit hoch drei – und wieder hatte ich in keinster Weise mit dem Ernst ihrer Unschuld gerechnet, obwohl ich ihn ständig im Munde führte!
Noch immer spürte ich das Blut in meinen Schläfen, das Glühen
in den Wangen...
Sie sah mich an und verbarg ein Lächeln, und es berührte und
beruhigte mich – beides so unglaublich –, wie sehr sie es ver-
mied, mich bloßzustellen. Ich wusste, dass sie gesehen hatte, wie
es mir ging...
Immerhin ‚bestrafte‘ sie mich dadurch, dass sie es nun unterließ,
mich zu verteidigen. Sie ließ es einfach so stehen – und ließ mich
auf heißen Kohlen...

„Bist du jetzt böse...?“, erkundigte ich mich schließlich vorsichtig – nicht, dass ich dies glaubte, aber irgendwie musste ich ja
einen Ansatzpunkt finden.
„Nein...“
Sie sah mich erstaunt an.
„Aber du sagst gar nichts...“
„Man kann doch auch nicht immer gleich etwas sagen... Es ist
doch ein *Leben*... Von jemandem... Was ... was soll ich denn dazu sagen...?“
Ich fürchtete das Schlimmste – dass sie es in der Tat, und mit
Recht, eben auch nicht besonders interessant fand. *Was es auch
nicht war.* Aber gerade das war eben die Katastrophe – ihr damit
unter die Augen zu treten und es aus ihren Augen bestätigt finden zu müssen...

„Wem würdest du am *liebsten* spenden...?", begann sie schließlich zart.

Ich war ihr so dankbar...

„Das weiß ich nicht mal... Greenpeace, weil sie Dinge im Großen verändern wollen. Tierschutzvereine, weil ihre Fokussierung so ... großartig ist, eigentlich. Manchmal habe ich sogar daran gedacht, eine Patenschaft zu übernehmen – ich meine jetzt wieder für Kinder. Irgendwo in Afrika oder Asien. Einfach nur, zu wissen: Wenigstens *einem* Menschen geht es dann besser, ganz konkret... Ja, auch das ganz Übliche: so einem ganz süßen Mädchen mit großen Kulleraugen... Ich beschönige nichts..."

Sie musste gegen ihren Willen lächeln, wurde aber sofort wieder ernst. Und sah mich an.

„Tu es, Benedikt...", sagte sie ernst und still. „Tu es ... irgendetwas davon. Es macht einen Unterschied. Für dich – und für die Welt. Darauf kommt es doch an... Es spielt keine Rolle, zu denken: Aber es ist doch viel zu wenig. Es kommt darauf an, zu denken: Ich tue, was ich kann. Oder, zumindest: Ich fange *an*, zu tun, was ich kann... Ich will nur sagen: Das ist *so* ein schönes Gefühl! Du wirst sehen... Aber stell dir einmal vor: Wenn jeder täte, was er kann ... einfach nur, was *er kann* ... wie würde die Welt dann aussehen?"

Ich blickte in ihre aufrichtig, sanft eifernden Augen ... und dies, zusammen mit dem Nachklang ihrer Stimme erschlug mich ein weiteres Mal. Mit feuchten Augen presste ich hervor:

„Die Welt wäre – ein *Paradies*, Lilie...!"

Lilie sah mich ihrerseits tief berührt an.

„Tu es, Benedikt...", flüsterte sie noch einmal, bestärkend.

Ich konnte nur hilflos nicken...

Aber Lilie war noch lange nicht fertig mit ihrem Interesse an dem zweiten Teil meines Lebens.

„Und welches *Natur*-Paradies würdest du am liebsten einmal besuchen?"

„Ich weiß nicht... Ich würde so *manches* gerne ‚entdecken', was vielleicht oft nur mit einem Führer geht, einem wirklich Kundigen... Ich würde zum Beispiel sehr gern einmal so eine Art mitteleuropäische ‚Urwälder' sehen – wo die Bäume kreuz und quer umgestürzt sind, weil sie einfach verrotten *dürfen* und so tausenden von Insekten-, aber dadurch auch Vogelarten und anderen Pflanzen und Tieren Lebensraum bieten, ein *heiles* Ökosystem also...

Oder auch ... weißt du, ‚Naturparadiese' klingt oft so spektakulär, aber oft geht es viel eher wirklich um die Natur selbst – und manche Lebensräume sind unglaublich bedroht, obwohl der normale Durchschnittsmensch sie gar nicht kennt. Wer kennt schon die ‚Feuchtwiese'? Oder erst recht: die ‚Trockenwiese'. Aber hier gibt es dann noch eine Fülle von Schmetterlingsarten – oder Heuschrecken ... oder Schnecken. Und natürlich unzählige Pflanzenarten. Hast du mal von dem ‚breitblättrigen Knabenkraut' gehört? Na gut, das ist sogar noch recht gewöhnlich, aber schon die Namen sind faszinierend. Aber auch: Weißt du, wie *Lein* aussieht? Oder die Rotbauchunke! Oder der Unterschied zwischen Schling- und Ringelnatter. Oder eine Smaragdeidechse.

Ich hatte immer so Phasen, wo ich versucht habe, mit Bestimmungsbüchern wirklich zu lernen, wie alle Amphibien oder Reptilien oder Schmetterlinge oder Vögel aussehen, wie sie zu erkennen wären ... es ist natürlich aussichtslos... Aber manche können das. Und es ist eine großartige Welt.“

Lilie hatte wieder große Augen bekommen – und ich war selbst erstaunt, dass ich mich so in Begeisterung hatte reden können ... und dass dies vor ihr *Bestand* hatte...

„Kannst du mir...“, fragte sie halb atemlos, „irgendetwas davon mal *zeigen*...?“

Ich wagte es nicht, noch einmal darauf hinzuweisen, dass ich mich immer nur *theoretisch* auf diesem Gebiet bewegt hatte. Für Lilie zählte das konkrete Leben – sie wollte es *erfahren*. Ich aber hatte mich nicht einmal um die Frage gekümmert, was es in meiner Nähe für Gebiete gab, was vielleicht sogar für Exkursionen angeboten wurden. Vielleicht konnte ich im nächsten Frühling an einer solchen Wanderung mit ihr teilnehmen! Oder sogar ganz allein mit ihr irgendwohin fahren!

„Unendlich gern, Lilie... Wenn das Leben draußen wieder aufblüht...“

„Das geht mir auch so...“, sagte sie fast sehnsüchtig. „Dass ich die bewundere, die das alles kennen... Aber du kennst ganz sicher ganz, ganz *viel*...!“

Es schmerzte fast physisch, ihre Bewunderung wieder einzureißen und nicht durch künstliches Schweigen aufrechtzuerhalten...

„Ja, in Büchern. Es dann in der Wirklichkeit zu erkennen, ist noch einmal etwas völlig anderes... Und ich kenne nicht mal die ganz normalen Baumarten wirklich ... und auch der normale Wald, der eigentlich ein bloßer Forst ist, geht im Grunde ganz an mir vorbei, ich bin wie gespalten ... im normalen Wald kaum anders als alle anderen ... und dann auf einmal dieses Faible für die ganze übrige Schönheit...“

„Das ist nicht nur ein ‚Faible‘, Benedikt! Vielleicht ... vielleicht spürst du einfach, dass ... es alles – alles! – viel vielfältiger sein müsste ... und dass man es so nicht *lassen* darf...“

Sie sah in allem immer das Gute, das Beste, wie es sein *könnte*...

„Ja, vielleicht. Aber das entschuldigt nichts.“

„Was denn entschuldigen?“

„Dass du alles *liebst*, Lilie... Selbst der normale ... Wald hat das doch verdient... Man erlebt all diese Dinge mit dir auf einmal so ungeheuer stark... Man erlebt, wie ‚fade‘, wie armselig, wie *faul* man selbst ist. Wie blind, wie dumm, wie taub, wie selbstbezogen. Man hat sein tolles ‚Hobby‘ – und schafft es noch nicht einmal, vor der eigenen Haustür den Wald zu lieben ... oder auch nur das nächste Biotop herauszufinden, um einmal wirklich draußen das zu erleben, was man nur so ‚theoretisch‘ studiert. Ich komme mir so *armselig* vor! Und das ist wahrscheinlich auch die beste Erkenntnis, die ich je hatte...“

Und in Lilies Augen sammelte sich das Mitleid...

„Benedikt...“, sagte sie leise, sanft-heilige *Korrektur*. „Ja... Armselig sind wir alle. Immer wieder... Immer wieder, wenn wir mer-

139

ken: ‚Die Liebe war nicht *genug*. Du hast etwas zurückbehalten – und du weißt es genau...' Ja! Das ist immer die beste Erkenntnis, die man je hatte... Und weißt du warum? Weil es bereits *die Liebe selbst* ist, die dann spricht... Weil sie in dem Augenblick längst schon vorhat, es das nächste Mal viel, viel besser zu machen – was sie auch tut!

Die Scham ist etwas so Großartiges – weil sie im selben Moment schon *aufgehoben* ist. Und weißt du, von wem? Von Christus! Und man *erkennt* es mit eben der Liebe, in die sich alles einhüllt... *Weihnachten*, Benedikt... Frohe Weihnachten...!"

Diese überraschende Zusammenfassung traf mich wieder so ungeheuerlich unerwartet, dass es wieder mitten in mein Inneres ging. Immer wieder *verstand* ich durch sie ... wie von Seele zu Seele, und genau so war es auch. Und *weil* dieses Verstehen in diesen Augenblicken immer wieder so tief ging, trieb es auch diesmal die Tränen in meine Augen. Weihnachten... Heilte... Segnete... Offenbarte...

„Ja...", sagte ich tief betroffen. „Ja, Lilie... Weihnachten... Du bist wirklich mein ... Weihnachtswunder..."

*

Wir gingen wieder in der Nähe des Sees spazieren. Diesmal suchten wir uns abseitigere Wege, denn an diesem ersten Weihnachtstag war doch relativ viel los. Eine ganz zarte Schneedecke lud sogar manche besonders Eifrige zum Schlittenfahren ein – und der See selbst würde voll sein von Schlittschuhfahrern und Spaziergängern. Wir suchten dagegen heute eher die Einsamkeit, ich nicht weniger als Lilie.

„Und du, Lilie...?", fragte ich vorsichtig. „Wie ist eigentlich dein Leben...? Wo sind deine Eltern...?"

Spürte ich eine Art Abwehr? Eine Art trotziges Schweigen? Nein, es waren nur meine Befürchtungen – und eher eine traurige Schwelle, wie ich allzu schnell erlebte.

„Ja ... eine lange Geschichte...", sagte sie schließlich still, als sie sich überwunden hatte.

Und ich spürte tief berührt, dass sie diese ‚lange Geschichte' zweifellos noch niemandem erzählt hatte... Es ohne meine Frage auch jetzt nicht getan hätte.

„Sie sind lieb. Sie sind keine schlechten Eltern. Sie waren ganz tolle Eltern. Es sind großartige Menschen. Das ist die *eine* Hälfte..."

Bereits jetzt zerriss es mir das Herz. Diese eine Hälfte war so verdammt kurz... Und gleichzeitig war es so ein berührendes, liebendes Zeugnis des *Kindes* dieser Eltern ... das nie nur eine einseitige Darstellung gegeben hätte, und wenn es noch so litt. Bestürzt erwartete ich, was kommen würde.

Lilie schwieg, wie um nach Worten zu suchen, die ihren Eltern auch *jetzt* nicht zu nahe traten...

„Sie sind jetzt über Weihnachten auf einem ‚Yoga-Retreat' in Indien...", sagte sie leise, ohne jeden Vorwurf, aber vor dieser stillen Beschreibung hob sich das Leid nur um so höher ab, wie ein stilles Gebirge, das sich am liebsten ganz verborgen hätte, hinter einer Wolkendecke...

„Sie haben gefragt, ob es in Ordnung wäre, und natürlich war es in Ordnung, ich bin ja schon groß ... haben sie gesagt und habe ich gesagt... Und ich meinte es auch so. Darum geht es auch gar nicht. Ich bin gerne allein. Es ist gut, dass sie weg sind. Denn ... es ist ja *Weihnachten*...

Früher haben wir Weihnachten gefeiert, wenn auch nie christlich. Später wurde ich dann älter, und dann merkte ich, dass sie mit Weihnachten immer weniger anfangen konnten ... und als sie merkten, dass ich ... groß genug war, um zu verstehen, dass es verschiedene Religionen und so gibt, verheimlichten sie in keiner Weise mehr, dass sie sich dem Östlichen zugewandt hatten – wahrscheinlich schon, als ich neun oder zehn war. Damals starb auch meine Oma, die mich als Einzige unterstützt hat, als ich immer alles über Gott wissen wollte und selbst das Neue Testament las und all das... Meine anderen Verwandten sind alle nicht wirklich christlich."

„Und ... wie kamen deine Eltern auf ... dieses Östliche?", wagte ich, vorsichtig zu unterbrechen, in der Hoffnung, dass es noch halbwegs hineinpasste.

„Ich weiß auch nicht genau... Ich glaube, es waren zuerst zwei oder drei Arbeitskollegen von meinem Vater, die so begeistert waren und ihn einfach mit hineingezogen haben. Vielleicht waren es sogar schon Studienfreunde von ihm gewesen. Ich war noch zu klein – und habe später auch nie genau nachgefragt. Meine Mutter hat dann fast direkt auch mitgemacht. Erst immer so Wochenenden – ich war dann immer bei meiner Oma. Meine Oma hat das *auch* nie kritisiert. Aber wir wussten beide, dass es ein ‚Abweg' war. Und obwohl ich erst elf oder so war, verstand ich schon, dass meine Eltern einen ‚Sinn' suchten – und ihn genau dort ‚fanden', während sie bei Gott und Christus *gar* nichts fanden, weil sie für sie einfach nicht existierten...
Als Kind habe ich dann abends immer gebetet, dass sie sie doch finden würden ... aber es hat nichts geholfen. Direkt habe ich mich nie getraut, darüber zu sprechen und ihnen zu helfen oder ... zumindest *irgendetwas*... Ich hab mich nicht getraut, und sie haben mich zum Glück auch ... in Ruhe gelassen. Und so haben wir darüber – und über vieles andere – einfach nie geredet. Und haben uns ... auseinanderentwickelt.
Denn ... und das ist jetzt nur *meine* Wahrnehmung, und ich weiß nicht genau, ob sie stimmt, ich will nicht ungerecht sein... Aber ... ich habe das Gefühl, dass ... dieses Östliche die Menschen fast noch egoistischer macht, als sie vorher gewesen sind. Zumindest meine Eltern und ihre Arbeitskollegen – die von meinem Vater, meine ich. Ein-, zweimal waren sie auch bei uns und haben sich unterhalten und so. Es ging gar nicht um Religion. Aber ich hatte das Gefühl ... dass sie die ganze *Zeit* sich doch irgendwie besser fühlen als andere... Später verstand ich dann, dass es um dieses ... ‚erleuchtet' und so ging. Und dieses Gefühl begleitete mich die ganze Zeit, immer wenn ich ihnen begegnete. Sie fühlten sich besser! ‚Erleuchteter'.
Da wusste ich irgendwann: Das *kann* nicht der richtige Weg sein. Aber ich wusste es nur für mich... Ich konnte es niemandem sa-

gen. Heute weiß ich, wie aussichtslos das auch wäre ... wir haben ja auch darüber gesprochen, obwohl es ein ganz anderer Zusammenhang war – und ein anderer Egoismus, und doch ist es ja immer nur einer, der gleiche, nur seine Form ist anders.
Ich wollte eigentlich gar nicht so viel Negatives über meine Eltern sagen... Wahrscheinlich sagen sie genauso viel ,Negatives' über mich ... von wegen: Sie glaubt an etwas, das nicht existiert, und wir können sie nicht vom Gegenteil überzeugen... Sie ist naiv bis hin zum Aberglauben. ,Der Mann mit weißem Bart im Himmel' – *das* ist ihr Bild von Gott! Und Christus ... ist für sie irgendein durchaus weiser Sohn eines Zimmermanns, der sicherlich auch gekreuzigt wurde, aber alles andere ist nachträglich hinzugedichtet. Aber ihre ganzen östlichen Götter – Krishna und all die anderen –, die existieren natürlich! Denn weise östliche Männer haben erleuchtet darüber gesprochen, und sie selbst sind ja inzwischen auch ziemlich erleuchtet...!
Ich will nicht auch sarkastisch werden. Ich verstehe nur nicht, wie das alles sein kann. Aber es ist nun einmal so, und ich muss damit leben... Sie müssen ja auch mit *mir* leben...
Ja ... das ist eigentlich schon alles... Jetzt weißt du, wo meine Eltern gerade sind...“

Und als ihre Worte verklangen, ergriff mich die Schlichtheit ihrer unschuldigen Worte und die Einsamkeit dieses armen Mädchens so radikal, dass ich stehenblieb und für die überraschte Lilie die Arme ausbreitete, um sie einfach nur zu *halten* – ein paar wenige Momente...

Sie ließ es zu, konnte damit aber kaum umgehen ... denn sie hatte ihre Einsamkeit so sehr akzeptiert, dass es sie nicht einmal mehr schmerzte, nicht mehr nach außen ... nicht mehr so, dass sie offenen Trost brauchte. Und doch spürte sie meine Geste... Und als sie sich befangen schließlich wieder löste, sagte sie leise:

„Du bist der beste Mensch, den ich kenne, Benedikt! Du bist *so* ein wunderbarer Mensch... Ich habe ja gesagt, ich bin gerne allein. Wenn man allein ist, spürt man Christus ja sogar am meisten... Eigentlich bin ich ja also überhaupt *nie* allein. Oder anders gesagt: Man *ist* allein – und ist es doch nicht. Es ist ein schmerzlicher Friede ... oder ein friedlicher Schmerz. Man könnte meinen – *andere* könnten meinen –, man genießt ihn. Aber das ist es nicht. Er ist nur unausweichlich. Denn was soll man tun, wenn immer weniger an Gott glauben? Man *ist* in der Hinsicht einsam – man redet es sich ja nicht ein! Man würde es so gerne teilen – aber man kann es nicht. Nicht einmal mit vielen anderen Christen, die ... ich möchte auch über sie nicht urteilen. Aber ich kann nur so leben und glauben, wie *ich* es tue. Und ich *fühle* mich allein... Damit... Aber Christus war auch allein... Und er ist immer mit den Einsamen – ich glaube, das weiß *jeder* Einsame, der an ihn glaubt...

Deswegen ist die Einsamkeit andererseits auch der wahre Trost, denn man weiß: *Einer* ist da... Immer – und gerade dort. Das kann man sich nicht einreden. Und man kann sich auch nicht einreden, dass man es *ernst* nehmen muss. Wenn es so *leicht* wäre, an Christus zu glauben, dann hätte auch Petrus ihn nicht verleugnet. Ich *wünschte*, es wäre leichter – denn dann würden mehr Menschen an ihn glauben, und zwar richtig... Aber er hat es eben in gewisser Weise ‚schwer' gemacht – aber auch wieder nur, damit man *richtig* an ihn glaubt... Ich verstehe, dass es so sein muss. Aber viele verstehen es nicht – und dann sagen sie: ‚Warum hat er es nicht leicht gemacht? Er ist ungerecht. Warum zeigt er sich nicht mehr, besser? Er existiert nicht.' So sprechen die, die sich ja gar nicht auf den *Weg* machen wollen...

Denn *würde* man sich auf den Weg machen – es *wäre* so leicht... Aber die meisten machen sich auf *andere* Wege... Und da finden sie dann anderes ... und sind meistens unglücklich ... oder fühlen sich erleuchtet. Und ich habe Mitleid mit beiden ... die einen sind zu egoistisch und deswegen unglücklich. Die anderen sind scheinbar glücklich und trotzdem egoistisch, weil sie stolz darauf sind, erleuchtet zu sein – auch wenn sie es nicht zugeben. Ich bin nicht stolz, an Christus zu glauben. Ich bin unendlich dankbar, und ich freue mich so, aber vor allem liebe ich ihn ... und versuche, so gut ich kann, das zu tun, was ... *durch ihn in der Seele lebendig wird*, Benedikt! Und was durch Krishna in der Seele lebendig wird, weiß ich eben nicht... Und was ich sehe, gefällt mir nicht..."

Ich ging schweigend neben ihr, aber mein Schweigen konnte überhaupt nicht ausdrücken, was ich fühlte – eine solche Fülle, die niemals in Worte zu bringen war, weil selbst in jedem Wort von ihr eine ganze *Welt* von Seele lag, so dass auch sie sich eigentlich noch hundertmal mehr durch das verständigte, was *zwischen* den Worten lebte und sie unsichtbar umhüllte. Ich wollte ihr so gerne etwas sagen – und konnte es nicht!

„Ich glaube...", sagte ich schließlich leise, „niemand hätte mir je das Christentum so nahebringen können wie du, Lilie... Ich hätte – vielleicht wie deine Eltern – jeden für zurückgeblieben erklärt, der es versucht hätte..."
„Aber *sie* verstehen mich auch nicht..."
„Vielleicht muss wirklich hinzukommen, ein solches Mädchen auch noch unsterblich zu lieben..."
„Aber du liebst mich doch, weil du es *siehst*..."
„Dennoch liebe ich dich... Und so, wie ich dich liebe, können deine Eltern dich nicht lieben, Lilie... Du hast selbst gesagt, das darf sein... Du weißt also, wie sehr das wirksam ist, welche Magie dies hat..."

„Aber wenn niemand Christus mehr ohne dies findet?"
„Vielleicht ist es genauso schlimm, dass keine Mädchen mehr an Christus glauben, so wie du... Mir kommt gerade der Gedanke, dass schon damals, am Beginn des Christentums, die ganzen gläubigen Jungfrauen ein unglaublicher Impuls gewesen sein mussten, auch für alle anderen. Schon damals musste das etwas *Magisches* gewesen sein... Und ... Goethe übrigens sprach, soweit ich weiß, mal von dem ‚Ewig-Weiblichen', das hinanzieht. Ich glaube, je *unschuldiger* dieses Weibliche ist, desto mehr gilt auch das..."
„Aber das kann doch nicht sein... Dass das Männliche ... die Seele ist doch immer die gleiche, ich meine – –"

145

„Ja, aber Männer werden nun einmal schon egoistischer *erzogen*. Dann ist es doch klar, dass sie es schwerer haben werden... wieder *umzukehren*.“

„Ja, du hast Recht.“

„Als Mann ist man im Prinzip völlig unfähig für das Christentum. Es muss erst ein Mädchen kommen, das einen völlig *verzaubert*... Eigentlich *ent*zaubert...“

„Aber es gab immer auch männliche Christen! Sie haben das Christentum sogar begründet.“

„Und pervertiert, ja. Es sind doch gerade deswegen so viele Menschen atheistisch geworden, weil sie genug hatten von den Heucheleien, den Machtkämpfen, dem Christentum als Religion von Unterdrückung, Angst und Sündenbewusstsein...“

„Ja, du hast Recht...“

„Die Männer haben dem Christentum noch nie gut getan...“

„Das ist vielleicht zu stark gesagt...“

„Jedenfalls sehr früh sehr schlecht getan.“

„Ja, vielleicht...“

„Es braucht das weibliche Christentum, Lilie... Ein so unschuldiges und *reines* Christentum wie deines...“

„Ja, aber es ist nicht da... Es braucht auch Männer, die es wieder verstehen und die ... *genauso* rein werden... Um als Mann den Männern wieder zu zeigen, wie man als Mann sein kann ... könnte. Die meisten Männer werden doch auf ein Mädchen gar nicht erst achten! Auf andere Männer würden sie vielleicht achten... Wenn sie sich *überhaupt* noch ändern können...“

„Du hast Recht. Es braucht Mädchen, die Männer berühren – und es braucht Männer, die sich nach einer solchen Berührung *grundlegend* ändern.“

„Männer wie dich...“

Lilie sprach es wie einen ernst-unschuldigen Auftrag aus, wie eine Bitte, eine reine, verletzliche Bitte...

Jedes Wort wäre zuviel gewesen. Ich konnte nur eins tun. Ich nahm ihre Hand und drückte sie zart ... noch völlig im Ungewissen, ob ich einer solchen ungeheuren Bitte gerecht werden könnte, jemals ... aber mit der innigen Sehnsucht, sie niemals zu enttäuschen.

Und Hand in Hand gingen wir durch einen einsamen Wald, während wieder leise-sanft die Schneeflocken zu fallen begonnen hatten...

*

Leise fragte Lilie irgendwann weich:
„Spürst du ihn jetzt ... Benedikt?"
Und als ich sie von der Seite anblickte, trafen mich ihre stillinnig leuchtenden, fragenden Augen.
„...den *Weihnachtsfrieden*? Spürst du ihn...?"
Ich war tief beschämt. Zuvor hatten mich wieder ein wenig all die Gedanken an das unfassbare Corona-Regime ereilt, all der ganze furchtbare *Zwang*, welch ein Kontrast!
„Ich war...", gestand ich mit dieser Qual der Scham, „gerade wieder bei ‚Corona' gewesen, bei diesen ganzen letzten Wochen, die mich immer wieder nicht loslassen..."

Ihre zarten Augen schienen sich zu fragen, ob sie sich innerlich zurückziehen musste ... allein schon um meiner Freiheit willen. Aber meine Augen baten sie nur innig, mich nicht allzu sehr zu verurteilen... Und dann schien ihr Antlitz von neuem unsichtbar zu glühen, neuer *Mut* blühte aus ihr heraus, und fast in einer zärtlichsten Beschwörung sagte sie:
„Ich weiß... Aber... Lass das ‚Treiben der Welt' in diesen Tagen einmal *hinter* dir, Benedikt...! O, wenn ich dir nur *sagen* könnte – – wie wichtig dies ist! O, wenn...!"
Und innig fuhr sie fort, als sie sah, dass ich ihr ganz und gar zuhörte, zugewandt war:
„Nur, wenn die Seele *alles zurück*lässt, was sie ... beschwert ... kann sie so ... rein werden, dass sie ... das Reinste *spürt!* Ich hatte gesagt, jeder kann es spüren... Für mich ist es so deutlich wie ein *Sturm*... Aber zugleich besteht es aus dieser unglaublichen Zartheit... Aber wie soll man sie spüren, wenn einen fortwährend

147

... irdische Dinge ... *ablenken*? Wenn sie einen ... in Beschlag nehmen... Herunterziehen... Nicht nur psychisch, sondern überhaupt *konkret*. Sie ziehen herunter, und ... die Seele soll ganz woanders sein. Sie soll sich von etwas ganz anderem berühren lassen – und beschenken, begnaden! Wenn du wüsstest, welche Fülle herabströmt! Es stellt alles andere in den Schatten... Weil es ein Strom von Licht ist! Der Himmelsfriede, Benedikt! Der Himmelsfriede strömt auf uns herab – die ganze Welt ist überströmt ... wirklich!"

Sie sah mich in heiligster, stiller Begeisterung an.
Dann sagte sie ernster, ruhiger:
„Du musst mir nicht glauben, Benedikt – ich meine: erst recht nicht glauben, dass du es sofort wahrnehmen könntest ... wenn du es nicht kannst. Aber ... aber zu versuchen, wahrzunehmen, dass *etwas* anders ist... Dass man ... zumindest *ahnen* kann, dass es so sein könnte ... und man es eben wahrnehmen könnte und würde, wenn man nicht so ganz, ganz stark nach unten ziehende Gedanken hätte. Oder eine ganz, ganz irdisch gewordene Wahrnehmung, die nur noch sieht, was sie eben sieht – und nicht mehr spürt, was zu *spüren* ist! Und dann eben auch zu sehen! Weil eine heilige Welt nun einmal anders aussieht, Benedikt! Weil der ganze Mensch ein anderer ist, wenn er dies *weiß*... Man *schaut* anders – und man schaut anders, weil es anders *ist*. Aber man muss lernen, es zu *sehen* – und zu spüren. Davon hängt *alles ab*. Wirklich alles! Alles hängt davon ab..."

Wieder hatte sie zunehmend innig und zart beschwörend gesprochen. Immer wieder spürte ich, wie ihre Stimme, ihre Worte an mir ‚rüttelten', um mich auf etwas *aufmerksam* zu machen, was auch ich sehen lernen sollte – und für mich bestanden absolut keine Zweifel, dass sie es auf diese Weise sah ... aber ich fühlte meine eigenen Augen und meinen eigenen ‚Spürsinn' versteinert, wie sie es auch angedeutet hatte. Zu schwer – ich konnte mich nicht erheben.

„Ich kann es *denken*, Lilie...", klagte ich hilflos. „Alles, worüber wir gesprochen haben. Ich kann Gefühle dabei haben. Ich kann es mit Gefühlen denken... Aber ich *sehe* es nicht... Ich sehe nicht den ‚Weihnachtsfrieden'. Du meinst doch hier die Natur, oder? Direkt hier, um uns herum. Aber wie – wie soll ich schauen, was ... was muss ich denn tun...?"

Lilie begriff meine leidvolle Unfähigkeit, sie sah mein Bemühen, meinen guten Willen – meinen Willen, es zu ‚können', meine Sehnsucht. Und sie sann selbst nach, versuchte, sich in mich hineinzufühlen... Schließlich sagte sie:
„Wahrscheinlich schaust du ... zu irdisch, ich kann es nicht anders sagen... Du ... glaubst noch nicht *genug*. Es ist dir ja auch noch nicht existenziell wichtig. Wenn man keinen *Zweifel* hat, ist auch *das* einem völlig unbezweifelbar. Und dann *sieht* man es auf einmal... Aber zuerst *spürt* man es. Weil man es *weiß*. Und du kannst sagen, man redet es sich dann ein – aber ich kann sagen: Ihr redet euch ein, dass es auch jetzt genauso ist wie sonst immer – und das *stimmt* eben nicht! Wie kann ich es denn nur erklären...?"

Nach einer kleinen Weile setzte sie wieder an:
„Ihr guckt zu irdisch. Alle. Alle gucken wie immer. Aber es *ist* nicht wie immer – also muss man auch anders gucken. Muss man sowieso ... aber jetzt besonders. Ich versuche, dir zu helfen. Wenn du ... wenn du von *mir* gerührt bist, Benedikt ... dann musst du jetzt auch das Übrige so anschauen... So zärtlich. Stell dir vor, die Natur ist ein *Mädchen*...! Schau sie einmal so an ... so *behutsam*, wie du zu mir bist... So berührbar auch, deinerseits... Kannst du das...?"
Ich versuchte es längst.
„Ja...", ging ich mit ihrer sanften Anleitung mit. „Ich versuche es..."
„Gut... Ja ... ich glaube, du machst das sehr gut..."
Sie beobachtete mich innig und eifrig, ihrerseits berührt.
„Und jetzt ... versuche, zu begreifen und zu spüren, aber erst zu *begreifen*, dass ... die *Natur* wiederum durchdrungen wird von

etwas, was von den Sternen kommt. Von den Engeln, vom Himmel, direkt von Gott, aber denk lieber an die Sterne – der ganze *Kosmos* strömt einen *überirdischen, himmlischen Frieden* herunter... Mitten in diese Natur... Und die Natur wird durchtränkt, begnadet, überleuchtet, wirklich überleuchtet von diesem überirdischen Frieden. Begnadend... Wirklich begnadend... Und er strömt unablässig... Es hört einfach nicht auf...

Ihre Worte führten mich fortwährend zart in eine Richtung des Erlebens... Ich versuchte, etwas zu erfassen, hatte ich bereits so etwas wie leiseste Ahnungen? Ich bekam die Assoziation eines Wasserfalls ... aber das war ganz gewiss zu statisch, zu gleichmäßig, zu grob auch... Ich bekam die Assoziation eines Orgasmus – eines kosmischen Orgasmus ... und wusste sofort, dass das viel zu unrein war, denn der Kosmos begnadete, er erlebte nicht selbst irgendetwas. Mit Lust hatte das nichts zu tun, eher mit einer Art völligen Gegenteils. Dennoch bekam ich die Assoziation einer *Befruchtung*. Der Himmel befruchtete die Erde, der Kosmos die Natur. *War* es etwas in der Art?

Der Kosmos war der Spender, und die Erde empfing... Ich dachte an Mann und Frau – aber wieder hinkte das Beispiel, denn wenn ich daran dachte, mit Lilie zu schlafen, so würde ich der in Wahrheit Empfangende sein... Und auch mit einer Frau war eigentlich immer der Mann der wahrhaft Empfangende. Die Frau gab sich hin – aber der Mann empfing diesen unglaublichen Segen. Dieses Heilige des Weiblichen... Aber was Lilie beschrieb, hatte mit einer bedingungslosen Einseitigkeit zu tun: Der *Himmel schenkte* – und die Erde wurde beschenkt. Da gab es keine Zwischentöne oder Gegenseitigkeit. Das Mysterium ging vom *Kosmos* aus.

Und auf einmal schien es mir, als hätte ich es zum ersten Mal wirklich *begriffen* ... obwohl Lilie es mir doch so ausführlich längst zuvor beschrieben hatte. Aber nun wurde es realer, eindringlicher. Und auf einmal wurde mir zumindest klar, was ich irgendwie sehen, spüren *müsste*... Mir wurde klar, in welche

‚*Richtung'* ich zu fühlen hatte ... um zu spüren, *ob* ich vielleicht etwas fühlte ... allmählich, nur als zarteste Andeutung vielleicht... Ich ließ den Vergleich zwischen Natur und Mädchen hinter mir, das war nur Lilies Versuch gewesen, mein Schauen *überhaupt* sanfter werden zu lassen... Dennoch nahm die Natur mit sanfter Hingabe auf, was vom Kosmos herabströmte ... sie *ähnelte* in gewisser Weise einem Mädchen, aber es hatte eine zarte, viel größere Objektivität. Lieben sollte ich die Natur nicht wie ein Mädchen, wie Lilie – ich sollte nur erkennen, was *geschah*. Und dieser Blick war liebend genug, das spürte ich längst. Und der begnadende Strom aus dem Kosmos war *auch* objektiv – selbst wenn er aus reiner Liebe bestand, es hatte nichts von dem Subjektiven, das zwischen Menschen waltete...

Und gerade dieses *objektive* Geschehen machte es so eindrucksvoll. Seit wann strömten Sterne einen *Segen* zur Erde herab? Wenn sie es aber taten, müsste man es spüren, denn es war ungeheuerlich. Spürte man es nur deshalb nicht, weil man glaubte, dies könne niemals geschehen? War man taub, weil man sich taub *stellte*? War man blind, weil man versteift davon überzeugt war, dass es nichts zu sehen gab?

Lilie *sah* es – also *gab* es etwas zu sehen... Und die Behauptungen der übrigen Menschen bezeugten nur, dass ihre inneren und äußeren Sinne eingerosteter waren als die dieses Mädchens. ‚Es war, als hätt der Himmel die Erde still geküsst...' Woher kamen mir nun diese Zeilen wieder? Gerade jetzt. War dies nicht ein Frühlingsgedicht? Erschüttert aber begriff ich: Die Bewegung war die gleiche! Der Prozess – der heilige Prozess. Subjektiver ausgedrückt, als zarter Vergleich, aber auch als solcher kenntlich gemacht. Wenn man es nun veränderte? Lilie hatte doch *auch* lauter Vergleiche gebracht. ‚Es war, als hätte der Himmel die Erde mit objektiver Liebe *überschüttet*.' Überströmt. Und nicht: als hätte er – sondern er tat es jetzt! Jetzt gerade! Die ganze Zeit! Und die Erde schwieg stille, in ihrem reinen, weißen Hochzeitskleid ... und konnte die Gnade, die ihr geschah, gar nicht fassen... Wie ich, wenn ich mit Lilie zusammen war...

Ich begriff, was ich sehen *sollte*. Ich begriff, dass man es sehen, spüren *konnte*. Die Erde, die Natur, lag wirklich so still da wie ein keusches, reines Mädchen... Und es konnte sein, dass sie in tiefer Hingabe etwas empfing, was über alles Fassungsvermögen hinausging... Gerade in seiner stillen Unsichtbarkeit... Gerade in seiner himmelschreienden Verborgenheit – vor aller Augen. Vor aller Augen verborgen – und vor aller Augen geschehend, sich vollziehend. Lilie sah es... Und ich begriff, dass man es sehen *konnte*... Dass man es im Grunde ... im Grunde sah, wenn ... wenn es keine Zweifel gab. Wenn der Zweifel aufhörte, anwesend zu sein...

„*Und*...?", fragte Lilie fast scheu.
„Bei mir ist es sehr gedanklich, Lilie...", erwiderte ich leise, ohne, wenn möglich, aus all jenen zarten Ahnungen herauszufallen. „Der ganze Ansatz, meine ich... Ich *verstehe* es jetzt! Ich kann es jetzt wirklich begreifen... Und es ist wirklich eine Sache zwischen ‚Zweifeln' und ‚Sehen', scheint mir. Wenn man zweifelt, kann man es nicht sehen – und wenn man nicht zweifelt, *sieht* man es. Ist es so?"
„Natürlich ist es so. Aber ... du verstehst also auch, dass der Zweifel verhindert, die *Wirklichkeit* zu sehen?"
„Ja... Der Zweifel wird natürlich immer darauf bestehen, dass es völlig unentscheidbar ist – Wirklichkeit oder etwas, was man nur meint, sich einredet."
„Aber der Zweifel ist ja auch in seine eigene Unfähigkeit verliebt, sich zu entscheiden! Lieber hat er es unverbindlich – du weißt doch, so muss er nichts über sich anerkennen. Und das Heilige mag er sowieso nicht... Der Zweifel *liebt* es zu sagen: Es ist zweifelhaft. Dadurch bestätigt er sich selbst – denn, wo etwas zweifelhaft ist, ist der Zweifel König..."

Ich bewunderte Lilies Logik restlos. Sie entlarvte den Zweifel so erschütternd deutlich als ... nicht unparteiischen Mitakteur! Natürlich ging es um die zweifelnde *Seele*. Sie hatte immer gute Gründe, den Zweifel zu zementieren... Denn so blieb sie stets selbst im Mittelpunkt. Selbst wenn der Zweifel quälte – es war doch recht wohltuend, eine solche göttliche Welt *nicht* anzuerkennen. Und es einfach nur sicher ‚wissen' zu wollen, war wieder abgrundtief egoistisch – die ganz moderne Anspruchsmentalität, weiter nichts... Ich begann, meinen Zweifel zu hassen. Meine Unfähigkeit zur Hingabe. Auch ein Großteil meiner Seele wollte keinen ‚Gott *über* sich'.

„Der Mensch ist wirklich furchtbar, Lilie... Ja – er will selbst König sein. Er will keinen Gott über sich... Nur deshalb sieht er es nicht..."

Lilie sah mich forschend an ... und mit ihrer zarten Mädchenintuition begriff sie, dass ich natürlich auch von *mir* sprach. Und sie schonte mich, der ich mich so schamhaft allgemein ausdrückte. Sie umging meinen Stolz und wandte sich einfach an den *anderen* Teil meiner Seele...

„Weißt du, Benedikt ... du weißt doch, was dein Name bedeutet. Gesegnet... Du bist gesegnet. Denn du kannst, was andere nicht können. Und wenn du es *jetzt* nicht kannst – oder *meinst*, nicht zu können –, dann wirst du es *bald* können ... oder erkennen, dass es viel leichter ist, als du denkst. Du bist gesegnet – wie die Erde gesegnet ist, wenn in den zwölf heiligen Nächten der Himmelsfriede aus dem Kosmos herniederströmt. Es ist so *einfach*, nur *diese* Bewegung zu machen..."
Sie breitete die Arme aus, ihre Fäustlinge nach oben gerichtet, wie ein Sterntalermädchen, das voller Hingebung alles auffing, was der Himmel ihr schenken wollte.
„Und es ist das *Glücklichste*, was es gibt... Die Menschen sind so *unglücklich*, weil sie ständig etwas ‚sein' wollen. Ganz selbst – und zugleich *nur* selbst. Aber am meisten ist man doch, wenn man ... wenn ... man von nichts getrennt ist! Ist dann das Wunder nicht vollkommen? Doch, ist es... Aber die Menschen sind von *allem* getrennt. Das merkst du doch jetzt.
Es geht nicht nur darum, Gott ‚über sich' anzuerkennen – es geht darum, dass wir von Gott *umgeben* sind, dass wir in seiner Hand geborgen sind, er trägt uns auch, er ist also auch unter uns!

Und er ist *mitten* unter uns. Das mit der Richtung ‚über uns' ist doch eine völlig falsche Vorstellung! Sie spürt doch gar nicht, was es heißt, sich geborgen zu fühlen! Begleitet. Umarmt. Getragen. ‚Über uns'! Wenn ich das schon höre! Über uns ist die Sonne – ist die auch so unerträglich? Die Wolken. Über uns! Was hat der Mensch denn für ungeheure Probleme mit diesem ‚über uns'? – Das ist also das eine: dass die Menschen nicht einmal mehr bereit sind, *geborgen* zu sein...!
Und das andere ist: Wer diesen Stolz nicht aufgeben kann, der ist auch mit nichts *anderem* verbunden. Definitiv aber nicht mit *allem* anderen. Ist das nicht so *einfach* zu verstehen? Wie kann mich denn die Schönheit eines *Blattes* berühren, wenn ich immer ‚über' allem stehen will – und es selbst dann noch tue, wenn ich es nicht will? Nicht die sogenannte ‚Unterordnung' fesselt einen, sondern das ‚Nie-auf-seine-Sonderstellung-Verzichten' ... *das* ist die eigentliche Fessel!
Und deswegen ist Christus der *Befreier*. Denn er ist es, der einem zeigt, wie einfach es ist... Er hat es vorgemacht – indem er allen diente und sogar sein Leben hingab. Und? Hat er es nicht *gewonnen*? Um es uns nun allen zu schenken? Das Leben? Ist es nicht so? Es ist so! Wenn wir unser Leben *allem* schenken können, sind wir mit allem verbunden. Und dann sind wir reicher, als man es sich jemals auch nur vorstellen kann! Wir sind unendlich reich. Es gibt die Unendlichkeit, Benedikt! Sie beginnt da, wo du das *Eine* hingibst – dich – und alles *andere* gewinnst, bekommst. Und es ist, wie wenn Christus es dir zeigt; wie wenn er dich führt... Wie wenn er dich an die Hand nimmt und sagt: Folge mir... Und du entdeckst das Wunder..."

Lilie sah mich an, sah meine Sehnsucht, sah meine Kämpfe...

„Weißt du, Benedikt, die meisten Menschen halten es für ‚unter ihrer Würde', von einem Blatt unendlich beschenkt zu werden. Von einem Wunder an Schönheit, das in seinem Strom, seinem *Strom von Schönheit*, fast wie ein kleines Abbild dieser heiligen Nächte ist. Und so ist es mit allem. Wir sind *umgeben* von Schönheit, eingehüllt – aber den Menschen ist es lieber, sie *nicht* zu sehen! Kann man sich das vorstellen? Lieber bleiben sie ‚auf Abstand' und sehen so *rein gar nichts* – selbst wenn sie glauben, sie sehen was und würden ‚die Schönheit genießen' und all das. Gar nichts tun sie! Außer ungeheuren Abstand zu halten und nur zu *meinen*, den Dingen nahe zu sein. Selbst die, die glauben, sie lieben die Dinge, haben keine Ahnung, *wie nahe* man allem sein kann!

Aber *du*, Benedikt... Du hast doch von ihnen gesprochen, all den Pflanzen und Tieren ... in dir lebt doch etwas von der wahren Liebe, das spüre ich doch! Da beginnt der Abstand schon aufzuhören. Er beginnt! Aber es geht noch viel, viel weiter. Christus ist *gestorben*, Benedikt! Er hat sich völlig hingegeben – für uns! Er ist die Liebe, Benedikt... Und die Liebe macht es *immer* so... Sie gibt sich hin... Und das ist das Leben ... und die Fülle des Lebens ... denn alles Leben erwidert sich gegenseitig, und der Kreis schließt sich...

Ein Schmetterling landet auf deiner Hand, und du bist *erschüttert* von der Schönheit dieses Lebens, du kannst es nicht fassen, du liebst es, ohne zu überlegen; du kannst es nicht fassen, diese Schönheit ... sie übersteigt dein Fassungsvermögen, weil sie Schönheit inmitten von Schönheit ist, sie ist nur ein winziger Ausschnitt ... und schon sie ist unerträglich ... und du musst weinen ... weil es alles so schön ist. Dein Herz fasst die Fülle nicht, und du stehst da und weinst ... und der Schmetterling fliegt weg, und du weinst immer noch... Weil du so glücklich bist! Weil du *verstanden* hast...

Und eigentlich hast du nur eines verstanden: dich hinzugeben. Aber in dieser Hingabe hast du verstanden, dass die Schönheit grenzenlos ist! In allem Einzelnen ... *siehst* du sie... Und sie rührt dich zu Tränen... Du kannst sie kaum ertragen... Wenn du wirklich guckst, kannst du es nicht... *Warum sind sie so schön, Benedikt? Alle Wesen? Und warum sieht es niemand?*"

Lilie unterdrückte ein Schluchzen. Sie atmete einmal tief durch. Dann sagte sie:

„Wir sind da, *zu lieben*, Benedikt. Alles andere ist Zeitverschwendung. Ich möchte meine Zeit nicht verschwenden... Und meine

Fähigkeit. Die Gott mir geschenkt hat. Wer sein Ich behalten möchte, der möge es behalten. Ich weiß, dass Gott mir *mein* Ich gegeben hat, um es zu verschenken – in jedem Augenblick. An den kleinen Schmetterling. Um das Wunder Gottes zu erfahren! Eine Schönheit, die die Augen blendet. Eine Schönheit, die das Herz so rührt, dass es *aufgibt*... Aufgibt, zu versuchen, sie zu ertragen... ‚Wer sein Leben behalten will, wird es verlieren. Wer es aber um meinetwillen hingibt, der wird es gewinnen.' Das wahre Leben, Benedikt! *Sein* Leben... Das Leben von Christus. Das Leben Gottes. Es *umgibt* uns. Es überschüttet uns... Alles, was wir tun müssen, ist, es zu nehmen... Indem wir *uns geben*... *Ich verstehe nicht, was daran so schwer ist!*"

Wieder musste sie aufschluchzen... Und es zerriss mein Herz... Und es zerriss den Vorhang...

Nicht geheilt war mein Ich. Aber auf den Tod verwundet – in seiner eigenen Todeskrankheit. Lilie schlug Wunden der Heilung. Verzweifelt schlug sie auf den Stein ein, der sich selbst einen Thron errichtet hatte, und gerade ihre Verzweiflung ließ denjenigen weinen, der sich eingemauert hatte... Denn er liebte nichts inniger als sie, die verzweifelt an den Mauern seines Gefängnisses zusammengebrochen war...

Als sie sah, dass auch ich weinte, sah sie mich mit großen Augen an. Und zitternd vor dem Glück der tödlichen Wunden konnte ich mühsam hervorbringen:
„Ich will *mit* dir sterben, Lilie... Ich will es auch lernen... Ich will es lernen... Mir liegt nichts an dem Ich, das tot ist. Ich werde es begraben lernen, immer wieder neu... Ich werde mit dir fliegen... Das – – war es, was ich an dem See sah... Dein Wunder ... das so sehr das Wunder Gottes ist... Ich will mit dir *leben*, Lilie, ich werde dieses Leben *suchen*, geleitet von dir, von deinem Flug, von deiner Liebe, deinem Geheimnis. Ich werde dir folgen... So, wie du ihm folgst... Gib mich nicht auf, Lilie ... und ich werde auch nicht aufgeben..."

Ihre Augen waren immer größer geworden. Nun schluchzte sie *wirklich* – weil sie so glücklich, so dankbar war... Und für Momente lehnte sie sich mit all diesem Glück an meine Brust. Und tief betroffen versuchte ich auch jetzt, ihre Lehre der Hingabe zu empfangen...

In innigem, gleichsam ungläubigem, absolut heiligem Schweigen gingen wir schließlich weiter. Bis ich, nach einer kleinen Ewigkeit, tief nachdenklich murmelte:
„*Wie* muss eine Gesellschaft nur aussehen, in der *dies leben* dürfte? Ja, die *Grundlage* würde?"
Aber Lilie drückte nur leise meine Hand...
Und nach ein paar weiteren Schritten bat sie dann:
„Bitte denk noch nicht daran, Benedikt... Behalte dein Erleben, sonst geht es dir wieder verloren – oder geht nicht tief genug. Zuerst muss *dies* wachsen... Sonst wird es nicht stark genug sein ... für alles andere. Es muss in dir *wurzeln* können... Erst muss es in *uns* die Grundlage werden... Ganz und gar."
Ich schämte mich. Schon wieder war ich allzu, allzu schnell bei den Gedanken gewesen.
„Du hast Recht, Lilie...", sagte ich zerknirscht und betroffen.
Dann bemühte ich mich wieder ganz und gar um das *Sehen*...

*

„Wenn du willst...", sagte sie irgendwann scheu, „kannst du auch etwas *sagen*, Benedikt..."
Jetzt drückte ich zärtlich ihre Hand.
„Es ist sehr *gut*, Lilie... Ich *brauche* nichts zu sagen... Es ist gerade alles so wunderbar..."
Und allmählich begriff ich *wirklich*, was sie mit ,wurzeln' gemeint hatte.

Nicht nur das zarte, neue Erleben musste sich in einem verwurzeln ... auch man *selbst* verwurzelte sich vollkommen woanders. Man hörte wirklich auf, in diesem ständigen, haltlosen, oberflächlichen Denken zu leben, das sich selbst so wichtig nahm und vor-

kam – sogar dann, wenn man aufrichtig über so manches nach-
dachte –, und man ging über in ein *Fühlen*...
Dies wurde nun das Wichtigste ... und brachte einen buchstäblich in *Fühlung* mit dem Wesentlichen. Man verlagerte seinen
Schwerpunkt, seinen Mittelpunkt. Die Seele zog sich von dem
bloßen Denken zurück – und senkte sich hinunter in einen essen-
zielleren Bereich. Und hier eröffneten sich ihr auf einmal neue
‚Sinne' ... die mit dem Fühlen zu tun hatten. Und das *wesenhafte
Leben sprach* wieder zu ihr...
Ein zartes Verschwinden der starren Grenzen setzte ein, die bis
dahin alles tot und abstrakt hatten erscheinen lassen. Es erwies
sich, dass nichts so abgegrenzt war, wie man *dachte* ... wenn man
eben nur dachte. Oder wenn das Denken diese absolute Ober-
hand hatte, die nichts neben sich zuließ.

Ich war zwar begeistert von meinen Naturparadiesen, von dem
Trockenrasen und der Smaragdeidechse, von der Fülle des Lebens und der Arten, und ich hatte diese Natur auch geliebt –
aber jetzt wurde mir erst klar, wie sehr ich dies rein *gedanklich*
getan hatte. Jetzt wurde mir erst klar, dass eigentlich nur Lilie
wirklich liebte – wirklich nur sie. Denn sie liebte mit dem *Fühlen*, mehr noch, man konnte sagen: mit ganzem Herzen und mit
ganzer Seele... Dagegen war die ‚Denk-Liebe' nur ein toter Ab-
klatsch... Lilie meinte es ernst – und ich *dachte* nur, dass ich es
ernst gemeint hätte.

„Denkst du was...?", erkundigte sie sich sehr vorsichtig.
Und tatsächlich war ich wieder am Denken... Aber immerhin
dachte ich darüber nach, wie etwas anderes als das Denken die
Herrschaft übernehmen konnte.
„Ja...", gestand ich. „Das Fühlen... Eigentlich kommt erst das
Fühlen ... mit dem Wesentlichen in Berührung..."
Lilie lächelte.
„Wusstest du das nicht...?"
Ich sann eine Weile darüber nach.
„Es ist wirklich unglaublich...", murmelte ich dann. „*Wie sehr*
das Denken von sich eingenommen ist... Heute... Total ... es gibt

überhaupt keinen Ausweg. Das Denken hat sich zum absoluten und endgültigen Monarchen erklärt. Wir leben in einer Monarchie – um nicht zu sagen, in einer Diktatur..."

„Ja!", lachte sie. „Und der Kaiser merkt nicht mal, dass er nackt ist!"

„Stattdessen hält er das Fühlen für ‚zurückgeblieben' und subjektiv."

„Dabei ist er selbst blind, dumm und faul."

„Faul?"

„Ja – um zum Beispiel an Gott zu glauben, muss man es *tun*. Das faule Denken will dies aber gar nicht. Es tut sich mit dem bequemen Zweifel zusammen, und schon ist ‚die Sache erledigt'. Um an Gott zu glauben, muss man ihn *lieben* – und auch das will die faule Seele nicht. Lieber liebt sie sich selbst. Aber *das* ist anstrengend! Jedenfalls stelle ich es mir unglaublich anstrengend vor. Vor allem, weil man ja ständig mit der übrigen Welt zusammenstößt. Und dann dieses *Eingesperrtsein* in ein egoistisches Ich, das sich selbst ständig am wichtigsten ist. Ist das nicht furchtbar? Und auch furchtbar langweilig? Ich stelle es mir so unglaublich unerträglich vor... Aber es scheint ja allen so maßlos zu gefallen..."

„Nun – die Seele kommt sich dann ja weder faul noch langweilig *vor*. Ständig gibt es ja etwas zu beurteilen, zu bemängeln, zu begehren, zu benutzen, zu konsumieren. Die Seele ist unglaublich beschäftigt! Und weil sie so im Mittelpunkt steht, fühlt sie das auch: ‚O, wie beschäftigt, wie wichtig bin ich!' – Sie fühlt also auch, bildet es sich jedenfalls ein. Aber es bezieht sich alles immer nur auf sie..."

„Ja, und sie verliert dabei jeden Maßstab. Worauf sie jeweils Lust hat, das ist ihr am wichtigsten. Das kann ein dämliches Fußballspiel oder eine idiotische Pralinenpackung sein – *während gerade Weihnachten ist* und ein nicht fassbarer Friede auf die Erde strömt!"

„Ja... Für die reine Seele ist er nicht mehr fassbar, unendlich ... und für alle anderen Seelen ist er überhaupt nicht fassbar, gar nicht bemerkt, gar nicht vorhanden..."

„Sie sind bei einem *Nichts* angekommen. Die ungläubigen Seelen, die nur noch an sich selbst und die *Unterhaltung des nächsten Moments* glauben, sind in einem Nichts. Sie haben nichts mehr in der Hand, gar nichts mehr..."

Ich musste wieder an die Croissants und Bohrmaschinen als Anhänger für den Weihnachtsbaum denken – noch in der absoluten Leere fühlte die Seele sich wohl, wenn sie sich neue ‚Kicks' geben konnte, die im Grunde nur noch aus einer Art Spott bestanden... Und noch vor wenigen Tagen hatte ich dies sogar für eine ‚geistreiche Idee' gehalten! In jenem Moment, bevor ich dann den Blick jenes *Mädchens* sah ... dessen Hand ich jetzt hielt, während sie seit jenem Moment meine Führerin war, mich aus dem Sumpf jener Flachheit buchstäblich *herauszog*.

Es blieb unfassbar, wie die immer flachere Seele sogar immer stolzer werden konnte – und ihre eigene Degeneration als einen Höhepunkt betrachten konnte. Es war eine Art völlig vergiftete Liebe zum eigenen Untergang – eine restlose Illusion, die unauflösbar war, weil der Punkt des ‚verlorenen Sohnes' bereits längst verlassen war. Der Punkt, wo die Seele noch spürte, dass sie umkehren *sollte*, ja eine unrettbare *Sehnsucht* nach dieser Umkehr spürte. Wo hatte die Menschheit diesen Abzweig verpasst!? Wahrscheinlich genau da, wo sie Gott zu verlachen begann – statt zu spüren, dass sie ihn verloren hatte. Auch das Verlachen geschah mit einem krankhaft selbstgewissen *Denken* – während das Erkennen des *Verlustes* mit einem *Fühlen* hätte geschehen müssen...

Immer tiefer erkannte ich die ganze Dimension dieses tragischen, katastrophalen Stolzes, den die Seele auf ihr krankes und immer kränkeres Denken hatte... Und wie lautete die Krankheit? Eine immer erstickendere Oberflächlichkeit. Leere. Ein Sich-Abtrennen von allem, ohne diesen Prozess überhaupt zu bemerken. Er vollzog sich, und der Kaiser fühlte sich paradoxerweise sogar immer und immer bekleideter... Es war wirklich eine absolute *Geisteskrankheit*. Der Stolz war die größte Droge, die es gab. Er führte zu einem nicht mehr endenden Trip – den man als Horrortrip gar nicht erkannte...

Und auf der anderen Seite ein Mädchen... Ein Mädchen, das die Einsamkeit liebte ... den heilig-weiß verschneiten Wald, in dem es in kaum zu ahnender Tiefe etwas spürte, was nur mit der *Seele* wahrzunehmen war, was aber objektiver war als alles andere, als all die selbstverliebten Freuden der gewöhnlichen Seelen. Den vom Himmel unablässig herabströmenden Weihnachtsfrieden... Welch ein unfassbarer Gegensatz!

Aber ich musste mich weiter verwurzeln... Und doch tat ich es auch hiermit – denn obwohl ich auch jetzt dachte ... war es eben zugleich ein *Spüren*... Ich verwurzelte mich im Erleben des Gegensatzes ... und ich tat dies, indem ich immer wieder neu dem Erleben dieses *Mädchens* nachspürte, von dessen Standpunkt aus ich den Gegensatz ja überhaupt erst fühlte! Und war dies nicht sogar der absolute Beginn gewesen? Hatte ich mich nicht vom ersten Augenblick an in Lilie *verliebt* ... um mich hoffnungslos in ihrer *Reinheit zu verwurzeln*...?

Genau das war geschehen – ich war ihr verfallen und hatte mich auf diese Weise in meiner eigenen Rettung verwurzelt. Meine Seele hatte sich geweigert, auch nur für einen Moment aus ihrem unsäglichen *Berührtsein* durch dieses Mädchen herauszufallen. Im Grunde lebte sie seit drei Tagen *nur noch* in einem tiefsten Fühlen... Nur deshalb konnte ich jetzt ahnen, was sie *sah*... Seit ich dieses Mädchen gesehen hatte, verwurzelte ich mich. Ich sah *auch* etwas... Und es hatte so tiefe Verwandtschaft mit dem, was sie sah... Sie sah den Himmelsstrom, ich sah den Erdenstrom. Sie sah die unfassbare Gnade ... ich sah die unfassbare Unschuld.

Alles lernte ich von ihr – weil ich mich in *ihr* verwurzelte... Einen heiligeren Boden gab es gar nicht. Und reichere Frucht als sie kannte niemand. Wer *sie* rettungslos liebte, den konnte *sie* grenzenlos lehren... Begehrte ich sie eigentlich auch noch? O ja

... aber wie sehr war dies *noch* zarter geworden – und zugleich in einen zarten Hintergrund getreten, denn auf einmal war meine Aufgabe so unglaublich deutlich, hatte ich so eine große Aufgabe! Mich auch in dem zu verwurzeln, was *ihr* wichtig war – nicht nur in ihr selbst, sondern auch in dem, worin *sie* sich verwurzelte...

Hier hatte ich ‚zu tun' – ich durfte gar nicht sehnsüchtig an etwas anderes denken, denn das hieß, dass ich im selben Moment nichts tat, um innerlich dem entgegenzuwachsen, wo *sie* stand. Und in dem Moment wäre ich also ‚faul'... Wenn ich sie begehrte, blieb ich stehen. Mit ihr zärtlich werden ... wäre wunderschön ... aber es trug nicht zu meiner Entwicklung bei. *Durfte* ich mich dann überhaupt noch danach sehnen? Oder ... würde diese Sehnsucht sogar von selbst gänzlich verschwinden, wenn ich nur ernsthaft immer weiter strebte? Zwangsläufig wahrscheinlich, denn für dieses ‚egoistische' Begehren, und wäre es noch so zärtlich, blieb gar keine Zeit. Es wäre immer ein Stehenbleiben des Eigentlichen...

Auch sie wünschte sich dieses Eigentliche... Und wenn ich sie wirklich liebte, musste ich meine ganze Kraft *darauf* richten – so war es doch? Ich wusste das sehr gut. Ich wusste sehr gut, wie schwach meine Verwurzelung noch war – weil die Verwurzelung in jenem flachen Denken noch viel zu stark war. Jenes Denken, das mich auch im gesamten Berufsalltag forderte. Jenes Denken, mit dem ich über alles nachdachte, ohne im Fühlen zu gründen, wie sie. Ich hatte alle Hände voll zu tun, hier das Neue zu stärken und es zum Wachstum zu bringen.

Auf der anderen Seite ... waren die ersten Christen durch ihre Bedingungslosigkeit in Bezug auf Gott nicht sogar in die Leibfeindlichkeit geraten? Wo war die Grenze? *Durfte* man einander nicht auch zärtlich begehren? Lag hier nicht auch die Liebe? Wollte Gott nicht *selbst*, dass diese Zärtlichkeit auf Erden lebte? Ganz gewiss wollte er dies... Aber – ich durfte Lilie eben nicht *ablenken*, von dem, was ihr das Wesentlichste war. Würde sie es auch wollen, wäre es anders. Begehrte ich sie nur *allein*, so lenkte ich mich ab und sie. Und doch ... durfte ich nicht in das sich verhärtende Streben jener ersten Christen fallen, die eine *Schere* zwischen Himmel und Erde schufen. Zärtlichkeit war nicht an sich schlecht. Nicht einmal zärtliches Begehren... Ich würde ... *spüren* müssen, was richtig war und was nicht...

Ich musste wieder an die christlichen Jungfrauen denken, an die heiligen Mädchen... Die sich in absoluter Keuschheit nur nach Gott sehnten. Gab es eine einzigartigere Sehnsucht als die eines Mannes nach einem so absolut *unerreichbaren* Mädchen? Was liebte er dann eigentlich so, wonach sehnte er sich, was begehrte er dann eigentlich so sehr? Möglicherweise bereits das Unerreichbare *an sich*. Jeder ‚Besitz' von etwas eigentlich Unerreichbarem streichelte den eigenen Stolz. Aber war es das? Oder ging die unbeschreibliche Anziehung nicht vielmehr unmittelbar von der *wirklichen* Reinheit eines solchen Mädchens aus?

Sehnte sich nicht auch die männliche Seele wirklich nach diesem Unendlichen? Nach der *absoluten* Unschuld, war dies nicht unsagbar anziehend, nichts anderem zu vergleichen? War es nicht so, dass in der Seele eine Sehnsucht wütete, auch so unschuldig zu sein? Aber eben nur *fast*? Fast – weil zumindest jener ‚Abzug' bleiben musste, mit dem ein solches Mädchen begehrt werden konnte, während das Mädchen selbst nur noch *Gott* begehrte, nichts anderes mehr...

In der männlichen Seele wütete also eine Sehnsucht, auch so *rein* zu werden... Aber sie hatte keine Aussicht, zu gewinnen, denn eine andere Sehnsucht blieb immer stärker: so rein zu werden wie das Mädchen, aber auch, mit ihr verschmelzen zu können... Auch leiblich... Die Liebe des Mädchens zu gewinnen... Es Gott abspenstig zu machen. Dieses sagenhafte Mädchen in seiner unglaublich hingebungsvollen Liebe gewinnen zu können. Die männliche Seele sehnte sich nach der Reinheit des Mädchens – ihr gleich zu werden –, aber auch nach dem *Mädchen selbst*.

Die männliche Seele wollte die sagenhafte Reinheit des Mädchens *auch* – auch sie wollte so rein sein. Aber sogar noch mehr sehnte sie sich nach der sagenhaften, alles übertreffenden *Liebe* eines solchen Mädchens...

Auch die männliche Seele wollte so rein werden wie das Mädchen, sich so unglaublich entwickeln. Aber mehr noch wollte sie von dieser reinen Unschuld geliebt werden. Auch die männliche Seele hatte eine Reinheitssehnsucht – aber mehr noch hatte sie eine Liebessehnsucht: geliebt zu werden von dem reinsten Geschöpf, das auf Erden existierte – einem *Mädchen*. Auch sie wollte es lieben, sehr rein und aufrichtig, es beschützen, ihm Geborgenheit schenken (die es sonst vielleicht von Gott bekam), aber unendlich sehnte sie sich, von ihm geliebt zu *werden*.

Ein narzisstischer Aspekt, ja vielleicht. Aber es gab auf Erden nichts auch nur ansatzweise so Ersehnenswertes, so Anziehendes, so Magisches. Es gab keine auch nur ansatzweise so reine Liebe. Wer wünschte sie sich nicht? Die Liebe eines *Mädchens* war gleichsam heiliger als die eines Engels, denn ein Mädchen war ... zugleich voller *irdischer* Hingabe. Tiefste Unschuld und zugleich aufrichtigste Hingabe. Narzissmus? Nein – man erkannte das absolute, das letzte und höchste Wunder, das der Schöpfer geschaffen hatte. Man erkannte das Wesen eines Mädchens. Es war nicht anders möglich, als dass ein Mann ein Mädchen lieben würde. Das Mädchen war die tiefste Magie, die auf Erden überhaupt existierte.

Es ging nicht um Narzissmus. Es ging um die heiligste, unschuldigste Perle des ganzen Kosmos: ein Mädchen. Ein gewöhnlicher Mann würde ‚Vater und Mutter verlassen', um einer Frau zu folgen. Aber das wahre Phänomen war: Die männliche Seele würde sogar Gott ‚verlassen' und nur an zweiter Stelle lieben, um sich nach der Liebe eines Mädchens zu sehnen, dessen unschuldiger Anziehung und dessen Anziehung unsäglicher Unschuld er schlicht verfallen würde... Nicht einmal von Gott wollte er so sehr geliebt werden wie von dem *Mädchen*...

Was hatte das Mädchen für ein unfassbares Geheimnis? Seine Hingabe... Die Hingabe des Mädchens war wie eine zarte Anbetung. Der Mann wollte nicht einmal angebetet werden, aber die Hingabe eines Mädchens kam dem gleich – sie war so süß, noch viel süßer als das Paradies... Geliebt von einem Mädchen, würde ein Mann sogar die Hölle dem Himmel vorziehen, wenn das Mädchen im Himmel *nicht* wäre oder ihn nicht lieben würde...

Es hatte mit dem Geheimnis des Narzissmus zu tun – aber dann war es die unschuldigste Form des Narzissmus überhaupt ... denn der Mann war so absolut bereit, auch selbst ein Unendliches zu tun: das Mädchen auf Händen zu tragen, es anzubeten. Und der Mann betete das Mädchen selbst dann an, wenn es seine Liebe gar nicht erwidern würde – allein die Hoffnung, es könnte dies irgendwann, jemals tun, reichte ihm. Und selbst wenn er wüsste, es würde dies nie tun – er würde das Mädchen noch immer lieben... Allein die Vorstellung, allein die Sehnsucht selbst, es hätte in einem anderen Leben... Konnte dies noch Narzissmus sein? Es war ein Mysterium. Ein Mädchen war ein absolutes Mysterium.

Narzissmus existierte bei Hundebesitzern. Jeder Hundebesitzer wurde von seinem Hund absolut bestätigt. Ein Hund war absolut auf sein Herrchen oder Frauchen fixiert – das war Narzissmus. In jeder Minute wurde der Mensch bestätigt, treu blickte der Hund fortwährend zu einem auf und wartete auf die Wünsche des Herrn... Und man sagte auch: Hündischer Gehorsam.

Ein Mädchen war etwas völlig anderes. Es war von Anfang an absolut eigenständig. Sanfte Anmut... Wenn ein Mädchen seine Liebe verschenkte, so war dies eine vollkommen freie Tat – ein Wunder. Gerade darum war es das höchste Mysterium ... die *Erwiderung* der Liebe durch ein Mädchen... Man konnte allenfalls darum bitten... Manche Männer flehten um diese Liebe, die absolut unverfügbar war. *Frei* wie ein Mädchen... Das hatte ich auf dem See gesehen... Ein Mädchen war absolut frei – seine Seele gehörte nur Gott. Ein Mann konnte diese Liebe niemals erringen. Und wenn – dann war es ein Wunder. Dies war das Mysterium eines Mädchens. Seine Seele war *unverfügbar*, in absoluter Hinsicht.

Im Grunde war das Mädchen die Göttin des Mannes... Es war also gerade das Gegenteil von Narzissmus. Im Grunde ordnete sich der Mann dem Mädchen unter – zumindest genauso, wie er dann von dem Mädchen belohnt wurde, das seine Gnade (die Gnade seiner Liebe) dann über dem Mann ausströmen ließ, *wenn* sie es tat...

Aber der Mann hatte diese unsägliche, unbezwingbare Liebe zu dieser *Zartheit* des Mädchens... Dieser Unschuld, dieser Verletzlichkeit, dieser Weichheit, dieser unglaublichen Liebesfähigkeit des Mädchens ... mit der es kein Gott aufnehmen konnte. Der Mann betete das Mädchen an, weil er nichts so liebte und ersehnte und anbetete wie diese Weichheit, dieses Zarte, dieses *so absolute Gegenteil* seiner selbst.

Das war die Lösung des Mysteriums. Es ging überhaupt nicht um Narzissmus – es ging um die Polarität. Das Mädchen war etwas, was der Mann niemals sein würde – und selbst wenn er es sein würde, wäre das Mädchen ihm schon wieder meilenweit voraus. Das Mädchen war der Engel des Mannes. Seine ewige Führerin. Sie ging ihm voran, sie zog ihn hinan. Dies war das Geheimnis des Mädchens. Der Mann betete das Mädchen an, weil er nur so zu Gott gelangen konnte. Er musste durch das Mysterium des Mädchens gehen... Der direkte Weg zu Gott mochte eine Abkürzung sein, aber sie ging nicht *weit* genug. Im Mädchen lebte ein Mysterium, das der Mann nie kennen würde, wenn er nicht das Mädchen noch mehr lieben würde als Gott. Er *musste* es tun. Nur so konnte er seine Mission erfüllen...

Er *musste* von dem Mädchen die absolute Reinheit und Unschuld lernen – die er selbst dann nicht besaß, wenn er es *wollte*. Er *musste* das Mädchen mehr lieben als Gott – nur so würde er von dem Mädchen so vollkommen verwandelt werden, wie er es sich nicht einmal vorstellen konnte.

Auch Christus würde einen offensichtlich verwandeln können. Aber ... dann würde ganz offensichtlich das Geheimnis von männlich und weiblich schlechthin aufhören, an ein Ende kommen. Indem der Mann das Mädchen liebte, *wollte* er also gar nicht völlig aufhören zu existieren. Er konnte die Polarität schon deshalb nicht erreichen, weil er sie aufrechterhalten wollte. Er *wollte* dem Mädchen in Sanftheit und Zartheit unterlegen sein, um *ihre* Zartheit spüren zu können.

Man war also doch wieder bei einem leise narzisstischen Aspekt. Es sei denn ... das Mädchen wollte *auch* nicht, dass die Polarität aufhörte, weil es auch beim Mann etwas fand, was es selbst nicht hatte und unsäglich liebte. Gab es dies...?

Aber darüber ganz hinausgehend ... der Mann *wollte* nicht nur geliebt werden. Er fand das Mädchen schon an sich so unendlich rührend ... er liebte es auch so unendlich. *Er* liebte das *Mädchen!* Schon jede kleinste Zuneigung des Mädchens empfand er als Segen. Und es berührte ihn schon in seinem bloßen *Dasein.* Das Mädchen musste nur da sein, so sein, wie es war – und berührte bereits. Rief die Liebe hervor ... aus Tiefen, in die sie geflüchtet war, vor der Härte der Welt. Es *war* kein Narzissmus. Der Mann liebte das Mädchen hingebungsvoll – weil es Mädchen war! Zart, sanft, beschützenswert.

Hatte sie nicht von den Perlen gesprochen? Das Mädchen war oft die reinste, heiligste Perle ... vor die Säue geworfen. Denn man erkannte es gar nicht – und führte weiter sein belangloses Leben, während ein *Engel* unter den Menschen wandelte. Und unter ihnen litt... Unter ihrer Härte, ihrer Blindheit, ihrer Arroganz ... ihrer Gottesferne. Ihrer Härte, während alles am Mädchen weich war... Ihrer Oberflächlichkeit, während alles am Mädchen tief war, unschuldig und aufrichtig.

O ja, der Mann liebte das Mädchen längst *vor* allem Narzissmus. Er liebte das unschuldigste und schönste Geschöpf des ganzen Kosmos... Er wurde von ihm berührt und zutiefst verwandelt. Er gab sich dem Mädchen hin, um von ihm verwandelt zu *werden*. Christus hatte die Menschen geheilt. Das Mädchen aber heilte den *Mann*. Gäbe es mehr *Mädchen* auf der Welt – ich sprach immer von Lilie –, und würden diese wahrhaft *gesehen* ... die Welt wäre ein Paradies. Denn die Seelen der Menschen würden abgrundtief *geheilt* werden.

Und nun schien es mir unbezweifelbar, weitaus stärker noch als der aus den Höhen herabströmende Weihnachtsfriede: *Mädchen waren die Arznei des Kosmos*. Mädchen waren wirklich die Arznei des Kosmos. In ihnen wurde die Seele *überhaupt* geheilt – in den Mädchen –, und sie heilten auch alles Übrige... Die ganze Welt war krank. Mädchen aber waren nicht nur gesund – sie waren die *Heilung*. Lilie war die Heilung.

*

Und jetzt wandte sich mein Bewusstsein, wandte sich meine Seele wieder diesem Mädchen zu, das so unschuldig mit dem Fäustling in meiner Hand neben mir ging – in gewisser Weise voller Vertrauen *mit* mir gehend ... in anderer Weise mich auf diese zutiefst unschuldige Weise gerade führend ... und doch in diesem Moment ganz versunken in seine eigenen Gedanken und Gefühle, in sein Erleben des Winterwaldes und des Weihnachtsfriedens. Und als ich es *so* sah, dieses Mädchen, so vertrauensvoll, so hingebungsvoll, so sehr den Schlüssel zu den Mysterien in seinem Herzen haltend, und ganz mit ihnen verbunden, so unschuldig und so verletzlich ... da *wurde* etwas in mir in einer großen Tiefe und Weise geheilt. Wurde still und *erfüllte* sich mit Stille.

Schließlich trafen sich unsere Blicke – und sie lächelte, wie nur ein Mädchen lächeln konnte. Mit einem Blick, der vertrauensvoll die Harmonie voraussetzte und gleichzeitig *erheischte*, gleichsam still erfragte und erbat ... und zugleich wiederum eben so vertrauensvoll voraussetzte. Es rührte mich so sehr. Nur dieser kurze Blick, voller Eintracht, ganz ohne Worte, diese brauchte es gar nicht...

Aber dann sagte sie nach ein paar Schritten weich:
„Bist du fertig mit Nachdenken...?"
„Hast du das *gemerkt*?", fragte ich, erneut berührt.
„Ja!", lächelte sie. „Du warst ganz versunken..."
Und ich dachte, sie wäre versunken! Aber ihr feines Spüren, buchstäblich ihr Gespür, verbunden mit ihrer tiefen Empathie, ja Selbstlosigkeit, erlebte auch immer, wie es den *anderen* ging... Und ein weiteres Mal berührt bemerkte ich, dass sie das, was ich auch immer gedacht haben mochte, gar nicht antastete, so unendlich sanft war ihre Seele...

„Und du...?", fragte ich vorsichtig, mit der Sehnsucht, mich ebenfalls als empathisch zu erweisen und Anteil an ihr zu nehmen – wenn ich es schon nicht so intuitiv konnte wie sie. „Bist du ... immer bei dem *Weihnachtsfrieden* – oder er bei dir?"
„Ja...", lächelte sie. „Aber natürlich auch bei dem Frieden *hier*. Einfach *so* dem Frieden. Wie es hier so ruhig ist und alles... Ist das nicht wunderschön?"
„Doch, ist es..."

Sie ging wieder ein paar Schritte.
„Aber natürlich denke ich *auch* nach. Als du so still warst, habe ich auch ein bisschen nachgedacht..."
„Ja?", fragte ich fast überrascht. „Und worüber denkst *du* nach? Mitten an Weihnachten, wo man nicht nachdenken soll?"
Sie blickte mich an und forschte kurz in meinen Augen, sah aber keine Ironie.
„Das habe ich nicht *gesagt*... Es gibt ja auch tiefere Gedanken ... die auch mit Weihnachten zu *tun* haben, irgendwie... Man soll nur Weihnachten nicht *verlassen*. Man soll mit seiner Seele im Weihnachtserleben *bleiben* – selbst auch weihnachtlich bleiben, soll die Seele..."

„Aha...“, sagte ich berührt.

„Und...“, fragte sie weich. „*Warst* du das?“

„Ich? Ähm ... ja, ich ... bin mir eigentlich ziemlich sicher, dass ich das war, Lilie. Ich bin sogar wesentlich weiter gekommen im ... im *Spüren*... Das waren sehr wichtige Gedanken, glaube ich.“

„Und was waren das für Gedanken? Wenn ich dir helfen soll, musst du es sagen...“

„Ja, auf jeden Fall. Aber im Moment brauchst du es nicht, Lilie. Ich hatte sie nur still für mich...“

Wieder sah sie mich kurz an.

Ich spürte, wie sie so etwas dann wie eine absolute Grenze achtete, die ihr heilig war.

„Und du?“, fragte ich berührt. „Hattest du auch solche Gedanken, nur still für dich...?“

Auch sie wollte ja in dieser Zeit gar nicht so viel reden, und ich hätte es unmittelbar verstanden.

„Ja, vielleicht...“, erwiderte sie weich.

Auch mir war ihr stilles Innere heilig, aber sie fuhr dann mit zarter Aufrichtigkeit fort:

„Ich habe über *uns* nachgedacht...“

Ich bekam einen riesigen Schrecken. Über *uns*? Was hatte sie denn über *uns* nachgedacht? Eine regelrechte Angst stieg in mir auf – Angst vor dem Schlimmsten.

Sie sah mich an, sie hatte es bemerkt.

„Was ist denn, Benedikt? Habe ich was Falsches gesagt?“

„Nein...“, brachte ich hervor. „Ich – –“ – Und dann gestand ich einfach die volle Wahrheit. „Ich weiß es auch nicht – – es ist ... einfach so *schwer*... Wenn ... einem jemand so viel bedeutet. Ich habe sozusagen Angst vor *allem*, was passieren könnte. In gewisser Hinsicht, meine ich. Und zugleich weiß ich, dass ich ... nichts erwarten darf ... ich meine ... nicht einmal in adventartiger Bedeutung. Ich ... ich dürfte dich nicht einmal *beeinflussen* wollen – und das will ich auch nicht! Aber streng genommen dürfte ich nicht einmal *dies* alles sagen – denn es ... es liegt bei *dir*, Lilie, das weiß ich – und das soll auch so bleiben... Ich wollte eigentlich nur erklären ... das ist alles... Am besten, du vergisst es alles gleich wieder... Wie kann man so was einem Mädchen aufhalsen? Ich bin ja völlig verrückt – ich fühle mich so idiotisch! Es tut mir leid, Lilie..."

„Aber *was* denn, Benedikt?", fragte sie weich, geradezu besorgt. „Nichts, vergiss es einfach – lass dich durch mich einfach nicht beeinflussen. Das ist alles, was ich sagen wollte..."
Noch immer gingen wir Hand in Hand – und nun fühlte ich auch noch ihren forschenden Blick in meinem Gesicht, den ich kaum zu erwidern wagte... Ich schämte mich in Grund und Boden...
Weich fragte Lilie nun, fast zärtlich in ihrer Fürsorglichkeit, aber auch mit einem Hauch von Lächeln, ja zartester, unschuldigster Verführung:
„Hast du ... Angst vor dem, was passieren könnte, oder vor dem, was *nicht* passieren könnte?"
Ich war ihr völlig ausgeliefert.
„Vor allem vor dem, was passieren könnte", gestand ich aufrichtig.
„Aber", erwiderte sie sanft, „ich hatte dir doch gesagt, dass du keine Angst zu haben *brauchst*..."

„Lilie, du hast auch deine Freiheit. Was soll denn das heißen, ich brauche keine Angst zu haben?"
„Angst ist eigentlich Unglaube, oder?", sagte sie unbeirrt. „Man *glaubt* nicht, dass man keine Angst haben muss... Es ist wieder das Gleiche. Aber man soll doch *Vertrauen* haben. An Gott soll man sogar *bedingungslos* glauben – unter allen Umständen. Aber ... wie will man das denn *lernen*...?"
Ihre Beweisführung berührte mich tief. Aber ich wandte ein:
„Gott hat ... wahrscheinlich niemals die Möglichkeit, einen im *Stich* zu lassen, sozusagen. Aber ... ein Mädchen hat auch ein *eigenes* Leben. Eines, das sie jederzeit führen kann, wie sie will."
„Ach ja?", lächelte sie fast zart neckend.
Mir wurde wieder unbehaglich. Was meinte sie?
„Du könntest ruhig ein bisschen mehr Vertrauen in mich haben. Ich spreche ja nur von einem *bisschen*..."

Damit beschämte sie mich tief.

„Ja, du hast Recht, Lilie... Es ist ja auch nur deshalb, weil du mir so unendlich kostbar bist..."

„Und *warum* ... wenn ich das gar nicht *verdienen* würde?"

„Lilie – du musst nichts verdienen!", sagte ich entgeistert.

Sie fühlte sich nicht richtig verstanden und antwortete:

„Ja, ich muss nichts verdienen. Aber *verdiene* ich denn nicht dein Vertrauen ... wenn ich so kostbar bin?"

„Doch...", sagte ich völlig geschlagen. „Mehr als jeder andere..."

Wir gingen eine Weile schweigend. Lilie war zufrieden. Und doch sann sie nach. Schließlich sagte sie:

„Gott jedenfalls *musst* du vertrauen, Benedikt. *Lerne* es mal... Wie willst du es denn lernen...?"

„Ja...", gab ich zu. „Ich weiß nicht."

Lilie ging ein paar Schritte nachdenklich.

„Und *umgekehrt*...", sagte sie dann weich, „wenn du *Gott* vertrauen würdest ... wäre alles andere *auch* leicht..."

Ich vertraute also weder Gott noch ihr. Nun schämte ich mich wirklich in Grund und Boden.

„Ich liebe dich, Lilie...", sagte ich hilflos. „Ich gebe es auf, Angst zu haben... Ich gebe mich in deine Hand..."

„Siehst du?", erwiderte sie fast strahlend. „Ich habe *gesagt*, dass es leicht ist..."

War sie sich des Ernstes meiner Worte überhaupt bewusst? Aber – war ich des Ernstes *ihrer* Worte bewusst?

„Ich liebe dich Lilie..."

„Ich hab dich auch sehr, sehr lieb..."

Und in diesen Worten lag alles – die ganze Tragik und der ganze Segen... Aber der Segen überwog, bei weitem...

*

Am frühen Nachmittag besuchte sie Verwandte – einen Onkel, eine Tante und einen Cousin. Sie sagte, auch das gehörte für sie zu Weihnachten – und sie war schon lange an diesem Tag eingeladen gewesen, seit die Reise ihrer Eltern festgestanden hatte.

Ich hatte also mehrere Stunden nichts zu tun. Nichts anderes, als an sie zu denken. Und vor der unfassbaren Tatsache zu stehen, dass sie mich gleichwohl für sieben Uhr wieder eingeladen hatte, um mit ihr noch ‚den Weihnachtsbaum' erleben zu können, wie sie sagte.

Dennoch gab es natürlich andere Menschen in ihrem Leben. Sie war auch für ihre Verwandten da, freute sich auf sie. Und auch einen Cousin gab es – in ihrem Alter. Ein Jahr älter. Das war *in ihrem Alter*. Und es gab viele andere. Es war klar, dass hier früher oder später Anziehungen entstehen würden. Auch auf ihrer Seite... Es war nicht zu ändern. Und man musste es ihr doch sogar wünschen! Was für ein Mensch war ich bloß, dass ich mir – mir, nicht ihr! – wünschte, dass dies *nicht* geschah?

Aber hilflos konnte ich an meinen Wünschen nichts ändern – und sie um keinen Deut selbstloser machen... Ich hasste mich geradezu selbst. Und doch sehnte ich mich so nach ihr, konnte gegen meine Wünsche einfach nichts tun...

*

Als ich um sieben Uhr bei ihr war, begrüßte sie mich freudig. „Hallo, Benedikt!", sagte sie strahlend. „Ich bin auch gerade erst wiedergekommen."
Sie schien eine so gute Zeit gehabt zu haben, dass ich mich fast fremd fühlte, wie ein Störenfried, unpassend, aus einer anderen Welt...

Ich legte meinen Mantel ab, zog die Schuhe aus und stand dann so vor ihr, hilflos, regelrecht ratlos.
Dann sagte sie, selbst unsicher:
„Ich weiß eigentlich *auch* nicht... Ich wollte mit dir ... wieder den *Weihnachtsbaum* erleben. Wenn du willst... Aber jetzt bin ich etwas unsicher. Was es dir bedeutet... Was es dir ... noch nicht bedeutet... Was gut wäre... Und was nicht..."
„Mach einfach, wie du denkst, Lilie...", sagte ich weich.

„So einfach ist das ja nicht...", erwiderte sie. „Vielleicht ... vielleicht habe ich *auch* Angst ... dass ... dass dir etwas ... gewöhnlich wird oder so..."

„Das kann nicht passieren, Lilie!"

„Aber ... wenn ich wieder etwas singe ... Dasselbe..."

„Du weißt doch – es *gibt* nicht dasselbe. Gerade bei dir spielt es keine Rolle, wie oft du ‚dasselbe' singen würdest, Lilie. Bitte mach dir keine Sorgen. Vertrau mir!"

Sie sah mich eine kleine Weile an. Dann sagte sie:

„Gut – ich *vertraue* dir. Wie schön, dass wir das können..."

Sie verharrte noch. Dann sagte sie feierlich:

„Du musst dann auch in genau dieser heiligen Stimmung, wie gestern, mit mir die Kerzen anzünden, ja? Kannst du das?"

Mein ganzer Atem veränderte sich. Ich spürte ihren Ernst, *ihre* Verwandlung – und sie führte mich wieder mit sich.

„Ja, Lilie...", sagte ich mit gedämpfter Stimme, ebenso ernst.

Diesmal ließ Lilie das Licht gleich aus. Wir brauchten wieder die Leiter für die obersten Kerzen – die ich diesmal sehr suchen musste, weil es so dunkel war, aber wir hatten zuerst die mittleren Kerzen entzündet, und Lilie hatte sich aufmerksam eingeprägt, wo die Kerzenhalter saßen, und half mir, sie zu finden. Schließlich hatte ich die Leiter wieder in den Flur gebracht, Lilie war mit mir gekommen, hatte das Flurlicht ausgemacht – und mich dann wieder an der Hand genommen. Und in dem Moment war die Magie wieder unrettbar alles bestimmend. Ihre Hand...

Wieder knieten wir in einigem Abstand vor dem wunderschönen Baum und der Krippe nieder, deren Teelicht Lilie mit besonders heiliger Ehrfurcht entzündet hatte... Und dann zog der schweigende Eindruck mächtig in mein Inneres ein – Lilies heilige Stimmung half mir, an irgendetwas ‚Gezwungenes' nicht einmal zu *denken*, geschweige denn, es zu empfinden. Und dann erhob sich wieder ihre Stimme... Und hatte sich irgendein Winkel meiner Seele vielleicht doch vor einer Art Gewöhnung gefürchtet, einfach vor einer ‚Wiederkehr des Gleichen', so war dies längst weltenfern gewesen – und als sie begann, zu *singen*, da war es um mich ein weiteres Mal wirklich geschehen. Wieder wurde ich zutiefst verwundet von einer mir unbegreiflichen Schönheit. Von diesem Überirdischen, das Lilie sowieso um sich hatte, jetzt aber gleichsam absolut verkörperte – eine leuchtende Unschuld, die fassungslos machte, aber mehr als das: die unrettbar in *ihre Sphäre hob*... Lilie sang ... und ein weiteres Mal begriff ich Weihnachten ... ergriff mich Weihnachten...

Nicht nur meine Knie taten mir weh, sondern auch die Tatsache, dass ich meine Stellung ändern musste – ich tat es ganz vorsichtig. Und als Lilie aufgehört hatte, zu singen, ließ ich mich auf das *Schweigen* ein, während ihr Gesicht vor Frieden und stiller Innigkeit leuchtete... All dies ging zart auf mich über, ich tauchte in die Schönheit des Baumes ein, der alles umfasste, was sie mich gelehrt hatte; ich ließ mich von dem Bild der Krippe berühren, das wieder von dem treuen kleinen Teelicht erhellt wurde. Und ich ließ mich berühren von der Situation *überhaupt*, in die ich selig eintauchte, weil sie mich selig machte.

Schließlich sagte sie fast flüsternd, noch immer so zutiefst heilig durchdrungen:
„Wenn alle Menschen *dies verstehen würden*, Benedikt..." – sie meinte dies alles, was wir gerade schauten –, „die Welt könnte nicht mehr schlecht sein..."
Still schaute sie weiter innig versunken. Und sagte, leise anknüpfend:
„Es würde alles verschwinden... Alles, was ... nicht *so* ist..."
In ihren Worten lag etwas Unendliches.
Sie sah die absolute Heilung...

Leise fragte sie dann schließlich:
„Du hast noch *Zeit*, oder?"
„Alle Zeit der Welt, Lilie...!", erwiderte ich fast bestürzt.
Anmutig erhob sie sich.
„Komm..."
Sie ging zum Sofa und bot mir wieder meinen Platz an.

175

Und als ich mich gesetzt hatte, kuschelte sich dieser kleine Engel einfach wieder an mich! Ihre so unglaublich zarte Geste und Konsequenz überwältigte mich fast – und ihre Weichheit erschlug mich regelrecht... Sie nahm mir diesmal nicht auch noch den physischen Atem, sie betörte mich in anderer Weise. Ich war regelrecht hilflos vor *Glück*. Ich konnte es nicht fassen, wie etwas, ein Wesen, so *weich* und gleichzeitig so *vertrauensvoll* sein konnte...

In einem innigen Glück, einer seligen Wohligkeit, schien auch sie gar nichts weiter sagen zu müssen... Sie blickte einfach auf den Baum. Ich konnte es nicht fassen, welche Harmonie sie empfand... War ich ihr würdig? Sah sie die Dinge richtig? Entsprach ich dem, was sie gerade so glücklich genoss...? War ich fromm und gläubig genug ... für sie? Ich hoffte so innig, sie nicht zu enttäuschen...

Schließlich, nach langer Zeit, flüsterte sie fast nur:
„Möchtest du was sagen...?"
„Nein..."
Sie schwieg auch eine Weile weiter. Dann fragte sie:
„Hast du noch Angst...?"
„Ja... Schon..."
„Wovor?"
„Vor deinem Vertrauen... Deine Schönheit nimmt mir den Atem, Lilie... Aber was, wenn ich es gar nicht wert bin? Ich meine ... mit dir *ergreift* mich alles immer so ... zutiefst ... aber ... ich weiß nicht, ob ich ... der bin, den du dadurch zu *sehen* meinst... Ob ich auch nur für ein Viertel so wäre, wenn du *nicht* dabei wärst..."
„Du meinst, ob du von *dir* aus an Gott glauben würdest, ganz wirklich?"
„Ja..."
„Das *entwickelt* sich ja...", antwortete sie weich.

Ich schwieg ein wenig hilflos.
„Glaub mir..."

Ihr Vertrauen ließ mein schlechtes Gewissen nur zunehmen.
„Wovor hast du denn Angst, Benedikt?"
Ich kämpfte mit mir... und gestand dann:
„Davor, dich zu enttäuschen, wenn du merkst, dass ich dich *mehr* liebe als Gott, Lilie... Das wird auch immer so bleiben... Vielleicht lerne ich Gott durch dich *erkennen*. Aber ich werde nie so werden wie du... Ich werde immer *dich* lieben, Lilie..."
Lilie schwieg – *hatte* ich sie schon enttäuscht?
Angst kroch in meine Glieder. Verzweifelt blickte ich auf den Weihnachtsbaum... selbst die stillen Flammen der Kerzen schienen mich plötzlich abzuweisen...
„Wenn es *geschehen* ist, sag es einfach, Lilie...", flüsterte ich fast nur noch.
„Was geschehen?"
„Wenn ich dich enttäuscht habe..."
Sie rührte sich nicht.
„Ich habe solche *Sehnsucht* nach dir, Lilie... Ich war noch nie so glücklich. Wer mich glücklich macht, bist *du*. Ich versuche, alles zu erleben, was du mir nahebringst – wirklich! Und sehr aufrichtig. Aber nichts wird etwas daran ändern, was ich am *tiefsten* liebe..."
Als sie noch immer schwieg, fragte ich verzweifelt:
„Soll ich *gehen*, Lilie?"
„Nein...", erwiderte sie ein wenig gequält.
„Aber ... was *wird* jetzt aus uns...", fragte ich voller Scheu.

„Benedikt?", fragte sie verletzlich.
„Ja?"
„Können wir ... ich meine ... können wir trotzdem *Weihnachten* erleben? Jetzt? Ganz wirklich? Würdest du das können?"
„Ja, Lilie...", sagte ich innig – und ich meinte es von ganzem Herzen.
Plötzlich hörte ich ihr leises Schluchzen. Ich war zutiefst bestürzt.
Aber dann brachte sie hervor:
„Mehr *will* ich gar nicht...!"
Sie war geradezu hilflos dankbar!

Ihr zartes, verletzliches Bedürfnis erschütterte mich so sehr, dass ich sie unendlich vorsichtig in meine Arme schloss, was ich bis jetzt kaum gewagt hatte.

„Lilie...", flüsterte ich unendlich behutsam. „O Gott, Lilie – ich will *so sehr* alles tun, wonach du dich sehnst! So sehr... Ja! Wir erleben nichts anderes... Wir erleben Weihnachten, Lilie. Es ist *dein* Weihnachten... Und ... es ist *mein* Weihnachten... Ich habe es noch nie erlebt... Und mit dir ist es so ein *Wunder*... Ein so heiliges, unbeschreibliches Wunder...!"

„Mit dir auch...", brachte Lilie mit neuem halben Schluchzen hervor. „In Wirklichkeit muss man zu Weihnachten jemanden *haben*, Benedikt... Man kann nicht allein sein... Das weiß ich jetzt. Man möchte so sehr etwas *teilen*... Irgendetwas... Etwas davon. Ich konnte noch nie so viel teilen, Benedikt... Auch ich war so glücklich ... und *bin* jetzt so glücklich... Mit dir ... ist es *auch* ein Wunder, Benedikt... Weißt du...?"

Und nun überwältigten mich meine Tränen. Ich musste hilflos weinen...
„O Gott, Lilie – ich bin so – ich bin so *unendlich glücklich!* – Du kannst dir nicht vorstellen – – ich danke dir so sehr! Du bist so ein Wunder... Ich – weiß nicht, was ich – sagen soll – –!"
Sie kuschelte sich noch inniger an mich.
Ich streichelte ganz zärtlich und behutsam ihren Arm...
„Friede auf Erden...", flüsterte sie. „Benedikt – spürst du es? Wir sind gesegnet..."
„Ja...", erwiderte ich, während Tränen mir still die Wangen hinab rannen. „Ja, ich spüre es..."
Ein absolut überirdisches Wunder hüllte den gesamten Raum ein – und es hatte zwei Quellen... Sie waren jetzt gleichsam untrennbar und überwältigten mich *gemeinsam*...

*

Lange hatten wir so gesessen, gleichsam entrückt in einen heiligen Strom von Glück.

Dann irgendwann fragte sie leise:
„*Wie* ... müsste eine Welt aussehen ... in der *dies* eine Realität werden würde...?"
Sie meinte noch immer jenes heilige Geheimnis, das vor unseren Augen offen sichtbar anwesend war, sein Licht und seine Gnade verbreitete, zart und unaufhaltsam...

Sie erwartete offenbar nicht einmal von mir eine unmittelbare Antwort – der ich von der Frage ohnehin tief überfordert war –, sondern nach einigen Momenten fuhr sie selbst leise fort:
„Würde es ... noch immer *Papier* geben? – – Ja ... aber man würde ganz andere Dinge darauf schreiben und drucken; und man würde viel weniger verbrauchen, viel bewusster..."
Ich lauschte ihrer Stimme nach, die für mich allein schon so ein Wunder an Schönheit war ... und spürte dem innig-guten Willen nach, der mit ihr so absolut eins war...
„Würde es – noch Bürostühle geben? Ja ... aber man würde ganz, ganz anders auf ihnen sitzen – als ganz anderer Mensch... Und für ganz andere Arbeiten... Alles hätte mit *Liebe* zu tun. Und *ohne* Liebe würde *nichts* sein; alles ohne Liebe würde *wegfallen*. Es würde einfach nicht mehr da sein..."

Ihre wunderbare Stimme und was sie sagte, berührte mich so außerordentlich. Es war, wie wenn sie etwas ansprach, was als tief schlummernder – und auch tief verschütteter – Keim in jeder einzelnen Seele irgendwo verborgen war. Man steckte es irgendwohin, man verbarg es, man vergaß es, irgendwann legte sich Staub darüber, dann noch Schwerwiegenderes... Und bei *ihr* lebte das alles ganz nah an der Oberfläche, gleichsam ungeschützt, nie vergessen, immer lebendig...

„Und man würde nicht für Geld arbeiten, sondern wegen der Liebe. Weil man es *wollen* würde..."
„Du meinst ... so eine Art bedingungsloses Grundeinkommen?"
„Ja – solange es Geld überhaupt noch gibt. Denn wozu eigentlich? Jeder dürfte alles haben, was er braucht – und keiner dürfte *mehr* haben. Und was seltener wäre, dürften nicht die mit dem

meisten Geld haben, sondern die, die es am meisten *verdienen*. Nicht die, die am meisten verdienen – sondern die, die *es* am meisten verdienen..."
Ihre Gedanken schienen so weltenfern zu sein – und berührten doch so unmittelbar das Herz. Nie hatte ich jemandem so innig und berührt zugehört. Ja, ich liebte dieses Mädchen unendlich ... aber was sie sprach, war so sehr *eins* mit ihr... Niemand sonst hätte es je so *wahr* aussprechen können. Einfach aus-sprechen, mitten aus dem Herzen in die Worte ... mit einer Wärme, die ihre Stimme bereits hatte, wenn sie *überhaupt* nur sprach...!

„Und man hätte *Zeit*. Alle hätten Zeit. Niemand müsste ständig arbeiten. Auch nicht acht Stunden. Vielleicht sechs – oder auch vier. Eher nur vier... Und warum? Weil so unendlich, unendlich viel wegfällt... Sinnloses Zeug... Allein schon irgendwelche Comics, Filme, Krimis, Plastikfiguren, *überhaupt* alles Plastik... Man bräuchte auch nicht tausend verschiedene Getränke, Schokoladen, Handys, Handyschutzhüllen – nicht tausend verschiedene Portemonnaies, Handtaschen, Mützen, Sonnencremes und Millionen anderer Dinge..."
„Aber ... willst du Einheitsprodukte?", fragte ich nun doch vorsichtig. „Eine Mütze für alle? Im Sozialismus gab es das..."
„Nicht *eine* Mütze – es geht um das Prinzip, Benedikt. Würden die Menschen nicht viel lieber eine kleine, aber gute Auswahl haben – und dafür nur *vier* Stunden arbeiten müssen? Jetzt können sie sich jeden nur denkbaren ‚Müll' kaufen, aber es wird auch unendlich viel weggeworfen – wo landet das alles? Und unendlich viel wird nur gekauft, um sich irgendwie darüber hinwegzutrösten, dass man vor lauter Arbeiten kaum noch zum *Leben* kommt. Ist es nicht so, dass die Gier der Menschen nach lauter Wohlstand fast immer nur darüber hinwegtäuschen soll, dass sie den einzigen *wirklichen* Wohlstand gar nicht haben? *Zeit*...? Echte Zeit...?"

Ich dachte ergänzend: Und selbst die Zeit, die man dann hatte, schlug man mit idiotischen Dingen tot... Ich sagte das nicht, es war zu trivial – wäre mir wie eine Verschmutzung des Heiligen vorgekommen.

„Ja...", erwiderte ich nur leise, innig eins mit ihren Gedanken.

In traurigem Nachsinnen fuhr sie schließlich fort: „Man weiß eigentlich gar nicht mehr, was *Leben* wirklich ist... Erst, wenn alles so ungeheuer Unwichtige wegfiele ... würde man es wieder *bemerken* können! So aber vergisst und verlernt man es immer stärker. Man wird regelrecht verrückt ... wir haben ja schon darüber gesprochen..." Ich musste wieder an den Verkäufer des grässlichen Weihnachtsbaumschmuckes denken. „Ja..."

„Wenn man aber aus *Liebe* alles tun würde, dann ... würde man nicht mehr irgendein blödes Handy zu verkaufen versuchen und mit sinnloser Werbung die Leute davon zu ‚überzeugen' versuchen, dass es doch viel besser als hundert andere ebenso blöde Handys ist, sondern man würde ... zum Beispiel einem *Kind Nachhilfe* geben... Aber dieses Kind müsste auch nicht etwas lernen, was es gar nicht lernen will, weil es sinnlos ist, sondern die meisten Berufe könnte man *auch so* machen... Weil es nur die Liebe bräuchte – und jemand, der besonders gut in Mathematik ist, diese Liebe vielleicht viel weniger hat als jenes Kind..."

Ich überließ mich so unbeschreiblich dem Strom ihrer Liebe... „Und was glaubst du ... wer hat es dann mehr verdient, zum Beispiel Urlaub machen zu können in einer schönen Berghütte, für die man nicht unglaublich viel Geld bezahlen muss, sondern für die die Gemeinschaft entscheidet, wer dort Urlaub machen *darf*? Was meinst du, wer hat mehr Recht dazu – der, der dem Kind geholfen hat, oder der, der eine von diesen hundert Sorten von Handys verkauft?"

„Es ist offensichtlich, Lilie..."

„Aber so wird es ja heute nicht gemacht!", klagte sie. „Heute verdienen die einen viel Geld und *kaufen* sich mit diesem vielen

Geld einfach das Recht, irgendwo Urlaub zu machen – so dass selbst die *Natur* unter ihnen leiden muss!"

„Die Natur?"

„Ja – denkst du, die Natur erträgt das *gern* ... all die Leute, die sie ertragen *muss?*"

„Hat die Natur denn ein Bewusstsein?"

„Ganz sicher. Ich bin sicher. Nicht unseres – aber wir haben auch nicht das der Natur. *Sonst wären wir viel weiser!* Kannst du das nicht verstehen?"

Mein Verstand verstand nur, dass sich über Jahrmillionen durch Mutation und Selektion alles einzigartig aufeinander angepasst hatte...

Lilie deutete mein Schweigen wahrscheinlich richtig, denn sie fügte schließlich hinzu:

„Alles hat ein Bewusstsein – und selbst die Natur hat eines, denn sie *ist* etwas, Benedikt. Sie *ist* etwas. Die Natur *ist* etwas. Verstehst du?"

Nach meiner Erfahrung wurde etwas nicht wahrer, wenn man es eindringlich wiederholte. Aber man konnte durch eine heilige Eindringlichkeit auch auf etwas *aufmerksam* gemacht werden...

„Du musst unbedingt lernen, die unendliche *Schönheit* in allem zu sehen, Benedikt! Erst dann kannst du es überhaupt verstehen. Erst dann erlebst du auch den *Zusammenhang*. Du erlebst ihn. Er ist dann einfach da. Du erlebst dann, dass die Natur wirklich auch *selbst* etwas ist... Und dann ist dir unbezweifelbar, dass sie unter all den Menschen leidet, die sie *nicht verstehen*, ja viel schlimmer noch, die sie gleichgültig behandeln, oder ‚von oben herab', oder sogar vergewaltigen und all dies..."

All das, was sie sagte, hatte eine seltsame, eine ungeheure Überzeugungskraft.

„Und selbst, wenn die Natur nichts wüsste, gar nichts – nur mal *angenommen* –, selbst dann wüsste noch immer *Christus* alles – und er ist immer da, verstehst du? Und wenn *er* etwas weiß, dann weiß es die Natur auch. Und ich sage dir, es ist so unglaublich *schlimm*... Es ist so schlimm, wie die Menschen mit der Natur umgehen... Und wie gesagt, ich meine nicht, dass sie etwas in die Gegend schmeißen, ich meine, wie sehr sie sie *nicht beachten!* Nicht als das, was sie ist. Wie sie sie völlig nicht beachten... Wie sie gar nichts mehr *wissen*..."

Ich bekam geradezu unmittelbar selbst ein schlechtes Gewissen, denn, wie gesagt, auch ich ,spazierte' einfach so durch die ,Forsten', ohne etwas zu empfinden...

„Weißt du, es sieht scheinbar so aus, als ob man die Natur heute sehr ,liebt' – man reist ans Meer, in die Berge, man macht Windsurfen, Paragliding, Mountainbiking, Walking und wie die ganzen ,-ings' heißen – aber gleichzeitig ist die Natur immer mehr nur noch *Zutat*, sie ist ... sie ist eigentlich nur noch *Kulisse*...

Und man kommt *sich* immer toller vor und ... ,genießt' die Natur eigentlich nur noch so, wie man alles ,genießt' ... wie ein *Fernsehprogramm* eigentlich... Man konsumiert sie eigentlich nur noch... Verstehst du eigentlich, was ich meine...?"

Durch ihre geradezu leidvolle Schilderung wurde mir überhaupt erst wirklich bewusst, dass sich auch dort das Gleiche abspielte, was wir bereits in unseren Gesprächen berührt hatten – die immer stärkere Selbstbezogenheit des menschlichen Inneren; dessen, was man die Seele nannte.

„Ja, Lilie... Ich verstehe es...", sagte ich betroffen.

Und noch tiefer ging mir der abgrundtiefe *Unterschied* auf ... zwischen Lilies Seele und allen übrigen Seelen. Während die meisten Menschen es unglaublich liebten, *sich* immer umfassender ,selbst-zu-verwirklichen', liebte Lilie nichts außer der Wahrheit ... der Wahrheit, dass es jegliche *Verbindung*, ja sogar Kommunion ... überhaupt nur geben konnte in der heiligen Hingabe – also der absolut gegenteiligen Bewegung. Lilie, die diese Bewegung der Seele kannte, ja sogar liebte, erlebte zugleich den *Segen*, die Begnadung dieser Hingabe. Aber ebenso stark erlebte sie die fatale *Verarmung* der gegenteiligen Bewegung, jener verkappten, oft so kaum bemerkten *Selbst*-Sucht.

„Mein Opa...", begann sie jetzt verletzlich, etwas zu offenbaren, was mit ihrem direkten, irdischen Leben zu tun hatte, und was mich bereits berührte, als sie damit *begann*, „der bereits vor meiner Oma starb, aber noch viel, viel älter war als sie, zeigte mir einmal – ich hatte nie erlebt, wie er laufen konnte, er konnte es damals schon längst nicht mehr –, seinen alten Wanderstock... so einen knorrigen, lackierten, aber echten Wanderstock; und er hatte ganz viele Plaketten darauf, alles voll. Und er erzählte mir, wo sie herkamen, wo er sie hatte anbringen lassen oder es auch selbst gemacht hatte. Jede einzelne *bedeutete* etwas – bedeutete eine ganz bestimmte Landschaft, Wanderroute und *erlebte Zeit*. Ich verstand damals – mit vielleicht sechs Jahren – alles noch nicht. Die ganzen Orte, Gegenden, die er aufzählte, sagten mir nichts, und ich verstand auch nicht, warum man das alles an seinem Stock befestigte, obwohl ich die Plaketten wiederum *interessant* fand, in ihrer so unglaublichen Verschiedenheit. Ich fand sie interessant zu betrachten, aber *meinen* Stock hätte ich mir niemals damit vollgemacht, so gesehen fand ich ihn hässlich, als Kind...
Viel lieber als die Namen der ganzen Gegenden war es mir, wenn er wirklich *erzählte*, was er auf der einen oder anderen Wanderung erlebt hatte... Einen Wolkenbruch, ein gefährliches Unwetter... Oder Steinböcke ... oder einen Stein*adler*. Oder ein Unfall – wenn einer der ‚Kameraden', wie er sagte, mit einer einfachen Trage zu Tal getragen werden musste. Oder wenn er mir von den *Gipfelkreuzen* erzählte... Wie sie – als kleine Gruppe von fünf, sechs, sieben Freunden – dort oben dann die Mütze abnahmen, für einige Momente, er zumindest, und still beteten. Er erzählte nur das mit der Mütze ... dass er dann natürlich auch *betete*, wurde mir erst viel später klar...",

Die wenigen Augenblicke der Stille, in denen ihre Stimme zart weiter den Raum *erfüllte*, obwohl sie bereits verklungen war, ließen alles Geschilderte erst recht zu seiner vollen Bedeutung aufblühen. Ich sah alles so seltsam tiefgehend unmittelbar vor mir...

„Aber ich war ja bei den Plaketten...", setzte sie verletzlich wieder an. „Selbst das kann man sich heute nicht mehr wirklich vorstellen... Dass sie nicht einfach nur kurz ‚raufgemacht' werden, weil man wieder einen sogenannten ‚Checkpoint' erreicht hat und sich soviel darauf einbilden kann wie auf einen neuen ‚Like' bei YouTube ... sondern es bedeutete etwas. Es bedeutete eine echte Reise. Eine Reise mit allen Mühen. Mit aller Demut gegenüber Gott, der Natur, den übrigen Menschen, denen man begegnete; es bedeutete Kameradschaft; es bedeutete die Begegnung mit der Natur – mit ihrem Wetter, ihrer unbeschreiblichen Schönheit, ihrer heiligen Würde ... und ihrer Gnade...
Und die Plakette war nicht einfach nur ein Abzeichen – sie war ein Erinnerungszeichen, und alles, alles, was man erlebt hatte, lebte darin irgendwie weiter. Auf diese Weise war der Stock eigentlich ein Lebensstock. Er trug eigentlich das gesamte Leben. Und heute? Heute tragen die Menschen sämtliche ‚Selfies' auf irgendwelchen Geräten – und spazieren mit ihren Fließband-Walkingstöcken durch eine Natur, die ihnen angeblich noch etwas bedeutet ... aber sie wissen überhaupt nicht mehr, was mein Opa erlebt hat. Und sie können es sich nicht einmal vorstellen. Und sie würden es nicht einmal wollen. Und weißt du, warum? Es wäre ihnen zu anstrengend. Und zwar vor allem innerlich!"

Jetzt war ich wirklich erschüttert. Lilie hatte in ihrer ganzen Unschuld – und vielleicht sogar, ohne es überhaupt zu begreifen – das gesamte Zeitalter diagnostiziert, in dem wir lebten. Seine fast unheilbare Krankheit, sein namenloses Leiden – während die Seelen geradezu stolz auf ihre Krankheit waren und auch an diesem Stolz bereits wieder erstickten, ohne es zu merken...

„Manchmal...", sagte Lilie nun sehr leise, fast nur flüsternd, „frage ich mich, wie das geht... Dass die Seele sich so sehr verändern kann ... und dass die Menschen es gar nicht bemerken. Oder so tun, als wäre dies nicht höchst dramatisch – ja sogar noch ein Fortschritt!"
Während ich betroffen meinen Empfindungen nachspürte, die alles, was sie sagte, immer wieder so intensiv auslöste, fuhr sie fort:

„Der verlorene Sohn war auch sehr, sehr zufrieden mit dem, was er hatte. Aber ich frage mich, wie *lange* man damit zufrieden sein kann, während alles immer sinn-loser wird...“

Ich streichelte wieder ganz zärtlich ihren Arm ... versuchte, ihr so ein wenig Trost zu geben ... und sie verstand, dass ich sie grenzenlos verstand – und ich spürte ihre Dankbarkeit... Lange schwiegen wir so. Und dann sah ich, sahen wir, wie allmählich die Kerzen ausgingen. Wie winzige Flämmchen flackerten sie noch eine ganze Zeit – aber dann erloschen sie schließlich, eine nach der anderen. Und auf einmal war mir dies wie ein ungeheures Wahrbild...
Und leise, fast scheu, fragte Lilie:
„Wollen wir sie noch einmal anzünden, Benedikt?“
Und dies erschütterte mich vollends. Denn auch dies trug noch eine geradezu weltentiefe *zweite* Bedeutung in sich...

*

Die neuen Kerzen waren wie eine Offenbarung. Wieder leuchteten sie das reine Leben jedem entgegen, der es wahrzunehmen bereit war. Auch ‚bereit‘ im zweifachen Sinne – *bereitet*. Innerlich bereitet, wie Lilie es mit mir getan hatte. Der Weihnachtsbaum leuchtete einem so zart entgegen, wie Lilie es tat. Zartes, heiliges Leben uns gegenüber ... zartes, heiliges Leben an mich gekuschelt, in meinem Arm...

Wieder schwiegen wir lange, denn alles war gesagt ... und die Kerzen, der Baum, der schlichte Schmuck und die Krippe, sie waren es, die nun sprachen... Deren Botschaft still zu uns herüberströmte. Und immer tiefer begriff ich, was für Lilie *Weihnachten* war. Damit aber Weihnachten überhaupt – denn Lilie erschloss mir überall eine *Wirklichkeit*.

Die Kerzen waren bereits wieder halb heruntergebrannt, als Lilie leise fragte:
„Bleibst du heute wieder *hier*, Benedikt?“

Ihre heilig-zarte Bitte machte mich geradezu hilflos.

„Alles, was du willst, Lilie...", sagte ich mit einem grenzenlosen Staunen, das vor innerer Dankbarkeit überzuströmen schien... Sie schwieg eine ganze Weile ... und ich dachte längst, sie hätte es mit einer stillen, unschuldigen Selbstverständlichkeit einfach hingenommen. Dann fragte sie scheu:

„Darf ich mich ... auch wieder so *hinlegen?*"

„Ja, natürlich...", flüsterte ich voll tiefster Liebe.

Schon der Gedanke daran, an diese so zutiefst vertrauensvolle Geste – noch inniger als das, was sie bereits jetzt tat! –, bereitete mir ein betörendes Herzklopfen. Gestern hatte sie es zugelassen, dass ich ihr Haar gestreichelt hatte...

Sie sah mich kurz an – und fragte noch schüchterner:

„Auch *jetzt* schon?"

„Ja, natürlich, Lilie..." erwiderte ich zutiefst berührt.

Sie blieb an mich gekuschelt.

Ich dachte schon, sie würde sich nicht trauen – oder meinen, dass ich es vielleicht doch nicht wollen würde, sie so zu ‚verlieren', aus meinen Armen...

Aber dann fragte sie scheu:

„Darf ich ... auch meine richtige Decke holen? Darf ich ... mich auch *umziehen*...?"

„Du darfst alles, Lilie..."

„Willst du *auch* schon Zähne putzen...?", fragte sie scheu.

Ich dachte an die Zahnbürste, die sie mir hingelegt hatte, von neuem zutiefst berührt...

„Nein, *geh* du mal...", forderte ich sie zärtlich auf.

Sie sah mich noch einmal an, ob das wirklich alles so in Ordnung für mich wäre ... und dann huschte sie wie eine Elfe hinaus, vielleicht um mich nicht lange warten zu lassen ... oder um den gemeinsamen Zauber nicht zu lange zu unterbrechen, damit er ‚halten' möge...

Ich meinte, ihre scheue Freude geradezu mit Händen greifen zu können, und all dies erschütterte mich wieder zutiefst – sie war so unendlich berührend...!

Während sie Zähne putzte, blickte ich leise fassungslos auf den Weihnachtsbaum. Ich stellte mir vor, wie sie im Schlafanzug bei mir liegen würde, vertrauensselig wie ein Kind, ihr wunderschönes Gesicht auf meinem Bein, der Rest unter ihrer Decke und doch so nah bei mir... Schon die Vorstellung begann, mir leise den Atem zu nehmen. Womit hatte ich dieses unendliche Vertrauen verdient? Womit dies *alles*?

Dann hörte ich, wie sie aus dem Bad in ihr Zimmer huschte. Ich blickte auf die Krippe – oder mein Blick fiel auf ihr Bild ... und in mir stieg die tiefe Empfindung auf, dass hier etwas Heiliges geschah, und dieses Bewusstsein war unabweisbar, stand gleichsam wie ein mahnender Engel mitten im Raum...

Und dann kam sie schüchtern herein. Ich *sah* ihre Scheu, obwohl sie sie nicht zu zeigen versuchte. Fast befangen trug sie ihre Decke, die sie fast verdeckte – und dann huschte sie auch schon auf das Sofa, breitete schnell die Decke über sich aus und legte sich hin ... und schon herrschte wieder das tiefste Schweigen der weihnachtlichen Nacht...

Meine Seele aber war in einer hilflosen Aufregung. Denn sie hatte keinen Schlafanzug angehabt – sie trug ein Nachthemd, so zart und weich wie ihre ganze Gestalt! Diese ganze Zartheit war jetzt unter dieser Decke – und wie anmutig hatte ich sie kurz gesehen, wie unendlich anziehend... Ein weiteres Mal hatte ich das Gefühl, dass meine Kehle regelrecht trocken wurde...

Sie lag da, zum ersten Mal befangen, gleichsam auch nicht weiterwissend – und sogar fürchtend, ob der Zauber nun doch zerbrochen sei, oder irgendetwas; atemlos daliegend und nicht einmal so zu tun wagend, als sei nichts... Ich musste ihr diese arme Furcht oder Befangenheit nehmen – und auch mir fiel nichts anderes ein, als zärtlich und beruhigend ihr Haar zu streicheln, wie gestern... Und ich *spürte* regelrecht, wie sie sich entspannte!

Sie entspannte sich so sehr, dass wir eine ziemlich lange Zeit wiederum nur schwiegen – und wieder leuchteten nur still die Kerzen in den friedlichen Raum hinein... Ich hörte ihren leisen, still dahinfließenden, für meine Ohren geradezu süßen Atem – ich spürte die ganze *Anmut*, die von ihr ausging, während sie wieder völlig im Frieden mit allem zu sein schien ... selig hingegeben an die ganze, tiefe Harmonie mit allem. Und dann fing sie an, ‚Stille Nacht' zu summen – einfach zu summen! Nichts konnte ihr absolutes Vertrauen erschütternder offenbaren – als ihre süße Stimme, wie sie völlig hingegeben diese Weise erklingen ließ. Auch sie, die mir bis dahin wenig bedeutet hatte, gewann nun durch das Summen ihrer Lippen eine absolute Magie!

Etwas später flüsterte sie:
„Ist es nicht alles *wunderschön*, Benedikt...?"
„Ja...", konnte ich nur absolut hilflos zurückflüstern...

Sie brauchte nichts mehr zu sagen. Die heilige Weihnacht war für sie eine absolute Realität. Ich spürte so sehr, dass in diesem Moment für sie *alles* stimmte – alles. Sie war selig, sie war unendlich glücklich, sie war unendlich dankbar – und sie machte *mich* unendlich selig, indem sie mir alles schenkte, was sie überhaupt nur vermochte...

Wir waren absolut eins – und doch konnte jeder auf *seine* Weise diese heilige Weihnacht erleben. Absolut eins... Ich dachte wieder an das Mysterium der Kommunion ... mit ihren Augen, jene erschütternde Einswerdung. Aber auch jetzt waren wir eins – und machten einander zutiefst glücklich, brauchten keine Worte, brauchten nur das, was wir hatten ... sie in meinem Schoß, ich ihr Haar streichelnd. Was für ein heiliges Mysterium!

Und zugleich träumte ich in heilig-zarter Vorstellung von ihrem Körper. Sehnte mich danach, dass ich sie auch unter ihrer Decke streicheln dürfte. Beginnend mit ihrer Schulter, ihrem so zarten Halsansatz, der unendlich weich und keusch gerade noch sichtbar war. Dann ihre Taille, die nur von diesem hauchdünnen, unschuldig-weißen Nachthemd überkleidet war. Allein schon der *Gedanke* an die Weichheit ihres Körpers benahm mir im Geiste den Atem. Und ich wusste: Er würde sogar *noch* weicher sein, als man ihn sich vorstellen konnte...

Die Kerzen brannten langsam hinunter, noch war es nicht so weit. Ich spürte die ganze Heiligkeit dieser Nacht. Meine Vorstellungen waren davon ungetrennt – auch sie waren heilig, wie dieses *Mädchen* mir heilig war, mit allem, absolut allem. Sie war sogar die *Quelle* all dessen, was ich jetzt als heilig erlebte – alles, was ich erlebte, hatte sie mir geschenkt. Ich war ihr so hingegeben wie nur je ein Minnesänger – und sie schenkte mir bereits mehr, als je eine Jungfrau ihrem Minnesänger geschenkt hatte (es mag Ausnahmen gegeben haben).

Und ich spürte, wie meine Seele fortwährend durch eine tiefe *Taufe* und Heilung hindurchging – und ich kann nichts anderes sagen, als dass es die heilige Taufe der *Anmut* war... Ihrer Anmut, der ich ganz und gar hingegeben war. Und zugleich erschien es mir fast wie eine *weltenweite* Anmut, das Geheimnis der Anmut schlechthin, von ihr verkörpert... Wie wenn sich in der Heiligen Nacht ein *Mädchen* offenbarte, das ... zur Heilung der ganzen Welt werden sollte...

Ihre nur so hauchzart bedeckte Taille... Wer auch nur einmal diese weiche, unschuldige Taille ihres Leibes streicheln durfte, der würde nie wieder Krieg führen können. Nichts, nichts mehr würde er tun können, was diesem Mädchen widersprach – er würde auf ewig *ihr* Gewissen, ihr Wesen in sich tragen... Er wäre für immer verwundet ... von der Liebe. Sie hätte sich ihm unauslöschlich eingeprägt.

Würde ich Lilie eines Tages streicheln dürfen? So? Oder auch nur ihre Schulter? Wenn die Decke sie ein wenig frei ließ...? Oder wenn sie schlief und gegen die Zärtlichkeit nichts einwenden konnte oder musste? Vielleicht fand sie es zumindest im Schlaf sogar schön... Oder vielleicht fände sie es bereits jetzt schön –

ganz sanft, unendlich sanft? Aber ich würde es nie wagen, sie von mir aus zu fragen. Nie durfte ich die Gefahr eingehen, eine Grenze zu überschreiten. Etwas, was nicht wieder gutzumachen war. Etwas, was den Zauber zerbräche.

Wenn es ganz unschuldig möglich wäre, vielleicht. Aber das war es nicht – ihre Decke bedeckte ihren Leib. Sie hatte sie mitgebracht. Und trotzdem schenkte sie mir ihren nur-Nachthemd-bekleideten Leib – und sie wusste es. Gerade das war ihre unsägliche Unschuld. Dass sie mir Dinge schenkte, von denen andere Männer nur träumten – und dass sie dies in der heiligen Weihnachtsnacht tun konnte, und dass alles von Heiligkeit überleuchtet blieb, ja sogar noch heller erstrahlte...

Ich hörte ihren ruhigen Atem. Zutiefst berührt wurde mir klar, dass sie möglicherweise gerade am Einschlafen war – oder sogar schon schlief. Man konnte auch vor Seligkeit und Glück einschlafen – auch das lehrte sie mich. Auch ich würde irgendwann wieder einschlafen – auch ich selig. Aber erst viel später. Am liebsten hätte ich die Kerzen noch ein drittes Mal entzündet. Aber selbst im Dunkeln hatte ich ein Licht. Und später, als die Kerzen dann tatsächlich erloschen, begriff ich auch dies als ein tiefstes Wahrbild...

Mein Licht war ihr warmer Atem selbst.

Das Mysterium der Unschuld.

Lilie...